Häuschen mit Herz…

und andere Kurzgeschichten

Überarbeitete Auflage 2024

Verlag: BoD · Books on Demand GmbH, In de Tarpen 42,
22848 Norderstedt, bod@bod.de
Druck: Libri Plureos GmbH, Friedensallee 273, 22763 Hamburg
ISBN: 978-3-7392-1156-5
© copyright 2025 Hartmut Salzmann, reinbek
Unlektoriert

Inhaltsverzeichnis

	Seite
Das Kind muss einen Namen haben	7
Ein Gedicht, ein Gedicht!	8
Die Geschichte vom Vater Leuchtturm	11
Ein kesser Nachwuchsgolfer	22
Häuschen mit Herz	25
Vanillekipferl	30
Eine neue Frau	34
Ein süßes Gefäß der Anmut	38
Fußball beim Zitat genommen	51
Ein Schauspielschüler ist erkrankt	53
Einer – wird – gewinnen	58
Ulli und Bully	61
Urlaubsschrecken	63
Eine Tagesschau	69
Ein spezieller Chef	70
Bei Anruf: Cool bleiben!	81
Ludwig Thoma und der Golfsport	88
Die blonde Narzisse	93
Schweine haben keine Lobby	96
Ei verflucht – Eifersucht!	98
Alte Sauna, neuer Gast	101
Na, nun sagen Sie mal…	107
Der Beipackzettel	111
Ein Arztbesuch	114
Saisoneröffnung	119

	Seite
Männerflight mit Dame	124
Glück hat man selten…	128
Ein besonderer Tag	131
Der Schlüssel	132
Theater	136
Magische Buchstaben	139
Schneewittchen und die 17 Zwerge	144
Titelwahn	148
Oh nein, der Nikolaus	152
Darf ich mal streicheln?	153
In der Muckibude	157
Der Musterschüler	165
Anbaden auf Sylt	167
Geht`s noch?	169
Der Herzschrittmacher	172
Ein Maler – ein Wort	175
Das bekennende Arschloch	178
Das Nordlicht	182
Alles super oder klasse?	186
Das Servicekonzept	188
Kalau & Co.	193
Was macht wohl KDM?	200
Omilis Geburtstag	204
Anna, Wilhelmine, Friederike, Marie…	211
Der rote Fleck	217

Das Kind muss einen Namen haben

Anno 1939. Der Weihnachtsmonat ist drei Tage alt.

Charlotte hat entbunden. Zum zweiten Mal. Ein Sohn. Björn soll der Junge heißen. Der sorgsam ausgewählte Name ist skandinavischer Herkunft. Björn bedeutet Bär oder Brauner.

Apropos braun. Reichskanzler Adolf Hitler, der mit Gewalt ein tausendjähriges Reich schaffen will, begrüßt Kindersegen; erwünscht ist: möglichst männlich, blond und blauäugig. Blond wird der Junge werden, mit blauen Augen freilich wird er nicht dienen können. Selbst später, beim Herumprügeln, wird ihm keiner ein blaues Auge verpassen. Eine Freundin, das sei schamhaft verraten, hat ihn später mal *Kirschauge* genannt.

Vater Erich, Sohn eines Meisters im Seifensieden, darf sich mit den weiteren Vornamen Otto und Karl schmücken. Er eilt von der Kriegsfront herbei, um seinen Sprössling mit väterlicher Freude zu begrüßen.

Charlotte, mit den weiteren Vornamen Irmgard und Gertrud ausgestattet, nennt ihren Mann nie *Erich* oder *Otto* oder *Karl*. Mag sie diese Namen nicht? Hält sie *Erich* womöglich für einen Schwulennamen? Vorne Er, hinten ich? Egal, sie nennt ihn stets *Peter*. Vielleicht deshalb, das ist Spekulation, weil in diesen Jahren ein musikalischer Ohrwurm über den Hörfunk verbreitet wird: *Peterle, mein liebes Peterle, was hast du nur mit mir gemacht, hab` keine Ruh`. Peterle, du gutes Peterle…*

Nach gebührender Begutachtung des Neugeborenen nutzt der Vater den Sonderurlaub, um den Sohn amtlich registrieren zu lassen. Im zuständigen Berliner Standesamt blättert ein Staatsdiener nervös in der Liste mit den staatlich genehmigten Vornamen. Ein *Björn* findet sich nicht. Kruzitürken, ausreichend nordisch ist dieser Name allemal!

Der Herr Papa kehrt zurück zu seiner Lotti ans Wochenbett. Sie lächelt. „Na, hast du den braven Björn angemeldet?"

„Ja", ist die knappe Antwort. „Doch nun heißt er Hartmut!"

Ein Gedicht, ein Gedicht!

Fünfziger Jahre. Nachkriegszeit.
In einem Vorort von Hamburg ist ein *Volkshaus* entstanden. Damals nannte man es auch Volks- oder Arbeiterheim - ein Muster an Schlichtheit, ohne besonderen architektonischen Anspruch. Der Sparzwang war groß, der Anspruch der Gemeindefürsten auch.

Aufbruchsstimmung herrschte in Land, Stadt und Dorf. In dem Volkshaus sollte ein unterhaltsamer Abend stattfinden. Der Festausschuss beabsichtigte, der Veranstaltung einen kulturellen Hauch zu verleihen. So wurde die Darbietung eines anspruchsvollen Gedichtes eingeplant. Dafür, vermutlich aus Kostengründen, wird ein geeigneter Schüler gesucht.

Björn weiß nicht mehr, warum er bei dieser dörflichen Veranstaltung als Rezitator ausgewählt wurde. Erst kürzlich war er von der Dorfschule auf das nahe Gymnasium gewechselt und dort seinem Deutschlehrer beim Reklamieren von Goethes *Zauberlehrling* aufgefallen. Der promovierte Pädagoge litt unter einer Verminderung des Hörvermögens. Er verfügte über stark ausgeprägte Segelohren. Schüler hatten ihm den Spitznamen *Jumbo* verpasst. Im Gegensatz zu einem Elefanten, dem die großen Ohren zur Abkühlung dienen, waren sie dem Lehrer eine Hilfe, indem er einem Gesprächspartner seine Ohrmuschel mit gewölbter Hand entgegenbog. Eine solche Aktion erwies sich bei Björns Vortrag als entbehrlich, denn der Schüler konnte beim Aufsagen des Goethegedichtes phonetisch glänzen. Im Wissen um die Schwerhörigkeit des Studienrates trug er das Gedicht mit besonders kraftvoller Stimme vor. Er posaunte den geisterbeschwörenden Befehl *in die Ecke Besen! Besen! Seid`s gewesen...* extrem laut in den Klassenraum. Es habe sich nach dem Brüllen eines Jungstieres angehört, so ein Schulfreund später. Der Pauker hatte zufrieden geschmunzelt und einen Vermerk ins abgegriffene Notizbuch gemacht.

Eine Woche später durfte Björn auf Betreiben seiner Mitschüler das Goethegedicht noch einmal hinausposaunen. Zurück zum besonderen Abend im Volkshaus.

Es spricht einiges dafür, dass sich der Veranstalter auf der Suche nach einem Rezitator an die Lehrerschaft des naheliegenden Gymnasiums gewandt hatte. Wie auch immer, Björn wurde ausersehen, den kulturellen Teil des Abends mit lyrischer Dichtkunst zu bereichern.

Passend zur Jahres- und Nachkriegszeit war das strophenschwangere Gedicht *Hoffnung* des deutschen Lyrikers Franz Emanuel August Geibel ausgewählt worden. Geibel gilt als Bewahrer der uns heute eigenwillig anmutenden lyrischen Formensprache. Aus dessen Feder stammt auch, leicht abgewandelt, der auch später mal arrogant zitierte Satz: *Und es mag am deutschen Wesen einmal noch die Welt genesen*. Die in diesem Satz steckende Geisteshaltung ist wohl auch heute noch mancherorts vorhanden.

In Originalschreibweise und mit eigenwilliger Interpunktion lauten die ersten Zeilen dieses Gedichtes:

> Und dräut der Winter noch so sehr
> Mit trotzigen Gebärden,
> Und streut er Eis und Schnee umher,
> Es muß doch Frühling werden!

Der Lehrer hatte sein Protegé durch Eis und Schnee zur Generalprobe ins Volkshaus begleitet und im hinteren Bereich des Saales, mit zwei hohlen Händen hinter den Segelohren, eine kritische Position bezogen. Brav und ohne zu stottern hatte Björn sein Gedicht vorgetragen.

„Gut, gut", lautete der der Kommentar von *Jumbo*, „aber du musst heute Abend deutlich lauter reden. Man versteht dich hinten nicht!"

Wenige Stunden später verharrte Björn lampenfiebernd hinter der Bühne. Durch Schlitze im Vorhang konnte er in einen rauchigen, mit murmelnden Menschen gut gefüllten Saal blicken.

Dann wurde er hinter dem Vorhang hervorgerufen, hinaus auf die Bretter, von denen behauptet wird, dass sie die Welt bedeuten. Geblendet von Scheinwerfern war das in stickiger Luft ausharrende Publikum nur zu erahnen. Björn holte tief Luft, so, als wolle er unmäßig viel Luft in einen Dudelsack blasen. Dann legte er los. Der lyrische Text quoll kraftvoll aus knabenhafter Kehle, so unaufhaltsam, wie aus einer mit Luft gefüllten Sackpfeife*). Der Vortrag endete mit den enthusiastisch in den Saal hineingeschleuderten Worten:

> „...nur unverzagt auf Gott vertraut,
> **es muss doch Frühling werden!!"**

Der tosende Beifall schwappte dem rotbackigen Björn aus übervollen Herzen entgegen. Einige Besucher sollen freilich, aus sanftem Schlaf hochgeschreckt, erst verzögert in den Jubel eingestimmt haben. Diese Aussage ist nicht beweisfest. Eines ist jedoch sicher: *Jumbo* war hoch zufrieden.

Björn ist heute noch der Meinung, dass ihm in seinem späteren Leben nie wieder ein derart mächtiger Applaus entgegengebrandet ist.

---

*) *Sackpfeife* ist der schon im 16. Jahrhundert verwendete Begriff für das Holzblasinstrument *Dudelsack* – nicht zu verwechseln mit dem 673 Meter hohen Berg im Rothaargebirge.

Die Geschichte vom Vater Leuchtturm
(eine Geschichte für Kinder und Junggebliebene)

Der Leuchtturm, von dem ich dir heute erzählen möchte, könnte an vielen Orten der Erde stehen, überall dort, wo große und kleine Schiffe auf einem Meer herumfahren und wo Land in der Nähe ist.

Unser Leuchtturm ist auf einer Insel zuhause. Die liegt ganz hoch im Norden Deutschlands in der Nordsee und erstreckt sich schlaksig lang von oben nach unten. Die großen Leute sagen *von Norden nach Süden*. Ich nenne sie *Seepferdcheninsel*, denn sie hat in ihrer Form einige Ähnlichkeit mit diesem niedlichen Fisch. Jawoll, du Landratte, ein Seepferdchen gehört zu den Fischen, auch wenn es nicht wie ein Fisch ausschaut. Vielleicht wusstest du das schon.

Die Insel ist mit dem Festland durch einen langen Damm verbunden. Der trägt den Namen Hindenburgdamm. Auf ihm können Eisenbahnen vom Land auf die Insel fahren. Natürlich auch wieder zurück. Selbst Autos, kleine und ganz große, werden von besonderen Zügen huckepack genommen, zur Insel und später wieder zurück aufs Festland gefahren.

Ja, gewiss hast du es erraten. Ich spreche von meiner Lieblingsinsel Sylt. Stelle dir vor, du fährst mit der Bahn über den Hindenburgdamm zur Insel hinüber, dann kommst du in der Stadt Westerland an. Wenn du dann von Westerland in Richtung Norden blickst, kannst du ihn heute noch sehen, den großen Leuchtturm von Kampen. Vor zwei Reethäusern ragt er rank, schlank und rund aus hutzeligem Dünenland heraus. Wie eine Rakete reckt er sich achtunggebietend in den einmal blauweißen, einmal wolkigen Himmel. Bei Sonnenschein ist der kräftige helle

Körper von Vater Leuchtturm, wie ich ihn nenne, weithin sichtbar. Wenn du näherkommst erkennst du sofort die breite pechschwarze Bauchbinde, die seinen Leib umspannt. Das ist bei Leuchttürmen ein untrügliches Zeichen für Männlichkeit. Er trägt einen dunkelgrünen Hut. Der soll ihn vor Regen, Wind und starker Sonne schützen. Wenn es dunkelt und die Nacht nahe ist, beginnen seine Augen zu leuchten, so richtig feurig und für Mensch und Tier weithin sichtbar. Je dunkler es wird, desto weiter strahlen die Augenlichter. Sie saugen sich hinaus aufs Meer, wo ein Fischerboot den Weg zum Hafen sucht oder immer mal wieder größere Schiffe an der Insel vorbeiziehen. Die Seeleute auf den Schiffen fangen die Blicke des Leuchtturms auf und wissen sofort: *Achtung, da ist Land in der Nähe!* Sie geraten dann nicht in die Gefahr, mit ihrem Schiff auf Grund zu laufen. Das ist vor gar nicht langer Zeit einmal einem dicken Fischkutter passiert. Da traf den Vater Leuchtturm keinerlei Schuld. Der Kapitän hatte nämlich gepennt. Geschwätzige Leute erzählten später, dass er zu tief ins Glas geschaut habe. Nicht ins Fernglas!

Ja, unser Leuchtturm hat schon viel erlebt. Da könnte ich dir Geschichten erzählen – zum Beispiel aus seiner Jugend. Da hatte er eine Freundin, die hieß Anna. Sie wohnte gleich an der Düne in seiner Nähe, war mit ihm aufgewachsen und wie er kräftig gebaut, groß und rund mit heller Haut. Du musst nämlich wissen, eine helle Haut gilt unter Leuchttürmen als schick und vornehm. So fühlte sie sich auch, die Anna. Sie reckte und streckte sich oft, als wolle sie die Wolken anfassen.

Wenn die Wolken recht tief daher schwebten, sah es für einige Passanten so aus, als würden sie ganz dicht um Annas Kopf herumstreichen. Nicht nur der Freund liebte diesen Anblick. Abends blinzelte er verschmitzt zu ihr hinüber. Er warf sich dabei so stolz in die Brust, dass man Angst haben musste, ihm würde seine schwarze Bauchbinde vom Leib wegplatzen. Anna flirtete dann emsig und mit gerötetem Gesicht zurück. Dabei blinkte sie so heftig wie ein abbiegendes Auto. Das magst du wohl glauben!

Ich denke, dass die beiden wirklich gut zusammenpassten. Das meinten Urlauber, die öfter mal stehenblieben, um die beiden in Ruhe zu betrachten. Im Laufe der Zeit verliebten sie sich ineinander. Wie das so ist, wenn man sich liebhat, kam eines Tages ein Baby ans Licht der Insel. Es war ein Sohn. Das konnte man daran erkennen, dass er eine schwarze, wenn auch noch kleine Bauchbinde trug. Weibliche Leuchttürme sind da immer ganz ohne. Baby Leuchtturm entwickelte beim Heranwachsen eine ähnliche Statur wie die Eltern, nur viel kleiner, so dass er später oft übersehen wurde.

Anna, also Mutter Leuchtturm, stand stolz daneben. Sie ließ sich den Wind um den Bauch wehen. Wie alle erfreute sie sich an der gesunden, frischen Meeresluft. An sonnigen Tagen, das waren eine ganze Menge, reckte sie sich den Sonnenstrahlen entgegen, ließ sich von ihnen liebkosen und nahm immer wieder ausgiebige Sonnenbäder.

Wie du vielleicht schon gehört hast, kann die Sonne, besonders auf einer Insel, ganz doll strahlen. Man muss sich deshalb immer sorgfältig mit Sonnenkrem einreiben, sonst kann man einen ganz schlimmen Sonnenbrand bekommen. Auch dann, wenn die Sonne sehr lieb zu scheinen scheint.

Aber die Anna war da sehr nachlässig. Große Leute können ja so unvernünftig sein! Du kannst dir sicherlich denken was dann passierte. Hellhäutig wie sie war, bekam sie einen argen Sonnenbrand, am ganzen Körper. Nur in der Mitte blieb sie hell. Sie legte sich meist ein riesiges Handtuch über den blassen Bauch. Vater Leuchtturm war die Sonnensucht von Anna nicht verborgen geblieben. Er hat sie oft ganz ordentlich ausgeschimpft und sie *sonnenhungrige Anna* genannt. Das hat die Anna gar nicht gestört. Es gefiel ihm überhaupt nicht, dass sie wenig Zeit für den Sohn hatte; weil sie so ausgiebige Sonnenbäder nahm. Bei jedem Sonnenstrahl räkelte sich Mutter Leuchtturm der Sonne entgegen. Dort brutzelte sie still vor sich hin. Sie wurde immer fauler. Je fauler sie wurde, desto mehr rötete sich ihre ehemals so wunderbare blasse Haut. Bald ging die Röte überhaupt nicht mehr weg.

Der kleine Leuchtturm, den viele nur Baby Leuchtturm nannten, wuchs heran. Passanten sagten oft: *Seht, dort steht der Sohn von Vater Leuchtturm. Er ist zwar noch recht klein, aber ist das nicht ein hübscher Junge? Aus dem wird mal was!*

Einmal hörte der kleine Leuchtturm von einem ganz sonderbaren Meeresungeheuer. Vorbeispazierende Leute hatten davon erzählt. Der Name jenes Wesens, über das sie sprachen, klang wie *Bessie, Lessie* oder *Nessie?* Einen Nessie gibt es angeblich wirklich. Es ist ein geheimnisvolles Monstrum und soll bei *Loch Ness* in einem See bei Schottland leben. Nachts, so erzählt man sich, taucht Nessie aus der Tiefe des Sees empor. Ein furchterregender Schlund an einem langen, knöchrigen Hals recken sich Schrecken verbreitend aus dem Wasser heraus.

Dann ist das furchterregende Wesen ganz plötzlich wieder verschwunden. Der kleine Leuchtturm hatte bei der Geschichte aufmerksam gelauscht. Ihm war richtig gruselig ums Herz geworden.

Vater und Mutter Leuchtturm stritten immer häufiger miteinander. Als der Sohn eines Morgens aufwachte, war die Mutter verschwunden. Sie hatte das Geschimpfe sattgehabt, Knall auf Fall an einem frühen Morgen fortgegangen und in Richtung Süden gewandert. Sie meinte, dass dort die Sonne noch wärmer strahlen würde. Vierzehn Tage war sie unterwegs. Leuchttürme sind, wie du dir denken kannst, nicht gut zu Fuß. Sie müssen ungeheuer aufpassen, dass sie nicht umfallen.

Dann war sie endlich im Süden der Insel angekommen; in Hörnum, so heißt der Ort. Dort konnte sie nicht mehr weiter, wegen der Nordsee mit ihren vielen Wellen. So suchte sie sich einen ruhigen Platz und beschloss zu bleiben. Dort steht sie heute noch und thront auf einer Düne, mächtig von Statur und Röte. Du kannst Mutter Leuchtturm schon von Weitem erkennen, wenn du gen Süden wanderst. Passanten blicken respektvoll hoch zu ihr. Sie sagen häufig: *Seht, dort steht sie, die Rote Anna.* Manche Urlauber nennen sie auch Mutter Leuchtturm.

Der kleine Leuchtturm wuchs an der Seite des Vaters heran. Nachts musste er schlafen und durfte noch keine leuchtenden Blicke über das Meer wandern lassen. Mit der Zeit blieb er länger wach und schaute zu, wenn der Papa arbeiten ging. Vaters Blicke streiften dann wie lange, kalte Finger über Insel und Meer. Der Sohn fragte oft: *Papa, siehst du ein Schiff? Ach ja? Papa, ist es ein schönes, ein großes Schiff? Papa, kommt es uns besuchen?*

Vater Leuchtturm gab geduldig Auskunft: *Warte nur, bis du groß bist. Dann kannst du weit über unsere wunderschöne Insel blicken und selbst nach Schiffen Ausschau halten.*

Der Sohn wurde älter, doch sein Körper wollte immer noch nicht so richtig wachsen. Dabei wollte er sooo gerne sooo groß wie der Vater werden und dann einen ganz, ganz weiten Blick über das Meer haben.

Eines Tages kam Vater Leuchtturm eine Idee. Er rief seinen Sohn zu sich und sagte zu ihm, dass es langsam an der Zeit sei, sich von seiner Seite zu lösen. Selbständig sollte er werden, so nennen es die großen Leute. Da wurde der Sohn auf einmal ganz traurig. Er hatte sich in Papas Nähe stets wohlgefühlt. Zudem konnte er sich in stürmischen Nächten so wunderbar an Papas großer Bauchbinde festhalten und ihm nahe sein.

Der Vater spürte die Besorgnis des Sohnes, aber wie sagt man hoch im Norden: *Wat mut, dat mut.* So nahm er in einer ruhigen Stunde den Sohn beiseite.

Sohnemann, sagte er, *siehst du dort drüben die kleine, hohe Düne? Da solltest du dich hinstellen. Von dort hast du einen wunderbaren Blick über die Insel und einen Großteil der Nordsee. Ist gar nicht weit weg. Wir können uns immer sehen.*

Der Sohn dachte eine Weile darüber nach. Schließlich fand er diese Idee gar nicht so krass und er machte sich bald auf den Weg. Der ausgelaugte Sand knirschte heftig, als er zu der kleinen Düne hochstapfte. Mühsam quälte er sich voran. Der harte Strandhafer piekte. Er musste höllisch aufpassen, um in dem wabbeligen Sand nicht zu stolpern. Leuchttürme sind ja so behäbig. Du kannst dir sicherlich gut vorstellen, dass es für einen Leuchtturm schwer ist aufzustehen, wenn er einmal hinfallen sollte. Da hätte er sicherlich warten müssen, bis einige kräftige Leute vorbeigekommen wären, um ihm aufzuhelfen.

Oben angekommen stellte er fest, dass der Standort tatsächlich klasse war. Weit konnte er über die Nordsee blicken und die kabbeligen Wellen beobachten, die schäumend auf den

Strand zurollten. Zum Kampener Strand hin, die großen Leute sprechend hier von der *Buhne 16*, hatte er einen hervorragenden Blick. So konnte er beobachten, wie dort Urlauber – igitt - völlig nackend ins Wasser sprangen!

Auch ich habe dort schon mal nackt gebadet. Als ich das erste Mal in eine Welle hineintauchte, griff ich erschreckt nach meiner Badehose. Ich hatte Angst, die starke Brandung würde sie mir vom Körper reißen. Dann merkte ich, dass ich ja gar keine anhatte! Vielleicht hat mich ja damals der kleine Leuchtturm beobachtet. Doch ich will nicht abschweifen.

Der Sohn stand mannhaft auf seiner Düne. Jeden Tag blickte er hinüber zum Strand der Buhne 16. Er konnte gut erkennen, wie die Menschen juchzend und teilweise barfuß bis zum Hals ins Wasser hüpften. Hübsche Frauen waren dabei, einige mit ganz leckeren Figuren, wie er meinte. Das konnte er ziemlich gut erkennen, und auch, wie einige Leute herumknutschten. Dann wurde Baby Leuchtturm immer ein wenig rot. Er konnte sich kaum sattsehen an den munteren Spielchen der heiter herumspringenden und oft lärmenden Urlauber. Ja, der Vater hatte Recht gehabt. Von dieser Düne aus hatte man einen herrlichen Ausblick!

Im Laufe der Zeit nahm der Körper des kleinen Leuchtturms eine backsteinrote Farbe an. Lag es an der Sylter Sonne? Er wuchs heran, wurde aber immer noch nicht wesentlich größer, obwohl er sich reckte, streckte und dehnte. Jeden Morgen machte er fleißig Kniebeugen und andere Leibesübungen, um sich fit zu halten. Durch die ständigen Übungen ließ die rundliche Form seines Körpers nach und wurde sportlicher.

Wenn es dunkelt und die Abendsonne wie ein gelbroter, großer Luftballon vom Horizont heranflimmert, bietet Baby Leuchtturm ein friedliches Bild. Oft ist dann der Abendhimmel in rosarotes Licht getaucht. Man könnte dann meinen, dass die Engel im Himmel Brot backen.

Als der Sohn zum ersten Mal beobachtete, wie die Sonne dabei war, am Horizont als leuchtender Ball in die Nordsee hinein zu tauchen, fürchtete er, dass sie laut zischend ertrinken könnte. Das war dann Gott sei Dank nicht so.

Es kam immer wieder vor, dass er nachts aufwachte, weil er verdächtige, irritierende Geräusche hörte. Wenn er ängstlich und noch im Halbschlaf in die kabbelige Nordsee hineinlauschte, kam ihm manches so unheimlich gespenstisch vor.

Mein junger Zuhörer und Leser, da würde auch dir das Herz stark und ängstlich klopfen, in dunkelster Nacht, ganz einsam und verlassen auf einer windigen Düne. Das würde dir vermutlich ähnlich ergehen, oder?

In einer stürmischen Nacht wurde Baby Leuchtturm wieder einmal durch sonderbare Geräusche aus dem Schlaf gerissen. Lange starrte er auf die kabbelige See hinaus, bis ihm die Augen tränten. Er sah große dunkle Schatten über das Wasser huschen.

War das der furchterregende Kopf eines Seeungeheuers gewesen, der gefräßig aus den Wellen herausblickte und dann schnell wieder verschwand? War womöglich das Ungeheuer von Loch Ness von Schottland herbeigeschwommen? Vielleicht hatte er nur die hoch emporragende Flosse von einem sehr großen Haifisch wahrgenommen.

Der kleine Leuchtturm erinnerte sich, dass ältere Einwohner Geschichten von einem sagenumwobenen Meermann mit dem Namen *Ekke Nekkepenn* verbreitet haben. Dieser Ekke Nekkepenn soll heute noch durch Sturm und Fluten sein Unwesen vor der Insel Sylt treiben - jedenfalls, wenn man einigen alten Leuten auf der Insel Glauben schenken darf. Wie sah der wohl aus, dieser sagenhafte Mensch? Wenn es überhaupt ein Mensch war! Der Sohn mochte sich das gar nicht vorstellen.

Am nächsten Morgen meinte er dann, dass alles der dicke Mast eines Fischerbootes oder nur eine im Sturm hin und her pendelnde Wasserboje gewesen sein konnte. Haifische gibt es ja gar nicht in der Nordsee!

Bei Arbeitsbeginn wirft Vater Leuchtturm regelmäßig einen lieben Blick zum kleinen Leuchtturm hinüber, als wolle er sagen: *Mein Sohn, ich wünsche dir einen guten Abend. Ich hoffe, es geht dir gut.* Dieser lächelt dann zurück, mit hell blinkenden Augen. Er weiß, dass er nicht alleine ist. Und dass er geliebt wird.

In sehr klaren Nächten, wenn die Sicht sehr gut ist, können Vater Leuchtturm und Baby Leuchtturm weit in den Süden der Insel schauen. Sie erkennen dann zuerst die Lichter der Orte Westerland und Rantum und ganz weit hinten manchmal, bei sehr gutem Wetter, sogar die von dem Ort Hörnum. Von dort dringt dann ein flackerndes Leuchten zu ihnen. Da nämlich späht Mutter Leuchtturm wie ein Indianer durch die Nacht, hin zu Vater und Sohn. Ob sie hofft, einen freundlichen Blick der beiden aufzufangen? Was meinst du, hat sie ein bisschen Sehnsucht nach ihrem Sohn?

Ich wette ja! Da bin ich ganz sicher.

Ein kesser Nachwuchsgolfer

Hey Sie!

Haben Sie schon einmal einen Golfschläger in die Hand genommen und versucht, den kleinen Genarbten möglichst schwungvoll in eine wunderbare Natur zu schlagen? Es wird behauptet, dass bereits im Mittelalter diese anspruchsvolle Sportart entdeckt wurde.

Der Legende nach entstand die Idee des *Einlochens* durch gelangweilte Schäfer in Schottland. Klar, wenn man nur Obacht geben muss, dass niemand ein Schaf klaut, hat man viel Zeit. Daher kamen eines grauen Tages einige Schäfer auf die Idee, mit ihren Hirtenstäben rundliche Steine in Mause- oder Rattenlöcher kullern zu lassen. So nahm die Erfolgsgeschichte des Golfspiels vermutlich ihren Anfang.

Wenn jemand mit dem Golfspiel begonnen hat, kann er süchtig danach werden. Der Autor hat deshalb schon vor Jahren angeregt – bisher freilich erfolglos – den Golfsport in die Kategorie der Suchtkrankheiten aufzunehmen.

Der Profigolfer Lee Trevino hat behauptet, dass man beim Golfen pure Erotik spüren kann, wenn einem Spieler, was bei einem Amateur nicht so häufig vorkommt, tolle Schläge gelingen. Er hat geprahlt: *Golfspielen könnte dann der größte Spaß sein, den man mit angezogenen Hosen haben kann.*

Apropos Hosen. Beinkleider sind wichtiger Bestandteil der Golfetikette. Golfetikette wird in den Clubs großgeschrieben. So sind zum Beispiel Jeans auf den Fairways ungern gesehen. Und an heißen Tagen gar mit nacktem Oberkörper herumzulaufen… wäre schockierend. Die folgende Anekdote möge nun als beispielgebend herhalten.

Der Hochsommer hat auf dem Golfplatz seit Wochen Einzug gehalten. Es ist Hölle heiß. Auf der Toilette droht das Gesäß an der Klobrille festzukleben. Einige Flächen auf den Fairways ähneln einem gerösteten Toastbrot.

Felix, ein junger Spieler auf der Schwelle vom Teenie zum Twen begibt sich ins Clubhaus. Der Bursche ist nur unterhalb der Hüfte bekleidet. Ein schweißnasses Hemd, miefige Socken und verstaubte Golfschuhe trägt er betont lässig in der Hand. Im Freibad würde seine ansprechend trainierte Figur manche Mädchenaugen magnetisch anziehen. Seiner Wirkung bewusst steuert der Bursche auf den Empfang zu. Er schickt ein Lächeln zur Clubsekretärin hinüber. Die korrekte Dame ist damit beschäftigt, einem Goldfisch, der müde und schlaff in einem Aquarium herumschwänzelt, Spezialfutter hineinzubröseln. Offensichtlich setzt auch ihr die Hitze zu. Eben hat sie noch wenig damenhaft gegähnt. Nun wandern ihre müden Augen hin zu dem Jüngling. Der bewegt sich barfüßig auf die Umkleideräume zu. Vermutlich lechzt er nach einer erquickenden Dusche.

Die altgediente, im Herzen junge Frau stockt. Sie schaut genauer hin, mag ihren müden Augen nicht trauen. Gefühle erwachen aus der Narkose. Sie greift nach ihrer Weitsichtbrille, sieht ihren ersten Eindruck voll bestätigt. Jegliche Müdigkeit ist verflogen.

„Hey, du Jungspund, bist doch der Felix! Ist ja ein tolles Outfit, das du mir an diesem hitzigen Sommertag so reizend, um nicht zu sagen aufreizend, präsentierst. Hast du die Absicht, Unterhosenmodel zu werden?"

„Geile Idee", feixt der Verschwitzte, „können Sie mir zu einer professionellen Agentur verhelfen? Sie kennen doch gewiss viele Leute hier im Club."

Die Sekretärin schnauft tief durch, nimmt einen kräftigen Schluck aus der Kaffeetasse. Dann sagt sie leise: „Darüber werde ich ernsthaft nachdenken. Wenn ich dich genau anschaue… mutig, mutig, junger Mann! Da hätte ich einen begnadeten Vorschlag. Was hältst du davon, wenn du auch noch dein heißes Höschen ablegen würdest?"

Felix fixiert die Empfangsdame mit kessem Blick. Er zögert eine Winzigkeit, dann schlüpft der Schlingel grinsend aus Shorts und Schlüpfer. Barfuß bis hinauf ins strubbelige Haar steht er vor der Clubsekretärin. Provozierend lässt er sein letztes Textil, einen feschen String Tanga der Marke Spitzenjunge, wedelnd um den Zeigefinger kreisen. Dabei dreht er sich gekonnt um die eigene Achse. Ein Model auf dem Laufsteg könnte kaum besser performen.

Der Frau ist baff. Diese konsequente und unerwartete Reaktion des frechen Burschen kam zu überraschend. Selbst der im Aquarium still vor sich hin schwänzelnde Goldfisch scheint Schnappatmung zu bekommen.

„Was denken Sie, schöne Frau. Soll ich Ihnen auch noch mein heißes Höschen zuwerfen?"

Bei der *schönen Frau* zeigen sich Himbeerflecken im Gesicht. Schlüpfrige Augen kleben an dem standhaften Bengel. Beschlägt ihre Weitsichtbrille? Nervös beginnt die Frau, ihre Augengläser zu putzen. Will sie sich einen klareren Durchblick verschaffen? Nach kurzem Zögern nickt die Empfangsdame empfänglich. Ihre Stimme bekommt einen vorweihnachtlichen Klang.

„Ja, mein flotter Felix, wirf mir das reizende Stück herüber."

Schon fliegt der Libido verströmende Slip der Sekretärin entgegen. Sie fängt ihn auf, streicht darüber mit nervösen Händen. Dann schwebt eine enthusiasmierte Flüsterstimme durch den Raum. „Weißt du was, du himmlischer Jungspund?"

„Liebe gnädige Frau, ich lausche."

„Möchtest du mir nicht auch noch deinen entzückenden Putter überlassen?"

Häuschen mit Herz

Damals, im letzten Jahrhundert, bevor das Fernsehbild farbig wurde, die meisten Frühstückseier größer und deren Schalen dicker waren, sprach man von Kindern. Die bewegten sich ohne Schutzhelm auf klapperigen Fahrrädern durch die Gegend. Wenn sie sich bei einem Sturz blutige Knie holten, pappte man ein Pflaster drauf und gut war`s.

Heute sind aus Kindern *Kids* geworden. Zum Telefonieren, nur als Beispiel, müssen sie nicht mehr an einer Wählscheibe drehen oder zu einem miefigen Telefonhäuschen trappeln, um in einen verspeichelten Telefonhörer zu plappern. Damals ging man los und überbrachte eine Nachricht persönlich. Oder man schrieb einen Brief - mit Tinte, auf ein Stück Papier. Das steckte man in einen Umschlag, beleckte eine Zehnpfennigmarke und warf das Ganze in einen Briefkasten. Den gab es oft an der nächsten Straßenecke. Einige Jahre früher, am Ende des zweiten Weltkrieges, war das Leben noch anspruchsloser. Erst, wenn das Wasser im Zahnputzglas zu gefrieren drohte, wurde Holz im Bollerofen entfacht.

In dieser Zeit wuchs ein Junge heran. Nennen wir ihn Björn. Er wohnte im Norden der Republik. Ziemlich weit im Norden. Wenn er denn mal musste, musste er zur Haustür raus, hin zu einem Ort nicht viel größer als eine Telefonzelle. Das primitiv gezimmerte Holzhäuschen stand im Garten einer bescheidenen Unterkunft, in der die Familie eine notdürftige Bleibe gefunden hatte. Für das eilige, auch nächtliche Geschäft, stand ein abgestoßener emaillierter Pisspott bereit. Die Eltern sprachen vornehm von einem *Nachtgeschirr*. Das lauerte unter dem elterlichen Bett.

Das vom Björn regelmäßig besuchte hüttenähnliche Örtchen hatte eine grob gezimmerte Tür, so grob, als sei sie mit einer Axt geschnitzt worden. Darin gab es einen Lichteinlass durch ein herausgesägtes Herz, kaum größer als das, welches eine deutsche

Bundeskanzlerin seinerzeit beim Posieren oder beim Reden mit ihren Händen formte. Bemerkenswert die Innenausstattung dieses rustikalen Scheißhauses, wie es die Kids gerne nannten. Im Zentrum eine hölzerne Sitzfläche, mittendrin ein Loch, durch das ein Kleinkind leicht hätte hindurchfallen können, hinein in einen Kübel mit zwei Henkeln. Dieser eiserne Behälter hatte im zweiten Weltkrieg bis zum bitteren Ende seinen Dienst in einer Feldküche abgeleistet - beim Transportieren von Erbsensuppe. Ähnlich wie Björn muss sich im Mittelalter ein braver Schlossherr gefühlt haben, wenn er in seinem überdachten Abort-Erker der Burg auf einem Sitzbrett verweilte, um verdaute Nahrungsreste durch einen Fallschacht in den Schlossgraben hinabsausen zu lassen.

Schlichteres ist in der zivilisierten Welt kaum denkbar. Es wird an Einfachheit allenfalls übertroffen von dem legendären sibirischen Steppenklo, das vor vielen Jahren in der Taiga durch vagabundierende Abenteurer dankbar Anwendung gefunden haben soll. Es bestand aus zwei soliden Wanderstäben. Im Fall des Falles rammte man den einen Stab in den Boden, hockte sich nieder und hielt damit das Gleichgewicht. Den anderen Stock benutzte man, um herumstreunende Wölfe zu verjagen. Da könnte man das beherzte Örtchen als komfortabel bezeichnen.

Welch ein Ereignis, wenn dem Vater die Aufgabe zukam, den schwabbelnd gefüllten Kübel in einer frisch gebuddelten Grube in einer Ecke des Gartens zu entsorgen! Der kleine Björn durfte zuschauen, wenn alle vier bis fünf Monate diese Arbeit erledigt werden musste. Im Sommer, während der Pflaumenernte, ergab sich dieses Erfordernis öfter. In den Wintermonaten erwies sich diese Pflichterfüllung wegen häufiger Bodenfröste als besonders undankbar.

Heute würden die Kids von einem echten Event sprechen. Sie nutzen, wenn sie nicht in einem Kral in Afrika geboren sind, ein komfortables Wasserklosett - aus Porzellan, in diversen Farben wählbar. In Sonderfällen, bei feinen Leuten, gibt es so etwas mit beheizter Klobrille. Bei Betätigung der Wasserspülung ertönt schon mal Wagners *Walküre* oder Beethovens *Neunte*, dazu steht hautsympathisches Klopapier bereit, mehrlagig, zuweilen nach Veilchen duftend, mit kurzweiligen Texten und putzigen Bildchen bedruckt; kurz: Qualität und Komfort für wahre Wohlfühlmomente.

Schon in der Antike, im alten Rom, gab es eine Klokultur. Die meisten Römer marschierten hin zu öffentlichen Latrinen. Die waren oft stilvoll ausgestattet - mit prächtigen Mosaiken und verzierten Säulen. Auch eine Fußbodenheizung war vorhanden. Man hockte nebeneinander auf Marmorsitzen. An solchen Örtchen war auch mal Platz für fünfzig bis sechzig Personen. Es gab keine Trennwände und somit keine echte Privatsphäre. Man kam sich näher, zuweilen sehr nahe, verfiel in ein gemütliches Plaudern und verrichtete nebenbei seine Notdurft. Diese wurde in einen Wassergraben abgeleitet. Sie floss von dort in die Cloaca Maxima, in einen großen Abwasserkanal. Die Latrinen waren kackige Keimschleudern. In Versteinerungen fanden Forscher später die Überreste von Läusen, Flöhen, Zecken und Darmparasiten. Man fand auch mehrere Meter lang werdende Fischbandwürme. Warum? Das Wasser in öffentlichen Latrinen wurde selten ausgetauscht. Wenn sie überzuquellen drohten, wurde das stinkende Gebräu mit ihren prächtigen Parasiten auf die Felder verbracht. Die landeten im geernteten Gemüse und damit später auf Bauern- und anderen Märkten. So verbreiteten sich jede Menge Krankheitserreger über die *Keimschleuder Klo* im ganzen Römischen Reich. Dass dies zu dessen Niedergang beigetragen haben soll, ist reine Spekulation.

Doch was kümmern uns heute noch die alten Römer! Denken wir zurück an Björn und seine Bedürfnisse. Der Junge hat zuweilen länger als nötig auf dem schlichten Örtchen ausgeharrt. Bei strahlendem Sonnenschein flimmerte grelles Licht durch die groben Ritzen. Er konnte Mücken und Fliegen herumflattern sehen. Oft hat er durch das ausgesägte Herz geschaut und in seltener Ruhe die Weite der Welt betrachtet. Zuweilen ist er philosophischen Gedanken nachgegangen, hat dahinfliehende

Himmelsverformungen beobachtet, wundersame Wolkengebilde verfolgt, zugeschaut, wie sich diese durch Zauberhand in flüchtige Tiere verwandelten: kurz, er hat die Poesie der Natur genossen. Da reichten verträumte Blicke durch das ausgesägte Loch, um die Seele ins Gleichgewicht zu bringen. In dem kleinen Häuschen fühlte er sich behütet. Gelegentlich verfiel er in Träumereien. Andere hatten die Uhr, er hatte die Zeit.

Wie äußerte sich einst ein Heimatdichter? *Kurz und bündig scheißt der Hund, ein guter Deutscher fast `ne Stund.* Dies mag auch für manche Länder gelten, gibt es doch heute noch in ländlichen Gegenden Nordeuropas wie in Norwegen oder auf den Lofoten primitive Plumpsklosetts. Diese finden sich dort auch als Doppelsitzer oder gar als Dreisitzer. Da fragen wir zu Recht wieso, *weshalb, warum?* Norwegische Landsleute dürften kaum häufiger als andere Europäer von Diarrhö heimgesucht werden! Der verdutzte Leser kann nun, falls er Phantasie besitzt, diese sprühen lassen, an die Latrinen der alten Römer denken oder anderweitig spekulieren.

Hand aufs Herz, braver Bücherwurm. Hat jemand schon einmal einen Gedanken darauf verschwendet, weshalb in schlichte Plumpsklosetts Herzen in die Holztüren gesägt wurden? Warum finden diese auch heute noch symbolträchtige Verwendung? *Herz gesund, wenn`s Arscherl brummt?* Oder sollte es eine Signalform darstellen? *Hallo, hier ist Klo!*

Über den Sinn lässt sich herrlich schwadronieren. So könnte das kleine Guckloch der elterlichen Kontrolle gedient haben, um den aus jugendlichem Mund herausquellenden Zigarettenrauch zu orten. Es ist auch denkbar, dass ein sesshafter Nutzer dank dieses Ausgucks einem hereneilenden Familienmitglied gerade noch rechtzeitig ein beherztes *besetzt* entgegenrufen konnte, bevor es sich womöglich anschickte, den schwächlichen Haken herauszureißen, der die Klotür von innen sicherte.

Zur Entsorgung von gasähnlichen Gerüchen war das herzige Guckloch gewiss nicht gedacht. Schließlich wurde unterhalb des Sitzes dem entblößten Gesäß reichlich Frischluft zugeweht. Das machte an stürmischen Tagen den Besuch dieses Ortes weniger attraktiv. Denkbar ist auch, dass jemand in das Häuschen hätte hineinpeilen können, um festzustellen, ob ein besonders sesshafter Mensch in Ohnmacht gefallen war. Es ist zwar kein verbrieftes Recht, doch schließlich sollte jedem Klobesucher, besonders einem nachhaltig Sesshaften, erträgliche Atemluft zur Verfügung stehen. Und dann, eine Sitzung könnte sogar erquicken, kommt doch laut einem gewissen Martin Luther nur aus einem fröhlichen Arsch ein fröhlicher Furz.

Bieten die genannten Ausführungen eine sinnvolle Erklärung für den so bemerkenswert gestalteten Lichtdurchlass in der Klotür? Wofür dieses verdammte Guckloch, das bekanntlich in Form eines muskulären Hohlorgans gestaltet ist und durch seine Pumpfunktion den Blutfluss bei Mensch und Tier in Gang hält? Ein Herz hat zwei Hälften, Herzkammern genannt. Man muss schon sehr schräg denken, um Ähnlichkeiten mit einem gewissen Körperteil unterhalb des Steißbeines zu erkennen.

Egal, der in die Jahre gekommene Björn hat bis heute keine zufriedenstellende Erklärung gefunden. Besonders Herzliches geschah ja nicht an diesem speziellen Ort.

Aber halt, einmal doch! Da war Björn mit der blondnaiven Nachbarstochter zu diesem Örtchen geschlichen. Die primitive Holztür hatte wie immer geknarrt, als der Junge sie leise öffnete und dann geschwind hinter sich zuzog. Niemand hatte etwas mitbekommen. Bis zum heutigen Tag hat keiner davon erfahren, glaubt Björn.

Vanillekipferl
(Kannste wohl glauben!)

„Liebes?"

Der Mann steht in der Küche, leckt sich die Lippen und fingert an einer leeren Keksdose herum.

„Was ist, Männe?"

„Liebes, magst du Vanillekipferl?"

„Ja, ich mache nachher welche, ganz frisch. Auch wenn die Dinger aussehen wie kleine dicke Maden. Aber schmecken tun sie klasse, muss ich zugeben. Also, die Büchse ist bald wieder randvoll, kannst sie hinstellen und ganz beruhigt sein. Ist ja bald Weihnachten. Also, ich backe nachher welche. Kannste wohl glauben."

„*Magst* du sie?"

„Ach so, also..., Vorsicht, da ist er wieder, der dicke Brummer, der stört mich schon die ganze Zeit! Hol mal die Fliegenklatsche. Äh, also ja, mit den Vanillekipferln ist das so. Es handelt sich um ein traditionelles österreichisch-böhmisches Weihnachtsgebäck in Hörnchenform, hergestellt aus einem Mürbeteig aus Mehl, Butter, Zucker und geriebenen Mandeln, meistens jedenfalls, aromatisiert mit dem Mark von Vanilleschoten. Der Teig wird zu fingerlangen Spindeln geformt, dann zu Hörnchen gebogen, gebacken und danach, noch warm, in Puderzucker gewendet. Kannste wohl glauben."

„Whow, toll! Aber trotzdem, ich fragte…"

„Still, unterbrich mich nicht. Ich weiß, du sprachst von Vanillekipferln. Also da nehme ich das poppige, in gefühlten Jahrhunderten erprobte Rezept meiner Großmutter. Die konnte backen, die Olle, kannste wohl glauben. Sogar die Grießklöße schmeckten bei dem alten Waldgeist. Wenn ich aus der Schule kam und meine Eltern nicht da waren, und das kam oft vor, da habe ich unser Ömchen gern besucht, bin oft bei ihr eingekehrt und dann…"

„Liebling, ich spreche nicht von Omas tollen Backkünsten oder ihren Grießklößchen. Ich wollte wissen …"

„Ja, ja, Vanillekipferl, ich weiß, Männe, ich weiß. Weißt du was? Die Frau Meier aus der Müllerstraße, die hat auch ein ganz prima Rezept für Vanillekipferl. Das hat sie mir mal aufgeschrieben. Die schüttet immer ein Gläschen Rum in den Teig, nachdem sich die alte Schnapsdrossel zuvor selbst etwas davon hinter die Binde gekippt hat. Das ordentlich, kannste wohl glauben."

„Frau Meier? Das ist die Rotnasige mit dem Portweingesicht! Äh, verdammt, mir geht`s nicht um das Rezept! Ich habe gefragt…"

„Gefragt habe ich mich auch, Männe, nämlich, ob die heimlich säuft, die Meiersche. Vorgestern Nacht habe ich beobachtet, wie sie mit ihrem Mann in der Eckkneipe verschwunden und stundenlang nicht mehr ans Tageslicht kam, äh, oder ans Mond- oder Sternenlicht, na ja, ist ja auch wurscht! Kannste wohl glauben."

„Hast du etwa stundenlang hinter der Tüllgardine gestanden? Egal, ich möchte nur wissen, …"

„Mein Gott, wissen! Bin ich Jesus? Oder dieser Inspektor Kommsemit? Schon der alte Sokrates sagte: *Ich weiß, dass ich nichts weiß*, und das war ein kluger Kopf. Sagt man jedenfalls. Aber ja, zu seiner Zeit gab es wohl noch keine Vanillekipferl."

„Um die geht es!"

„Weiß ich, weiß ich doch. Übrigens, bei Feinkost-Albrecht gibt es auch welche."

„Du meinst beim ALDI?"

„Sprich nicht so gewöhnlich, Männe. Und störe nicht immer meinen Gedankenfluss."

„Vanillekipfeeerrl!"

„Ja, ja, die Kipferl, also… hach! Ich darf nicht vergessen, für Frau Meier zwei Flaschen Rum zu besorgen. Die hat sich nach ihrem Kneipenbesuch den Fuß verstaucht, hat nicht aufgepasst, die olle Tran-Suse. Ist wahrlich nicht das hellste Lichtlein an der

Dezembertanne. Selbst schuld, ja, gestolpert ist sie... vielleicht, als sie aus der Kneipe kam?"

„Zur Sache! Ich fragte dich, ob du Vanillekipferl *magst*."

„Was? Die Vanillekipferl? Ja die ..., der Supermarkt hat auch welche, zwei Euro fünfundsiebzig die kleine Packung, in einem bunten, mit Sternchen bedruckten Plastikbeutel... und mit goldener Schleife. Soll ich davon welche mitbringen? Die haben auch eine günstige Großpackung. Selbst im Metrokatalog findet sich angeblich eine Auswahl nach Uromas uraltem Hausrezept. Kannste wohl glauben."

„Ich denke, du wolltest selber welche backen. Außerdem, verfluchte Kiste, ich wollte ..."

„Fummle nicht immer an der schönen alten Keksdose rum. Gib sie her, Männe, sonst fällt sie noch runter. Wäre schade, das Ding ist ein Familienerbstück, darin hat mein Ömchen, Gott hab sie selig, schon ihre Backschätzchen aufbewahrt. Kannste wohl glauben. Übrigens, was hast du in meiner Küche zu suchen?"

„Aber ich..."

„Aber, aber, der Mann von Frau Meier praktiziert auch diese Unsitte, stört ständig in der Küche. Ihr solltet selber mal kochen, ihr Kochtopfgucker. Dann blick ich *euch* über die Schulter und störe. Kannste mir glauben!"

„Vanillekipferl!!"

„Gib Ruhe, du wiederholst dich. Ich bin ja beim Thema. Die Meiersche, die aus der Müllerstraße, die haben im letzten Jahr den Christkindlmarkt in Nürnberg besucht. Da gibt es Vanillekipferl, an jedem Stand. Nürnberg ist eine schöne Stadt, eine wunderschöne, alte Stadt, sehr interessant. Dann erst die altehrwürdige Burg mit den dicken Mauern. Apropos dick. Die dicke Frau Kuckuck aus der Vogelallee, die ist da ebenfalls kürzlich hingeflogen, mit ihren Kleinen; Last Minute, mit einer Billigfluglinie. Ihr Mann war auch dabei. Mit mir machst du ja so was nie, nicht mal in der Adventszeit. Da soll ich immer nur *Vanillekipferl* backen."

„Verdammt, das ist das Stichwort!"

Die Frau holt tief Luft. „Welches Stichwort? Quatsch mir nicht immer dazwischen. Und wenn, dann drücke dich klar aus! Was nervst du mich dauernd mit diesen blöden Vanillekipferln?"

Kleine Pause.

„Also, höre Liebling", sagt er und denkt: *Warum nenne ich sie schon wieder Liebling?* Er schnauft durch, versucht seiner Stimme einen ruhigen Klang zu geben. „Ich habe dich vorhin gefragt, ob *auch du* gerne Vanillekipferl isst, ob *du sie magst*, und dabei ist es mir schnurz piepe egal, ob die vom Supermarkt sind, im bunten Plastikbeutel mit Goldschleife für 3,75 oder ob die nach dem Rezept von deinem greisen Ömchen, der hoffentlich Seligen, gebacken wurden; meinetwegen auch nach dem besoffenen Rezept der Frau Müller in der Meierstraße."

„Frau Meier in der Müllerstraße!"

„Kruzitürken, egal, ich meine die mit der roten Nase, diesen weiblichen Waldschrat." Seine Stimme nimmt an Lautstärke zu. „Ich will nur wissen, ob *auch dir* diese Vanillekipferl schmecken, ob *du sie magst!*"

„Aber ja, Männe, ich *mag* Vanillekipferl. Natürlich. Die mag ich sogar gerne, um nicht zu sagen sehr gerne! Deshalb backe ich nachher welche. Mach ich nicht deinetwegen, damit du es nur weißt. Auf eine klare Frage eine klare Antwort! Kannste wohl glauben."

Eine neue Frau

Fridolin Fröhlich, ein munterer Mittfünfziger, schlendert über den Kudamm. Vor der Gedächtniskirche, von den Berlinern einst respektlos *Hohler Zahn* genannt, verweilt er kurz und mustert einen Mann mit kräftiger Nase. Der kleinwüchsige Mann schaut ebenfalls nachdenklich. Er bleibt abrupt stehen.

„Mensch Ibrahim, bist du`s wirklich? Hätte dich beinahe über den Haufen gelaufen. Wie geht es dir, alter Schlemihl? Wirklich schön, dich zu treffen."

Ibrahim ist von magerer Figur, hat ein Gesicht wie ein Aal, dazu Ohren, wie Friedolin sie von großen Henkeltassen kennt, dazu haselnussbraune Augen. Er lebt schon lange Zeit in Deutschland. Früher hat er für seine Familie Ahnenforschung betrieben, kann seinen Stammbaum angeblich zurückverfolgen bis weit über die Gründung Jerusalems hinaus, ja, bis hin zu den Dinosauriern. Das behauptet er.

„Ei, Fridolin, ja, is aber lustig, dass ich dich treff. Damit, dass ich spaziere iber Kudamm und was is? Sehe dich wieder nach lange Zeit, du Spitzbub."

Fridolin Fröhlich ist aufrichtig erfreut. Gerne erinnert er sich an alte Zeiten. Sie haben so manche Tasse *verkehrten Kaffees* geschlürft, reichlich Bier genossen zum *Couscous* oder zum *gefilte Fish*. Oft hat er mit dem Schlitzohr Schach gespielt, stundenlang, gelegentlich auch Poker und dabei den einen oder anderen Geldschein für immer aus den Augen verloren.

„Erzähl, Ibrahim, alles gut? Wir haben uns seit mindestens drei Jahren nicht mehr gesehen, richtig?"

„Gut, Jontef, ja, kommt so hin, einiges passiert inzwischen, kann sagen viel passiert. Ja, ja, sehr viel."

„Nun mach, lass dir nicht alles aus dem Gehege deiner gelblichen Zähne ziehen. Erzähle, mach voran."

„Na gut, also, muss sagen, hab ich jehabt Massel. Letztes Jahr gefunden neue Ische. Hab ich geheirat zweites Mal."

Fridolins Mimik gleicht einem riesigen Camembert, der zu lange in der Sonne gelegen hat. „Ist doch gut, um nicht zu sagen sehr gut!"

Ibrahim legt sein Frühwitwergesicht in Falten. „Weiß nicht, mecht sein vielleicht nicht so gut."

„Wieso, was ist los? Sag, ist die Liebste zu anspruchsvoll? War die Hochzeitsnacht eine Qual? Sprich, kannst mir alles anvertrauen, bin immer noch dein guter Freund."

„Ei ja, bittscheen, dann mecht ich nun reden Tacheles. Neue Frau, die ist häässlich, potthäässlich. Gute Chancen für Job als Chefpilotin in Besenfabrik."

„Oh je, das hört sich schlimm an!"

„So isses, macht Aushilfe auf Kirmes, auf Jahrmarkt. Hilft aus bei Geisterbahn. Nur mein Mamme findet Gesicht brauchbar."

Fridolin Fröhlich wird es gruselig. „Armer Ibrahim, das ist schlecht, ja, um nicht zu sagen sehr schlecht. Warum hast du sie dann geheiratet?"

„Ei ja, mecht sein nicht ganz so schlecht. Hab ich nämlich trotzdem jehabt Massel. Frau hat mitgebracht Geld, massig Kies, Zaster, Penunse, Pinkepinke, Moos; weißt schon."

Fridolin verschlägt es die Sprache, steht da mit offenem Mund, fängt er an zu stottern. „Ja, freilich, das könnte in der Tat ein Hauptgewinn sein. Klingt gut, um nicht zu sagen sehr gut!"

„Na ja, aber weist, jedes Geldstick hat zwei Seiten. Man kennt auch sagen mecht sein nicht gut. Frau ist schofelig und geizig, lacht selten und wenn, nur auf Kosten von andere. Beim Shoppen nur nerven, nix kaufe, nur nerven und gucke."

„Ei potz!"

„Ja, und dann, seit einige Monat, wäscht sie Unterhos meinige nur noch unterer Teil, weißt? Nur halb, weil sie will Gummizug schonen. Ganz alte Unterhos meinige trägt sie selbst. Hat sie genäht zu, im Schritt."

„Häh, habe ich richtig gehört? Sie trägt aus lauter Geiz alte Unterhosen auf…von dir… und näht dann noch den Schlitz zu? Ibrahim, du willst mich veräppeln!"

„Nein, Frido, ist sich so geizig. Letztes Viertes Advent hat sich gestellt mit *zwei* Kerzen vor Spiegel. Geizige Zippe!"

„Oh je! Aber man kann nicht alles haben!"

„Ja, so isses. Freilich bei unserer Hochzeit hat sie gegeben dem Pfarrer Scheck. Zehntausend Mäuslein stand auf Scheck."

„Ist cool, ist doch eine ordentliche Spende."

„Schon, schon, aber fehlte Unterschrift drauf. Hat gesagt, sie will anonym bleiben, wenn schon tut Gutes. Danach wir haben gefeiert in Cocktailbar. Hatte sie plötzlich Holzsplitter in Zunge."

„Holzsplitter in der Zunge? Wie das?"

„Saßen an Bar, alte hölzerne Theke, Glas umgekippt, hat aufgeschleckt von altes Holztresen Reste von edles Drink."

Fridolin Fröhlich schnauft tief durch. „Ibrahim, willst mich verscheißern, alter Schlemihl! Nein? Soviel Geiz ist schlecht, um nicht zu sagen sehr schlecht."

Ibrahim verzieht sein aalförmiges Gesicht zu einem Grinsen, sodass die Henkelohren Besuch bekommen. „Ei, mecht aber sein kein so großes Schlamassel, mecht sein nicht ganz schlecht."

„Na hör mal, viel schlimmer geht`s kaum. Potthässlich und dann noch krankhaft geizig!"

„Na ja, schau. Mecht geben auch Gutes. Frau hat letzte Woch jekauft Auto von der ihr vieles Geld, großes, scheenes Vehikel, Sportcoupe´ mit Stern."

„Das war gewiss teuer."

„Iber Siebenzigtausend Mäuschen."

„Ja, so etwas macht sich gut, um nicht zu sagen sehr gut!"

„Ei Frido, liebes Freund, man kennt auch sagen: mecht sein nicht gut."

„Ibrahim, Herr im Himmel! Hat euch der Verkäufer reingelegt? Was ist ungut, wenn die Frau von ihrem vielen Geld ein tolles Auto kauft?"

„Schmonzes, ne, mecht sein nicht gut."

„Sag schon endlich, was ist los! Habt ihr beide keinen Führerschein oder lässt sie dich nicht ans Steuer?"

„Doch, doch, hab ich auch gleich gefahren Probe. Alles gut, geiles, scheenes Fahren mit scheenes Auto."

„Also, was ist dann schlecht daran?"

„Na ja, Anfang von de Woch wir machen fröhlich Ausflug nach Blanke Nase."

„Du meinst Blankenese."

„Wie du meinst, ja, haben wollen machen scheenes Picknick, fahren raus zu Elbe. Parken da an Abhang, vergessen anziehen Bremse, Auto Berg runter, rein in großes Fluss, gluck gluck, weg war scheenes Auto!"

„Oh je, jetzt verstehe ich, das ist schlecht, um nicht zu sagen sehr schlecht!"

Ibrahims runzliges Gesicht wandelt sich ins Spitzbübische. Sein kleines Oberlippenbärtchen, das an erneuerungsbedürftige Borsten einer Zahnbürste denken lässt, vibriert leise. „Ei ja, mecht sein a finanzieller Verlust, ei schon, aber mecht sein auch nicht soo schlecht."

„Ibrahim, du quatschst wie ein Perpendikel, mal gut, mal schlecht. Was soll das nun wieder heißen? Sprich Klartext, was ist gut daran, wenn euer teures Auto elendiglich absäuft!"

„Na ja, musst wissen, liebes Frido…", flüstert er.

„Ich höre?"

„Frau saß noch drin."

Ein süßes Gefäß der Anmut

Knalliges Rot von Badeshorts lodert im Sonnenlicht.

Unsicher jongliert der blonde Lasse auf hölzernen, von grünlichen Meeresalgen umwucherten Buhnenresten, die ihre umspülten Köpfe aus den Nordseewellen recken. In der Nähe planscht ein nymphenhaftes Mädchen herum. Es versucht, den netten Typen zu bespritzen.

Es ist ein würziger Sommertag im Monat Juni. Die Insel Sylt hat sich geschminkt, ordentlich herausgeputzt. In der Ferne reckt ein Fischkutter seinen dunklen Mast in einen strahlend blauen Himmel. Am Strand zeichnet eine junge Frau mit ihrem zierlichen Fuß ein Herz in den feinen Kies. Immer wieder schaut sie hinüber zu Lasse.

Die beiden haben sich vor einigen Tagen an einer Fischbude in Westerland kennengelernt. Lasse hatte sich nach einem umherflatternden Zettel gebückt und beim Emporschauen in ein lächelndes, von einer honigfarbenen Kurzhaarfrisur umrahmtes Frauengesicht gesehen.

„Welch ein süßes Gefäß der Anmut!" war es dem blonden Burschen durch den Kopf geschossen. Schockverliebt, mit forschenden Augen, hatte er der jungen Frau den Zettel entgegengestreckt und die Frage herausgestottert, ob er ihr ein Fischbrötchen spendieren dürfe. Das schnelle *gerne* kam für ihn überraschend. Beim Verzehr eines Backfisches waren sie sich schnell nähergekommen. Im Lauf ihrer heiteren Plauderei hatten sie festgestellt, dass sie dasselbe Ferienquartier bewohnten. Eine schöne Koinzidenz!

Die planschende Nereide hat ihre Annäherungsversuche aufgegeben. Lasse jongliert immer noch geduckt auf den dicken Holzpflöcken herum. Sonnenstrahlen glänzen in den salzigen Wasserspritzern, die seine Brust benetzen. Schon taucht er in schöner Streckung in die Wellen, bewegt sich dann hin zum wärmenden Strand. Die Shorts schlabbern gefährlich tief um

Hüfte und Schenkel, erlauben den Blick auf einen kräuseligen Haaransatz unterhalb des Nabels. Er bemerkt es, greift zum Hosenbund. Unter dem struppigen Haarschopf nehmen blauglänzende Augen Kontakt auf.

„Sag, Tina, was machen wir jetzt? Meine Seepferdcheninsel, so hat sie mein Vater immer genannt, hat einiges zu bieten."

„Weiß nicht so recht, mein Hase. Verwandle dich in einen Astronauten und pflücke mir einen Stern vom Himmel.

„Unnötig, zwei Sterne funkeln ja schon in deinen Augen."

Na gut, dann reicht vielleicht ein flotter Handstand. Du kannst auch ein unanständiges Lied jodeln. Wozu habe ich dich mit an den Strand genommen?"

„Weißt du was, Tina-Maus? Wie wäre es, wenn wir hinüberwandern in die Dünen. Dort können wir uns von Tante Klaras wärmenden Fingern streicheln lassen."

„Hört sich gut an. Ich mag Sonnenfinger."

„Fein", meint Lasse, „zuvor möchte ich am *Café Po* vorbei. Ist nur ein kleiner Umweg."

„Café Po? Klingt unanständig, mein Hase! Willst du mich vom katholischen Weg abbringen?"

„Aber nein, oh du Tugendreiche! Dieses sogenannte *Café* ist nur ein bescheidener Kiosk. Es hat vor vielen Jahren diese Bezeichnung erhalten, weil dort Toiletten zu finden sind. Auch diverse Getränke kann man dort ordern. Da muss ich kurz hin, kurz aber dringend, wenn du verstehst. Oder möchtest du, dass ich in die Nordsee hüpfe?"

„Lasse, du Ferkel!"

„Mach ich ja nicht! Soll jedoch gelegentlich vorkommen. Sind hier in einer feinen Gegend, an der berühmten Buhne 16. Schau genau hin. Da kannst du sie treffen, die Reichen und Schönen. Auch die weniger Schönen. Solche, die es sind und andere, die es sein wollen, geliftet und ungeliftet, von südlicher Sonne vorgebräunt oder blässlich… mehr oder weniger entblößt. Einige tragen ungeniert ihre Gaudinudel zur Schau. Blick dich um. Mit Glück ist ein flotter Millionär dabei."

„Klingt nicht schlecht, mein scheuer Hase. Vielleicht sollte ich mich ernsthaft umsehen und mir eine höher gestellte Persönlichkeit anlachen."

„Ein guter Gedanke. Wie wäre es zum Beispiel mit dem Leuchtturmwärter von Kampen?"

„Witzbold, hau endlich ab, umso schneller bist du wieder da. Ich hocke mich an dieser Stelle hin und werde lüstern nach reichen und appetitlichen Männern Ausschau halten."

„Oh je, da habe ich was angeregt. Na gut, ich werde mich sputen, bin guter Hoffnung, dich in Kürze wieder an dieser Stelle unversehrt anzutreffen."

Lasse verfällt in einen leichten Trab, joggt eine Anhöhe hinauf. Er stolpert beinahe über eine blasshäutige Nackte, die auf dem Rücken liegend mit dem Kampener Strand verschmolzen zu sein scheint. Unterhalb der platten Brüste treten die Rippenknochen deutlich hervor.

„Diese Lauchgestalt ist ja eine rechte Hungerharke. Vielleicht ein Model?", vermutet der eilige Beobachter. „Wo hat die bloß ihre Organe gelassen?"

Schon ist er auf der Rückseite des Kiosks angelangt. Die groben Holzstufen sind schnell überwunden. Er betritt den Sanitärbereich. Über dem Pinkelbecken hat ein Witzbold einen Appell in krakeliger Kreideschrift hinterlassen: *Piss nicht daneben, altes Schwein, der Nächste dürfte barfuß sein!*

Grinsend öffnet Lasse eine der beiden Kabinentüren. Er hockt sich auf die Keramik. Auf dem betonierten Boden verfolgt er amoklaufende Ameisen. Sie irren zwischen seinen sandigen Füßen umher. Er verfällt ins Meditieren, denkt darüber nach, wie viele prominente Hintern sich auf dieser Tonware schon niedergelassen haben. Als er sich schließlich hochstemmt, haben ihm philosophische Impulse die Erkenntnis vermittelt, dass aus Sicht eines Klodeckels alle Menschen gleich sind. Erleichtert betätigt er die Wasserspülung.

Schon steht er im Sonnenlicht. Eine Hühneraugendame der besseren Gesellschaft stöckelt auf hochhackigen Sandalen auf ihn zu. Lasse schlendert zurück zum Strand, vorbei an Reichen und weniger Reichen, an Schönen und weniger Schönen.

Ein fleißig gebräunter Yuppietyp hat sich vor Tina aufgebaut, schlaksig, mit angedeutetem Brustkorb. Ein langes Designerhandtuch verdeckt Blößen unterhalb des Nabels. Mit einem der pediküren Füße scharrt er im Sand, gibt Einzelheiten über eine Modelkarriere preis.

„Bin schon ausgebucht", lächelt Tina. Sie wendet sich Lasse zu. „Komm, mein Hase, mach voran, Tante Klara wartet in den Dünen auf uns!"

„Nettes Kerlchen", brummt der Freund. „Geist addiert sich nicht, Dummheit schon. Bestünde das Sterben nur im Geist aufgeben, könnten Millionen Menschen unsterblich sein. Vermutlich könntest du ihm erzählen, dass dahinten im Dünengras Sumpfdotterdrosseln brüten. Ein solches Wissen würde er flugs weiterverbreiten."

„Menschenkenner!"

„Wollte er dich für heute Abend einladen, Tina? Geben Papi und Mami in ihrer reetgedeckten Prachtbude eine Party?"

„Davon hat er tatsächlich geplappert. Aber ehrlich, mein braver Hase, du bist mir lieber."

„Das hätte ich gerne genauer." Er greift nach ihrer Hand und stockt. „Vorsicht Tina-Maus, dort lauert eine angeschwemmte Feuerqualle. Meide ihre Bekanntschaft. Diese Dinger bestehen fast nur aus Wasser. Trotzdem ist Vorsicht geboten. Sie besitzen kein Hirn und sind herzlos. Als ich einmal unbehost in die Nordsee gesprungen bin, wollte mich eine richtig anmachen. Sie fühlte sich von meinen Kronjuwelen angezogen. Hätte lieber drauf verzichtet, kannste mir glauben." Unversehens fängt der Freund an zu deklamieren.

> *Wenn der Westwind über die Nordsee weht,*
> *und dann langsam über Süden Richtung Osten dreht,*
> *quellen Quallen oftmals aus der See.*
> *Brennen auf der Haut. Tut richtig weh!*

„Hübsch gereimt, mein braver Verseschmied. Die Meduse hat dir also mit ihren zarten Spaghettifingern keinerlei Freude bereitet?", grinst sie. „Ich bin aber keine Qualle. In meinen Händen brennt nichts an."

„Ist das ein Angebot?", stottert er.

In einer Bodensenke stolpern sie fast über ein Pärchen. Zwei sonnengetränkte Leiber. Reiner Blößenwahn. Die Frau trägt nur ein Diadem aus Schweißperlen. Am Fußgelenk glitzert ein goldenes Kettchen. Der Mann hat auch nichts weiter am Körper als eine grob gegliederte, goldene Halskette. Er bietet den törichten Anblick eines balzenden Endvierzigers, das Gesicht vielfaltig, der Blick einfältig. Das ädrige Ding unterhalb des Nabels hängt schlapp herab wie eine Wurst am Fleischerhaken.

Grinsend mustert der Balzvogel die jungen Leute. Er entblößt sein Gebiss. Das sieht fabrikneu aus, erinnert an weiße Klaviertasten. Die mollige, offensichtlich geliftete Frau, ist ebenfalls nicht mehr die Jüngste. Sie wirkt leichtherzig, empfänglich wie eine Fledermaus: *Geh aus mein Herz und suche Freud, in dieser schönen Sommerzeit...*

Lasse stupst Tina an. „Guck mal richtig hin, die Frau bietet uns das *Kleid der Hingebung* dar."

„Na weißt du, Hase", brummelt sie. „Etwas in mir nimmt Schaden. Diese derbe Blöße. Das Gesicht straff wie ein Spannbettlaken. Man könnte meinen, dass ein Bügeleisen im Einsatz war."

„Klasse Scharfblick. Wenn die Dame lächelt, sieht man`s nicht! Alles gestraffte Leinwand."

Lasse rezitiert: „Was wirklich Spaß macht auf der Welt, ist unser Penis, so ein Gebamsel ist doch wirklich etwas Schönes..."

„Hallo, hallo, mein Hase! Klingt nicht nach Weltliteratur. Ich meine, Ähnliches bei Monty Python gelesen zu haben."

„Schau an, Tina, bist ja echt gebildet! Weißt du wie es weitergeht? Zufälligerweise kenne ich diesen hochanständigen Text. Da heißt es weiter: „Ein Steifer ist der Gipfel, von Stolz und Blut geschwellt, vom allerkleinsten Zipfel bis..."

"Hör auf, mir reicht der Zipfel!"

„Da bin ich beruhigt", schnauft der Freund. „Schau Tina, ist es nicht so. Selbst ein ziemlich kleiner Zipfel kann dich führ`n auf hohe Gipfel."

„Ende der Zitate! Ich denke du hast recht."

Lasse legt nach. „Bedenke, dass auch ein kleiner Zipfel großes Unheil anrichten kann."

Tina marschiert weiter, zerrt den Freund voran. Vor sich entdecken sie eine verträumte Düne. Schon lassen sie Strandtaschen und erste Hüllen fallen.

Lasse greift sich die Wasserflasche. „Hiermit erkläre ich dich zur Lieblingsdüne", röhrt er. Ein Schwall landet kräftig im Mund. Reichlich Sprudelwasser läuft über das Gesicht läuft. Es rinnt an der nackten Brust abwärts. Einige Tropfen versickern in den knalligen Badeshorts. Rücklings sackt er neben Tina in den Sand und beginnt, Tante Klaras Wärme aufzusaugen. Er fühlt sich wohl in seinem Körper.

Im Umfeld der beiden jungen Leute blinzeln blühende Gräser, stehen bewegungslos, wie gemalt. Sie sind bereit, ihren Samen mit dem nächsten Windstoß hinauszutragen. Die Natur scheint den Atem anzuhalten.

„Unberührte Natur, findest du nicht?"

Tina nickt mundfaul. Sie möchte die Ruhe in Ruhe genießen.

„Was denkst du, mein geliebtes Gefäß der Anmut", kokettiert der Freund mit Augen weich wie Mollusken. „Sollten wir uns nicht nahtlos der Sonne hingeben?" Er beginnt an seinen Schlabbershorts herumzufummeln.

Tina wirft die Arme in die Luft, verschränkt sie hinter dem Kopf. „Ich soll mich dieser Natur hingeben, hüllenlos wie Gott mich schuf? Ich weiß nicht", bremst sie den Erwartungsfrohen. „Völlig ungestört sind wir hier nicht."

Der Freund protestiert vorsichtig, nestelt nervös an seinen Schlabbershorts, hat Mühe, die Kordel zu entknoten. Er wirkt entschlossen, will der Freundin ein entblößtes Beispiel geben. Da verspürt er diese verräterische Schwellung unterhalb des

Bauchnabels. Sie beginnt sich durch den dünnen Stoff abzuzeichnen. Schnell zieht er die Beine an.

Tina liegt rücklings im Sand, dreht den Kopf hin zu dem jungenhaften Mann an ihrer Seite. „Anregende Sportlichkeit ohne störende Muskelberge", denkt sie. „Gepflegte Hände und Füße. Ich mag keine datschigen Männerfüße."

Lasse bemerkt ihren Blick. Er blinzelt zurück. Still betrachtet er das apart hingestreckte *Gefäß der Anmut*. Tinas Haut ist, soweit man sehen kann, von zarter Bräune. Man kann recht weit sehen. Er ist sicher, dass der knappe Bikini seinen vorzüglichen Sitz nicht nur den Spaghettiträgern verdankt. Eine Brise Zärtlichkeit fächert durch die Mulde. Die junge Frau versteht es, in ihm Feuer zu entfachen. Sie ist ihm voll und ganz unter die Haut geschlüpft.

Lasse spürt, dass er sich verliebt hat. Er lässt den Blick über die Dünenlandschaft schweifen. Den Mann im aufgeblähten Buschhemd bemerkt sofort. Die kurzen, krummen Beine stecken in einer zerknitterten Bundhose. Beim Näherkommen stellt er fest, dass die Farbe der abgewetzten Kleidung prachtvoll mit den gebleckten Zähnen harmoniert: bahamabeige, vergilbendes Zeitungspapier. Über dem schräggestellten Kopf hat er als Sonnenschutz ein fleckiges Taschentuch geknotet. Die Augenbrauen stehen auf Sturm. Nach vorne gebückt, trunken wirkend und o-beinig stapft er durch den knirschenden Sand.

„Guck mal Tina, der Typ da!"

Sie schaut, kichert und wirft den Kopf in den Nacken; eine entzückend balzende Lachmöwe. „Will der die Kurtaxe eintreiben? Der sieht ja aus wie eine Schildkröte", lästert sie.

„Ich glaube, der ist nur versuchsweise geboren", spottet Lasse. „Bei seiner Erschaffung muss der liebe Gott eine schwache Stunde gehabt haben."

„Lasse, Lästermaul!"

„Gemein ist es, wenn ich meine Tante Trine die Kellertreppe runterstoße und rufe: *Mein Gott, was bist du noch gut zu Fuß!* Nein, ich bin sicher. Wenn man diesen Menschen an einen Blitzableiter ankettete, würde jedes Gewitter einen Umweg machen."

„Hase, du gute Laune der Natur, wie undankbar. Stelle dir vor, du wärest mit einem fiesen Hang zur Fettleibigkeit, mit einem stechenden Blick und krummen Beinen geboren worden."

„Meinen Astralkörper musste ich mir schwer antrainieren", strunzt Lasse. „Aber danke."

„Ich höre *Astralkörper?* Einen perfekten Waschbrettbauch hast du nicht. Karotten kann ich nicht drauf raspeln!"

„Tina-Maus, du könntest es mit Süßholz versuchen."

Der Alte schlurft unartig nahe an ihnen vorbei. Finstere Zehen lugen aus verschlissenen Lederlatschen. Triefaugen in dem Ledergesicht mustern das Pärchen. Sie saugen sich an der hübschen Frau fest. Dann watschelt er plattfüßig davon, die Dünen aufwärts. Dort weist ein Schild den Weg zum Strand mit dem Hinweis: *Magst du keine Nackedeis sehen, darfst du diesen Weg nicht gehen.* Der Alte hüstelt vor sich hin, geht den Weg ohne zu zögern. Ihm scheint die Gegend zu gefallen.

Tina wendet ihren Rücken der Sonne zu. Ein winziger Flaum zieht sich von ihrem Nacken die Rückenwirbel abwärts und verkriecht sich in ihrem Badeslip. Lasse beugt sich zu Tina hinüber, haucht ihr einen Kuss auf die Schulter. Sie bringt ein vorsichtiges *Lasse* hervor, als seine Lippen ihren Hals suchen, dann tiefer, wo man es nicht mehr Hals nennt. Seine Finger tasten sich voran, fummeln am Verschluss des Bikinis. Ein leises, nicht ernst gemeintes *nicht doch!* lässt den Schüchternen zaudern. Mal wieder.

Alles hat seine Zeit, sagt man. Auch die Liebe? Auch wenn sie mehr ist als eine hormonelle Veranstaltung? Oder dann erst recht? Was nun, nicht, oder doch, oder doch nicht?

Lasse ist erneut nicht in der Lage, seine Hemmungen abschütteln. Im Alltag geht er frei auf die Menschen zu. Schnelle Eroberungen hat er nie angestrebt. Auch damals nicht, als er sechzehnjährig, ein noch ungelesenes Buch, mit einem älteren Mädchen in Kontakt kam. Schnell waren sie sich auf einer Party nahegekommen. Da fuhr der Zug schon los, obwohl Lasse noch gar nicht eingestiegen war. Monate später, auf einer Schulfeier, ließ er sich von einer properen Mitschülerin verleiten, in der Turnhalle die Bequemlichkeit einer Schaumstoffmatte auszuprobieren. Das gesteigerte Verlangen des Mädchens bewirkte unvermutete Hilflosigkeit. Die heiße Viertelstunde geriet so zu einer großen Enttäuschung. Diese peinliche Erfahrung belastete ihn lange Zeit, verstärkte er doch seine Schüchternheit gegenüber dem anderen Geschlecht. Sie trug dazu bei, hin und wieder Hand an sich zu legen.

Lasse denkt an die Heimreise. Er möchte Tina wiedersehen, schaut auf sie und weiß, dass er sich verliebt hat. Sie weiß es auch und er weiß, dass sie es weiß.

„Tina-Maus, du gibst mir noch deine Telefonnummer?"

„Aber klar, mein Hase. Hast du einen Kuli, vielleicht etwas Beschreibbares?"

Sie beginnt in ihrer unergründlichen Badetasche zu wühlen. „Ich finde keinen Zettel, aber..." Sie fördert einen Lippenstift ans Tageslicht. „Mach dich lang", grinst sie, „Du magst doch kirschrot mit Glitzereffekt?"

Brav streckt sich Lasse rücklings in den Sand, verschränkt die Arme unter dem Kopf, schaut zu, wie die Freundin andächtig Zahlen auf die blanke Brust zaubert. Um die rechte Brustwarze herum gestaltet sie besonders liebevoll eine Sechs.

„Die Vorwahl kennst du ja, die lasse ich weg. Die passt nicht drauf, das wird sonst nix."

„Bis zu meiner Rückkehr werde ich nicht mehr duschen", behauptet der Freund, schließt die Augen. Er genießt die zarte Malerei auf einer Brust. Dann versinkt er in Träumereien.

„Wie spät ist es?"

Tinas nüchterne Frage holt Lasse zurück in die Realität. „Verdammt, meine Uhr ist stehengeblieben."

Es ist ein untypischer Sylttag, einer, an dem man sich gerne bis in den Abend hinein am Strand aufhält. Doch es sind Reisevorbereitungen zu treffen. Also hoch, auf die Beine. Das harte Dünengras piekt, der heiße Sand tut ein Übriges. Tina hüpft auf Zehenspitzen herum. Dann schlüpft sie in ihre Sandalen.

Lasse quält sich hinein in seine verwaschenen Jeans, schlingt sich sein T-Shirt um den Hals und greift zur Strandtasche.

„Hast du alles?"

Sie nimmt seine Hand. „Jetzt habe ich alles."

Sie blickt noch einmal zurück. „Guck mal, da ist sie wieder, unsere *Schildkröte*!"

Richtig. Lasse kann deutlich erkennen, wie sich der Alte schwitzend eine Düne emporquält. Vor seinem Bauch baumelt nun ein Fernstecher.

Sie tapsen zum Wasser, verharren eine Weile am Ufer. Ihre Füße erfrischen sich in der friedlichen Nordsee. Welle um Welle schleicht heran, fließen ineinander, befinden sich in permanenter Umarmung. Vier nackte Füße versinken im Sand. Superzeitlupe.

Eine Welle spritzt an Lasse's Hosenbeinen empor. Sie verwandelt das undefinierbare Blau in eine dunkle Mischfarbe. Ein Schwarm von Seemöwen schwebt auf die beiden zu. Das spitz gefiederte Gevogel lärmt kreischend über ihnen und vollführt waghalsige Flugkünste. Zwei Möwen streiten um ein erbeutetes Stück Brot, das sie einem erschreckten Strandurlauber aus der Hand geschnäbelt haben.

„Diese Segelflieger können an die dreißig Jahre alt werden. Sie holen sich ihre Nahrung hier am Strand, auch von Müllhalden", klärt Lasse auf.

„Igitt". Tina blickt einer Möwe nach, die in die abendnahe Sonne hineinzufliegen scheint. „Ich bin sicher, es wird ein wunderbarer Sonnenuntergang. Es dauert nicht mehr lange, bis Tante Klara ins Meer hineingleitet."

„Richtig, Tina, bald wird sie am Horizont, in rötliches Gold getaucht, ertrinken."

Martina fixiert eine Weile den flimmernden Horizont. Beidhändig umklammert sie den Arm des Freundes, im Kopf wolkenweite Gedanken. Ein Zipfelchen Glück.

„Dahinten, wo sich die schwächelnden Sonnenstrahlen mit dem Grau des Meeres vermählen, beginnt ein neuer Tag", philosophiert sie.

„Stimmt so nicht, Tina. Der neue Tag nähert sich von der anderen Seite. Wenn du jetzt der Sonne nachreistest, würde dieser Abend nie enden, du würdest dem Sonnenuntergang hinterhereilen, ohne ihn jemals vollendet zu erleben. Dein Leben wäre ein ewiger Sonnenuntergang."

„Dieser wunderschöne Tag würde nie ein Ende haben? Das ist ein kosmischer Gedanke! Wäre langweilig auf Dauer, oder? Nach vierundzwanzig Stunden käme ich dann erneut hier vorbei, ohne die Nacht erlebt zu haben. Nur ein Kalenderblatt wäre inzwischen abgerissen worden. Richtig?"

„So ist es, Tina. Soll dieser wunderbare Tag in Ruhe ausklingen. Hoffen wir auf den nächsten."

„Gewiss, mein himmlischer Freund, manchmal würde ich schon gerne wissen, was der nächste Tag mit uns vorhat. Oder die kommende Nacht?"

Tina grinst, Lasse grinst. Er streift sein T-Shirt über, nickt der Freundin zu. Es ist Zeit. Beide sind bereit, dem Strand den Rücken zuzuwenden. Sie schlendern los, vorbei an einigen noch ausharrenden Urlaubern.

Eine füllige, nur mit einem Slip bekleidete Dame hat sich neben einer Liege aufgebaut. Mit ihren Oberschenkeln könnte sie erfolgreich Reklame für Raufasertapeten machen. Mit kritischem Blick erfasst sie das Treiben um sich herum. Ein Kleid mit Blumenornamenten welkt hingeworfen im Sand, daneben ein Wagenrad aus Stroh. Die adipöse Frau stellt ihre Beobachtungen ein, sinkt herab auf ihre Liege. Sie weckt Erinnerungen an ein Aktmodell von Rubens. Was soll's. Wenn Gott nur hätte Gazellen schaffen wollen, gäbe es keine Elefanten.

Die beleibte Frau ist sich selbst genug. Sie wälzt sich in eine Endposition, gleicht einem gestrandeten Blauwal. Da gibt es keine Liege mehr. Alles ist nur sie selbst.

Bald ist der Parkplatz vor dem Urlaubsquartier ist erreicht! Tina windet sich aus dem Sitz, trippelt dem Eingang entgegen. Lasse schaut hinter ihr her. Denkt er an ein gemeinsames Duschvergnügen?

An der Schwelle zum Eingang dreht sich Tina ruckartig um. „Meine Strandtasche! Scheiße!" Aus ihrem Munde klingt selbst dieses Wort akzeptabel. „Oh fein, du hast sie."

„Ich bin ein hilfsbereiter Mensch", grient Lasse. „Einmal am Tag soll man ja eine gute Tat tun. Alte Pfadfinderregel."

Tina tänzelt voran. „Wenn die Guten nichts tun, siegt das Böse", philosophiert sie.

Vor ihrem Zimmer klimpert sie mit dem Schlüssel, findet das Schloss, drückt die Zimmertür auf, bleibt in der Tür stehen. Sie streift eine Sandale ab und scheuert ihren panierten Fuß am Türrahmen. Lasse nestelt am Hemd herum. Dann finden sie sich in einer heftigen Umarmung wieder, müssen innehalten, um Luft zu schöpfen.

Die Zweisamkeit wird unterbrochen. Einige Gäste lärmen die Treppe empor. Eine schmächtige Blondine mit aufgespritzten Lippen und endloser Schminke im Gesicht hängt glucksend im Arm eines bärtigen Mannes.

„Und nun?", flüstert das nicht mehr jugendfrische Mannsbild. Es kichert ihr eine offensichtliche Schamlosigkeit ins Ohr. Die angemalte Schnepfe gluckst feixend zurück und gibt eine unmissverständliche Antwort. Sie beginnt in ihrem Handtäschchen zu wühlen, findet nicht sofort den Zimmerschlüssel. Dann will der Schlüssel nicht ins Loch. Endlich ist das Pärchen vom Flur verschwunden.

Tina und Lasse verharren noch immer in der offenen Tür, stehen halb im Zimmer. Oh Lasse, dummer Zauderer! Das süße Gefäß der Anmut ist ihm zum Trinken nahe. Warum erneut diese Zurückhaltung, diese dumme Beklommenheit? Nur allzu gerne würde er an den Leckereien des Lebens naschen. Er sehnt sich nach Tinas flaumigem Körper, haucht schließlich der Freundin einen Kuss auf die Wange, wendet sich mit einem *ich muss dann mal* hinaus auf den Flur, hinüber in sein Zimmer. Dort presst er die Stirn gegen die Türfüllung, quält mit der flachen Hand den Türpfosten. Wenig später zerrt er Hemd und Hose vom verschwitzten Leib.

Unter der Dusche würgt Lasse die Duscharmatur. Dünne Wasserfontänen spülen Sandkörner und purpurnen Lippenstift von der Haut. Allmählich bekommt er den Aufruhr in den Griff. Seine Hand tastet nach einem Stück Seife. Das glatte Ding flutscht ihm durch die Finger. Er packt mit beiden Händen zu. Es scheint, als wolle er das glitschige Stück erdrosseln. Schließlich gelingt es ihm, die Seife zu packen und ihrem Verwendungszweck zuzuführen. Mit geschlossenen Augen nimmt er die Wohltat herabsprudelnden Wassers in sich auf. Milder Schaum sammelt sich in flüchtigen Wolken am Boden und umspielt die gebräunten Füße. Da zuckt er zusammen. Zwei freche Hände schlängeln sich unter seinen Achselhöhlen hindurch. Schnell finden sie den Weg zur pochenden Brust. Die Glitzerreste eines Lippenstifts sind schnell verwischt.

„Darf ich dir helfen, mein scheuer Hase?", säuselt eine liebe Frauenstimme.

Der Schrecken ist spontan verdrängt. Willig gibt sich Lasse sanften Händen hin, die sanft forschend auf der Suche nach Männlichkeit an ihm abwärts gleiten. Schon ertasten sie den erwachsen werdenden kleinen Prinzen.

„Liebster Hase, ich habe gehört, man soll jeden Tag eine gute Tat tun. Wer hat das kürzlich noch gesagt?", kichert Tina und ist bereit, dem Königssohn Einlass zu gewähren.

Lasse antwortet nicht. Er befindet sich in guten Händen.

Fußball beim Zitat genommen
(Von den Lippen abgelesen)

Der favorisierte FC Bumski *leistete sich am Wochenende einen Seitensprung, der vermutlich noch Folgen haben wird* (das soll bei Seitensprüngen vorkommen).

Der Trainer hatte *vom Feeling her er ein gutes Gefühl, denn die Breite in der Spitze war dichter geworden. Hoffentlich zeigt die Mannschaft eine runde Leistung, das würde die Leistung abrunden. Alles wird sonst wieder alles hochsterilisiert.* Der Trainer warnte vor dem Gegner. Er war überzeugt, *dass der Tabellenerste jederzeit den Spitzenreiter schlagen kann.* Man kennt das. *Der Trainer kann noch so viel warnen, aber im Kopf jedes Spielers sind zehn Prozent zu wenig vorhanden, und bei elf Mann sind das schon 110 Prozent.*

Der Mittelstürmer verlor schon beim Anspiel die Beine (wir bitten den ehrlichen Finder…). Außerdem: *Ihm fehlte oben, was er abwärts zu viel an Gewicht aufwies. Aber: Er machte langsam Fortschritte, war schließlich im Nebenberuf Beamter. Bei denen dauert alles länger.*

Der eine Außenstürmer suchte pausenlos die Offensive (fand sie aber nicht). Der andere war kaum erfolgreicher; kein Wunder: *Er hatte nur einen linken Fuß* (noch mal: *Der ehrliche Finder wird*…). Jetzt einen Auswechselspieler bringen? *Wenn man ihn ins kalte Wasser geschmissen hätte, hätte er sich die Finger verbrennen können.* (Aua!).

Da haben sie auf dem Platz gestanden, alles gestandene Spieler (messerscharfe Analyse). Ein Mittelfeldspieler war extrem langsam. *Nein, das war keine Zeitlupe, der lief wirklich so.*

Die Hintermannschaft stand sehr sicher (deshalb war kaum Bewegung im Spiel). *Aber was nützt die schönste Viererkette, wenn sie anderweitig unterwegs ist*, meinte der Kommentator. *Wer hinten so offen ist, kann nicht ganz dicht sein.* Der Trainer folgerte: *Wenn wir nicht 0:1 zurückliegen würden, könnten wir 1:0 führen*, und später in der Kabine: *Wenn wir alle schlagen, können wir es schaffen.*

So standen sie dann immer gewaltig unter Druck. *Die Spieler massierten sich hinten* (soll gesund sein). *Einige gingen mit dem Ball so* um, wie man es mit der Schwiegermutter nie wagen würde. Kein Spieler fiel besonders auf. Zuweilen ging es chaotisch zu. Da wurde der Kommentator an das Alte Testament erinnert: *Sie trugen seltsame Gewänder und liefen planlos umher.* In der zweiten Halbzeit *machte es sich aber positiv bemerkbar, dass ein Spieler die rote Karte zu sehen bekam. Ein Mann mehr in der Verteidigung hätte nur noch mehr Verwirrung gebracht* (also noch einen Spieler vom Platz nehmen?).

Der Gegner stellte einen unbändigen Ehrgeiz auf den Platz (drohte Standfußball? Nein. *Der gegnerische Mittelstürmer war ein tödlicher Giftpfeil in der Elf der leichtfüßigen Supertechniker* (ach du Giftiger, du!) und *brannte vor Ehrgeiz* (manche lieben`s heiß) nach dem Motto: *Nichts ist scheißer als zu verlieren.* Dann schoss er aufs Tor, aber *der Ball ging daneben, durch die Beine, knapp an den Beinen vorbei, durch die Arme.* Da war der Stürmer *sehr selbstkritisch, auch sich selbst gegenüber. Später wurde er von hinten gedeckt* (und was war vorne?). Nach eigenem Bekunden war er *körperlich und physisch topfit und hatte bis dahin in einem Jahr 16 Monate durchgespielt und 12 seiner 10 Tore von der linken Außenposition erzielt.* Immer diese Statistiken. *Danach ist jeder vierte Mensch ein Chinese, aber hier spielte kein Chinese mit.* Und der Verletzte? *Ein großer Spieler. Ein Mann wie Steffi Graf. Solche Ruuudi-Ruuudi-Rufe hatte es früher nur für Uwe Seeler gegeben.*

Das Spiel war eine Quälerei. *Der Torjäger wurde konsequent von hinten gedeckt.* (Pfui!) *Wer es atemberaubend fand, hatte es wohl an den Bronchen. Es war eine Mischung aus Stand- und Sitzfußball. Die Luft, die nie drin war, war raus aus dem Spiel. Je länger das Spiel dauerte, desto weniger Zeit blieb. Leider zeigten die Rothosen erst kurz vor Schluss, was in ihnen steckte* (zur Freude der Frauen?).

Alles Schnee von morgen. Am Ende stand es Null zu Null, es hätte auch andersherum kommen können. Mal verliert man, mal gewinnen die anderen. Und außerdem: *Das nächste Spiel ist immer das nächste.*

Schlussendlich: *Fußball ist ding, dang, dong. Es gibt nicht nur ding!*

Der altgediente Torwart erklärte nach dem Spiel, *dass nunmehr das Ende für ihn gekommen sei.*

Amen.

Ein Schauspielschüler ist erkrankt…

Nach dem Abitur ist Björn bemüht, passable Jobs zu ergattern. Im Geldbeutel finden sich selten größere Scheine.

Der Student der Wirtschaftswissenschaften ist sich nicht zu schade, im Winter morgens vor vier oder fünf Uhr aufzustehen, um Arbeiten bei einer Erdbaufirma zu verrichten, zuweilen sogar bei Frost. Er hat schon bei einer alten Frau Teppiche geklopft. Die schlecht bezahlte Arbeit wurde ihm durch den studentischen Schnelldienst vermittelt.

Beim Fernsehen, so hörte er von einem Kommilitonen, werden gelegentlich Kabelhilfen benötigt. Sofort hat auch er sich angemeldet. Zudem hat er vor einiger Zeit beim Künstlerdienst sein Foto hinterlassen. Das führte bereits zu einem erfreulichen Job als Komparse, auch Kleindarsteller genannt. In einem unbedeutenden Film durfte er, zum Neid anderer Komparsen aus einer kleinen Gruppe heraus *hallo* rufen. Damals war er umringt von einigen kamerageilen Kollegen, die sich aufdringlich vor ihm ins Bild drängelten.

Es ist ein früher Samstagmorgen Anfang der 60-ger Jahre. Björn quält sich aus dem Bett. Da schnarrt das cremefarbene Telefon in seiner brokatummantelten grünen Schutzhülle. Eine kurzatmige Stimme meldet sich.

„Alf Meier vom Künstlerdienst Hamburg. Sind Sie Björn?"

Mit erhöhtem Puls bestätigt Björn diese Frage.

„Ein Schauspielschüler ist erkrankt. Der NDR dreht einen Dokumentarfilm. Können Sie sofort einspringen?"

„Ja, keine Probleme."

„Das ist gut. Haben Sie einen normalen Anzug? Ja? Den tragen Sie bitte. Sie müssten heute Mittag schon einsatzbereit sein. Schaffen Sie das? Und am morgigen Sonntagvormittag geht es dann weiter."

Der Student atmet kurz durch. „Alles kein Problem, bin schnell startklar. Wie ist die genaue Adresse?"

Eilige Rasur, rein in den Anzug, ein letzter Blick in den Spiegel im Flur, raus aus der Tür, hin zur S-Bahn, dann Fahrt bis zum Damtorbahnhof.

Nahe der Rothenbaumchaussee findet er die angestrebte Adresse. Eine tolle Gegend. Vor einer alten Villa stehen Fahrzeuge. Ein Pappschild im Fond eines der Autos mit der Aufschrift *NDR-Aufnahmeteam* zeigt ihm, dass er hier richtig ist. In der Tür empfängt ihn ein Twen mit einer Filmklappe in der Hand. Im Hintergrund gibt ein Mann im Rollkragenpullover Anweisungen. Ein kurzer Blick, ein zustimmendes Nicken.

„Im Nebenraum warten."

Er erfährt, dass eine Dokumentation, *Spionage in Deutschland*, gedreht wird. Klingt spannend. Endlich wird er eilig aus der Wartezone herbeizitiert. „Die Zeit drängt immer am Set", denkt der Schauspielschülerersatz.

„Auf geht's", erklärt der Regisseur. „Schön, dass Sie schnell einspringen konnten. Packen wir´s an. Ist ganz einfach."

Der Mann verlässt sich offensichtlich darauf, dass der Werkstudent ordentlich agieren wird. Vielleicht denkt er auch einen gelernten Mimen vor sich zu haben.

Das Wichtigste für den Studenten: Es locken jetzt pro Tag *fünfzig Deutsche Mark* Gage. Diesen Job wird er souverän meistern, davon ist er überzeugt. *Hakuna Matatta* sagen die Kenianer, keine Probleme. Sein *hallo* als Komparse hat er noch gut in Erinnerung. Er lästert gerne über Komparsen, spricht von *Schiet und Dreck im Hintergrund*. Doch an diesem Tag fungiert er als echter Kleindarsteller! Heute wird er nicht zu denen gehören, die mit einem Auge über die Schulter eines anderen Komparsen blicken oder versuchen, sich ins Bild drängen.

Aufrecht, erwartungsfroh, ein wenig unsicher steht er in dem großen Vorraum. Die Scheinwerfer und Akteure im Umfeld nimmt er kaum wahr, wartet er auf seinen Einsatz. Eine junge Frau pinselt ihm schnell noch etwas Puder auf die geröteten Wangen. Sein Babyhintern ist nach der Geburt mit Sicherheit liebevoller gepudert worden.

Die unklaren Gedanken werden von ersten Anweisungen des Regisseurs unterbrochen. Er soll die Treppe emporschreiten, dann den Mantel an einen der Garderobenhaken hängen und schließlich auf dem Stuhl Platz nehmen. Auf welchem denn? Ah ja, da steht nur einer. Eine erste Probe.

Im oberen Stockwerk lässt Björn den Blick über ein kleines Studierzimmer schweifen. Er registriert einen alten Bürostuhl mit flexibler Rückenlehne, einen glatten Holztisch mit einer Arbeitslampe darauf. An der Seitenwand staubt ein breites, mit Büchern bestücktes Regal vor sich hin. Dann geht`s die Treppe wieder runter.

Achtung Klappe! „Spionage in Deutschland, die erste."

Björn schreitet anweisungsgemäß die Treppenstufen empor, hängt den Mantel auf und lässt sich auf dem Stuhl nieder.

„Genauso! Die Kamera war mir zu unruhig. Sicherheitshalber das Ganze noch einmal" fordert der Regisseur.

Neue Klappe! Björn marschiert die Treppe hoch, hängt den Mantel auf, hin zu Arbeitsstuhl. Da sitzt er nun. Schnitt. Alles klar. Der Regisseur, wie heißt der wohl? Keine Ahnung.

Die nächste Aktion könnte kritisch werden. Immer muss in Fernsehproduktionen geraucht werden. Ein wichtig wirkender Mitarbeiter reicht dem Kleindarsteller eine angebrochene Schachtel Zigaretten. Ihm, dem Nichtraucher! Absoluter geht es nicht! Als Kind hat er einst auf dem Gartenklo eine vom Vater stibitzte Zigarette probiert. *Einmal und nie wieder*, hat er sich damals geschworen. Bis jetzt hat er es eingehalten. Heute jedoch wird er sich eine Zigarette ins Gesicht stecken und dann nachdenklich in einen Stuhl hineinsinken.

Klappe! Ein Streichholz ist schnell entzündet. Er saugt an der Zigarette, ist unsicher, wie tief er den Rauch einatmen soll. Er spürt Hustenalarm. Aus den Augenwinkeln registriert er eine Zoombewegung. Großaufnahme!

Mit der Zigarette in Hand und Mund fragt er sich, ob die morgendliche Rasur gründlich genug ausgefallen ist. Hoffentlich geben die Fingernägel ein ordentliches Bild ab. Es musste alles so schnell gehen, heute, am frühen Morgen. Durch die Grübelei ist seine Mimik offensichtlich nachdenklich genug ausgefallen. Der Regisseur ist zufrieden. Alles Paletti. Ende für heute.

Am folgenden Sonntag ist Björn zeitig vor Ort. Er muss nicht lange auf seinen Auftritt warten. Oben im Studierzimmer soll es weitergehen. Der Regisseur erscheint, begrüßt ihn heute mit Handschlag. Vielleicht hat er ja die Probeaufnahmen von gestern angeschaut und dabei zufrieden gegrunzt. Nun erklärt die weitere Vorgehensweise.

Die Klappe fällt. Björn erhebt sich, schreitet hinüber zum Bücherregal. Nach kurzem Suchen greift er sich ein Buch. Zurück zum Arbeitsstuhl. Da blättert er suchend zwischen den Buchseiten herum, vertieft sich in den Text.

„Das war schön, doch noch nicht gut. Mach es noch einmal. Nicht zu schnell aufstehen, in Ruhe hinsetzten. Du bist ja nicht auf der Flucht."

Sind die beiden nun schon beim DU? Nicht so wichtig. Der Schauspielschülerersatz hat immer noch keine Ahnung, welche Rolle er spielt. Ist auch nicht wichtig. Wichtig ist die Gage.

„Also das Ganze noch mal."

„Gerne", denkt Björn, „sowas kann jeder Depp."

Es folgt jetzt der letzte Teil seines schauspielerischen Gastspiels. Aufstehen, das Buch zurück ins Regal, Mantel vom Garderobenhaken nehmen, rein in den Mantel, die Treppe runter. Alles in Ruhe. Er ist ja nicht auf der Flucht.

Der Regisseur ist zufrieden. „Das war`s dann."

Das war alles, wirklich?

Björn verweilt noch einen Augenblick vor der Villa. „So etwas hätte ich wirklich gerne öfter. Am Wochenende schnell verdiente hundert Deutsche Mäuse." Er denkt an den erkrankten Schauspielschüler. Der hätte es bestimmt nicht besser gemacht!

Es gab kein Casting, kein Briefing, kein Einlesen in eine Rolle, keinerlei Vorbereitung. „Wozu auch?", sinniert Björn. „Ist unnötig, wenn der Mime die Klappe halten muss und sie nur öffnet, um eine Zigarette hineinzustecken."

Zufrieden tritt er die Heimfahrt an. Mit der Bahn. Ein Auto kann er sich nicht leisten, noch nicht. So könnte es mit den Studentenjobs weitergehen.

Viele Wochen später.

Das cremefarbene Telefon in der brokatumrandeten grünen Schutzkleidung schnarrt. Eine vertraute Stimme meldet sich.

„Hey Björn, sag, willst du Schauspieler werden?"

„Hallo Peter, schön von dir zu hören. Was faselst du da von Schauspielerei?"

„Habe gestern Abend ferngesehen. *Spionage in Deutschland* hieß das Ding. Eine Dokumentation. Wollte schon weiterschalten, da flog mir im Großformat dein Gesicht entgegen, mit Zigarette im Hals. Das ist doch der Björn, dachte ich. Der ist Nichtraucher! Aber du warst es, na klar. Bin natürlich dabeigeblieben. Dein Name wurde sogar im Nachspann aufgeführt!"

Björn feixt. „Haste brav bis zum Ende durchgehalten. Bei dem Machwerk habe ich an einem Wochenende schnell mal hundert Mäuse abgegriffen! Die Rolle war nix Besonderes, alles ohne eigenen Text."

„Sag sowas nicht! Noch nichts von der Macht der Bilder gehört? Du hast in Großaufnahme toll gewirkt, besonders deine verdächtig dunklen Kulleraugen. Hat dich heute schon jemand darauf angesprochen?"

„Wie denn? Komme gerade aus dem Bett."

„OK, dann achte mal drauf, ob dich jemand auf der Straße neugierig mustert."

„Mache ich, Peter, mach ich! Schade, hätte mich gerne selbst mal auf dem Bildschirm gesehen und die mir untergeschobenen Kommentare angehört. Ich selbst durfte ja kein Wort sagen. Schade, habe die Sendung leider verpasst."

„Ja, echt schade. Und dann muss ich dir noch was verraten."

„Nee, was denn?"

„Ich habe dich für den Täter gehalten!"

Einer... wird... gewinnen

Funkhaus Hannover im Februar 1964. Die zweite Folge von „Einer wird gewinnen" wird in wenigen Minuten über die Bildschirme flimmern. Bereits die Auftaktsendung mit Hans-Joachim Kulenkampff war ein voller Erfolg. Diese Unterhaltungssendung wird sich schnell zu einer der beliebtesten im deutschen Fernsehen entwickeln. Experten behaupten, sie fördere den Familienfrieden. Für diese Fernsehshow wurde als Kürzel bewusst der Titel *EWG* gewählt - wegen der in diesen Jahren immer enger zusammenwachsenden europäischen Wirtschaftsgemeinschaft.

Ein verschwitzter Mann mit Kopfhörern betritt die Bühne. Der Aufnahmeleiter. Er fordert das Publikum auf, den Quizmaster mit einem besonders herzlichen Applaus zu begrüßen. Die Lichter im Saal fahren herunter. Das Gemurmel wird leiser.

Im dunklen Seitenbereich der Bühne ist eine der fahrbaren Kameras postiert. Hinter dem Kameramann lauert Björn, der Werkstudent. Seine Arbeitsbezeichnung ist *Kabelhilfe*. In späteren Jahren wird man die Kabelhilfen *Bildassistenten* nennen. Jeder Kameramann am Set ist über Kopfhörer mit dem Regisseur verbunden, um weisungsgemäße Positionen einzunehmen. Björns Aufgabe ist es, dem Kameramann ungestörte Laufwege zu sichern. Er hat dafür zu sorgen, dass das dicke Kabel hinter der Kamera genug *Lauf* hat, nirgends festhakt. Es darf nichts im Bild erscheinen, was nicht geplant ist. Ähnliche Aufgaben sind ihm früher bereits zugefallen. Björn kennt sich aus.

Seitlich an der Bühne steht ein Holzgestell, ähnlich dem Bildständer für Maler, auf dem sie ihre Gemälde erarbeiten. Auf diesem Gerüst ist eine dicke, schwarze Pappe platziert. Der Sinn dieser schultafelähnlichen Platte hat sich Björn bisher nicht erschlossen. Das ändert sich schlagartig. Der verschwitzte Mann mit den Kopfhörern hetzt im abgedunkelten Raum auf Björn zu. Der Aufnahmeleiter fixiert ihn!

„Hey du!", ruft er. „Du musst unverzüglich folgende Aufgabe übernehmen! Wenn gleich die Erkennungsmelodie der Sendung erklingt - die kennst du doch! - musst du langsam nacheinander diese drei festen Pappstreifen langsam herausziehen. Beim ersten Streifens wird das Wort *Einer* sichtbar, beim zweiten folgt dann das Wort *wird*. Zum Schluss erscheint… ich zeig`s dir."

Der Verschwitzte bewegt den oberen Pappstreifen seitlich heraus. Darunter wird auf schwarzem Untergrund in akkuraten weißen Buchstaben das Wort *Einer* sichtbar. „Danach ziehst du mit ruhiger Hand… ich muss weg, in einer Minute geht es los. Die Ansagerin erscheint schon auf dem Bildschirm. Ruhig ziehen, ganz ruhig, einen Streifen nach dem anderen…"

Einer weiteren Motivation als durch das spontane *du* des Aufnahmeleiters hätte es nicht bedurft. Björn nimmt neben der ominösen Tafel Aufstellung, entschlossen, sich des besonderen Vertrauens würdig zu erweisen. „Eine tolle Konstruktion", denkt er. „Sicherlich kein Ergebnis ausgefeilter deutscher Ingenieurskunst. Hoffentlich klemmt keiner der blöden Streifen. Ob ich schon mal probeweise daran ziehe?"

In einem Sketch von Loriot wären mit Sicherheit diverse Pannen zu erwarten, die in einer Katastrophe enden. Da würde die studentische Kabelhilfe die Pappstreifen viel zu langsam oder zu hektisch herausziehen, sodass sie sich verklemmen. Auf einem schwankenden Gestell könnten die Buchstaben erzittern und auf dem Bildschirm als wackelige, unvollständige Worte erscheinen, wobei vom Wörtchen *gewinnen* vielleicht nur *gewinn* sichtbar wird. Der eine oder andere Fernsehzuschauer würde sich dann fragen, ob neuerdings *Gewinn* mit einem kleinen g zu schreiben ist. Auch könnte die Ankündigung, dass in Kürze einer gewinnen wird, viel zu spät über den Bildschirm flimmern mit der Folge, dass der Quizmeister bereits plaudernd auf der Bühne steht. Es wäre sogar vorstellbar, dass das ganze Gestell samt Papptafel ins Wanken gerät und in sich zusammenfallenfällt. Der brave Mann hinter der Kamera würde im Wortsinne schwarzsehen und ein herumliegendes Holzgestell mit schwarzer Pappe anglotzen. Er würde vergeblich auf Regieanweisungen warten, weil es dem Regisseur die Sprache verschlagen hat oder er nur Flüche im Ohr zu hören bekommt. Zu guter Letzt, welch unpassende Formulierung, könnte ein verzweifelter Werkstudent im Bild herumhuschen im hektischen Bemühen, das umgefallene Gerüst samt Pappe wieder auf sichere Beine zu stellen. Der Kabelhilfe würde das wohl später zu fragwürdiger Popularität verhelfen.

Die Fernsehansagerin hat inzwischen charmant lächelnd ihre einführenden Sätze an Millionen von Zuschauern übermittelt. Die Titelmusik, live vom Tanzorchester des Hessischen Rundfunks dargeboten, schwebt in den Saal hinein. Das Rotlicht an der Kamera, hinter der Björn nach erfolgreicher Erledigung seines Sonderauftrags wieder Stellung beziehen wird, leuchtet auf. Er hat die erste Pappschlaufe in der Hand und beginnt zu ziehen. Wie durch Zauberhand erscheinen auf Millionen Bildschirmen nach und nach die Worte *Einer...wird...gewinnen.* Die Bühne wird eingeblendet. Federnden Schrittes eilt ein strahlender Hans-Joachim Kulenkampff aus der Kulisse herbei, umtost von donnerndem Applaus.

Der Beifall im Saal will kein Ende nehmen. Der Quizmaster steht mit ausgebreiteten Armen vor der Führungskamera und versucht mit beruhigenden Gesten auf das Publikum einzuwirken. Er möchte den falschen Eindruck erwecken, dass ihm dieser überbordende Begrüßungsapplaus peinlich ist. Hat der verschwitzte Aufnahmeleiter das willige Publikum vielleicht übermotiviert?

Niemand hat nach der Sendung den Werkstudenten beachtet oder gar für sein erfolgreiches Strippenziehen gelobt. Wenn`s klappt, ist alles selbstverständlich.

Bei den nachfolgenden EWG-Shows war die Titelschrift im Vorspann bereits fest einprogrammiert. Irgendjemand in der Fernsehcrew muss sich des Risikos mit der Tafel bewusstgeworden sein. Vielleicht war es der Aufnahmeleiter.

Ulli und Bully

Das Rotlicht an der Fernsehkamera glotzt stoisch vor sich hin. Der Moderator greift zum Handy.

„Nur noch wenige Sekunden, dann erfahren wir das Ergebnis vom Fußballländerspielspiel in Kirgisistan, ganz exklusiv", verspricht er und blickt optimistisch in die Kamera. „Mein Kollege Bully Knacks ist in der Kirgisischen Republik für uns direkt Ort."

„Hallo, Bully, bist du da? Hier ist der Ulli!"

Es knackt und knirscht in der Leitung.

„Hier ist nicht Ulli! Hier ist Bully!"

„Das ist gut, Bully. Wie war das Spiel?"

„Hab die Frage nicht verstanden…"

„Ich fragte: Wie war das Spiel?"

„Ach wieviel? Oder meinst du das Spiel?"

„Ja, das Fußballländerspiel gegen Kirgisistan."

„Was ist an?"

„Nein, das Spiel, über das du uns berichten wolltest."

„Ach ja, ich kann das Spiel schlecht beurteilen."

„Was? Wieso?"

„Ja, ich kann kein echtes Urteil abgeben."

„Was, warum?"

„Habe das Spiel nicht gesehen."

„Bully, was hast du nicht?"

Es knistert wieder heftig.

„Ulli, die Verbindung ist Scheiße."

„Ja, alles ist Scheiße Bully!"

„Wer?"

„Nicht du Bully. Bully, bist du noch da?"

„Ja, das ist wahr."

Es knackt mal laut, mal leise.

„Hallo, aah, da bist du ja wieder."

„Ja Ulli, ich bin da. Freue mich, dass wir uns jetzt verstehen."

„Das ist gut Bully, was hast du vom Spiel gesehen?"
„Ulli, ich kann nicht viel verstehen!"
„Was ist? Wen kannst du nicht sehen?"
„Ulli, ich kann dich schlecht verstehen!"
„Aber *ich* verstehe jetzt ganz gut, Bully. Was kannst du zum Spiel sagen?"

Es knistert und knackt immer wieder in der Leitung.

„Was hast du gesagt, Ulli?"
„Ich fragte, ob du was zum Spiel sagen kannst?"
„Ich habe die Frage nicht verstanden."
„Was kam abhanden? Bully, uns interessiert das Ergebnis."
„...zu viert zum Begräbnis? Was soll der Quatsch!"
„Verdammt Bully, ich fragte: Wie ist das Spiel ausgegangen!"
„Du meinst der Schiedsrichter war befangen?"
„Wovon sprichst du? Kannst du mich nicht verstehen?"
„Nein, Ulli, ich habe das Spiel nicht gesehen."
„Wie, was?"
„Muss mich drauf verlassen... ich habe gehört..."
„Bully, was hat dich gestört?"
„Ich kann dich schlecht verstehen. Hier jagt ein Regenschauer den nächsten."
„Das Ergebnis, Bully, das Resultat!"
„Welche Tat? Jetzt wird es besser. Der Regen lässt nach."
„Gibt es sonst noch was? Die Verbindung ist schlecht."
„Ja, du hast Recht. Die Verbindung ist schlecht."
„Ach Bully, da sagst du mir nichts Neues."

Der Moderator wirft das Handy in die Ecke. Dann hypnotisiert er das stoische Rotlicht. „Wissen Sie was, liebe Zuschauer? Ich habe da einen guten Vorschlag. Wir schauen gleich mal ins Internet."

Urlaubsschrecken

Björn und Adele sind in den Sommer geflogen. Mit einem Billigflieger haben sie erfolgreich die warme Weite gesucht.

„Vergessen Sie auf keinen Fall ihre dunkelste Sonnenbrille nicht, wenn Sie ihr Hotel verlassen", ermahnt sie der Reiseleiter auf Gran Canaria.

„Wegen der grellen Sonne?", fragt Björn.

„Auch. Noch wichtiger ist, dass entgegenkommende Urlauber ihre erschreckten Augen nicht sehen! Achtzig Prozent sind hier Deutsche!"

Später, vor dem Hotel, schlurft ein älterer Mann mit knallrotem Gesicht an ihnen vorbei, in der einen Hand eine knallvolle Plastiktüte aus dem Supermarkt, in der anderen einen Bierpack. Das Hemd spannt enorm über dem ballonförmigen Bauch. Wäre diese Person eine Frau, würde Adele zweifellos auf eine kurz bevorstehende Entbindung tippen. Die ungepflegten Füße stecken in ausgetretenen Plastikschlappen. Sie erzeugen beim Gehen ein unangenehm klatschendes Geräusch. Kurz darauf kreuzen ähnlich propere Urlauber ihren Weg.

Der nächste Morgen.

Am Frühstücksbuffet wird Björn von einem Rentner angerempelt, von hinten. Mit der Gier einer Balkenratte greift der Mann über Björns Schulter. Er schnappt ihm die Weintrauben weg. Entsetzt blickt er den Alten an. Vielleicht hätte er im Frühstücksraum seine Sonnenbrille tragen sollen.

Der Tischnachbar berichtet, dass er gestern am FKK-Strand gewesen sei, wo ein entblößter Urlauber, mit den Füßen knöcheltief im Wasser, ungeniert in den atlantischen Ozean uriniert habe.

Adele ruft „Nein!"

Der Tischnachbar sagt „Doch!"

Björn äußert sich besorgt. „Sie hatten hoffentlich Ihre Sonnenbrille auf!

Einige Tage später. Björn ruht am Hotelpool auf einer der hellen Plastikliegen, eingeengt zwischen gefühlt hundert weiteren Gästen. Er betet die Sonne an. Eine deutsche Urlauberin auf der Liege neben ihm geruht sehr unruhig zu ruhen. Alles an ihr ist rund, alles bringt sie provokant zur Geltung. Sie quasselt ohne Punkt und Komma, leidet unter gemeiner verbaler Inkontinenz. Ein Wunder, dass ihr einige der zahlreichen Sommersprossen nicht aus dem Gesicht springen. Der rot bemalte Mund gleicht einer klaffenden Wunde. Wenn sie „hi" sagt, signalisieren die Ohren Zustimmung. Erstaunlicherweise zeigt sich auf ihrer Zunge kein Sonnenbrand.

Nicht nur Björn wird darüber informiert, dass ihr Mann, ein Jungrentner, unter Kniebeschwerden leidet. Gestern wären sie nach Maspalomas gefahren und zum Strand gegangen, langsam, denn der Ehemann könne schlecht laufen, der Wind dabei ein echtes Abenteuer; Sand und kleine Steine wären herumgewirbelt, weshalb sie sich zum nahen Einkaufszentrum begeben hätten, aber auf dem Weg dorthin habe sich der Mann mehrfach hinsetzen müssen, wegen der Knie, sie wissen schon, auch im Geschäftsviertel habe der Wind viel zu heftig geblasen, beinahe hätten sie sich den Tod geholt und das im Urlaub, also schnell zurück, natürlich mit dem Bus, der Mann sei ja schlecht zu Fuß, hinten im Bus hätten sie dann gesessen, nicht genau wissend, wo sie den Bus verlassen mussten, der Busfahrer hätte nur spanisch gesprochen, dieser Schiffsschaukelbremser, der Spanische, deshalb seien sie eine Station zu spät ausgestiegen, was für ihren Mann großes Pech bedeutet habe, der könne ja nicht richtig laufen, wie sie wissen, nein?, wegen seiner Knie, und zu Hause zahle die Kasse nicht, nicht mal den Weg zum Arzt, dabei könne ihr Mann wirklich nicht ...

Björn erhebt aus dem Liegestuhl, rafft Handtuch und Kleidung zusammen. „Der Reiseleiter, da muss ich hin, der hat in Kürze wieder Sprechstunde", murmelt er.

Er ist früh am Treffpunkt in der Hotellobby, hockt sich zu einem Ehepaar, das erstmals auf Gran Canaria urlaubt. Es kann die Informationen der Reiseleitung kaum abwarten. Die reservierten Stühle füllen sich; auch die bis dahin leeren Minigläser, die zur Begrüßung bereitstehen. Der Reiseleiter leiert seine Begrüßungsfloskeln herunter. Er konzentriert sich dann auf Aussagen über tolle Ausflüge.

„Sie mieten besser keinen eigenen Wagen", erklärt er, „obwohl wir Ihnen solche sehr preiswert anbieten können. Einige Straßen sind gefährlich, schmal und kurvenreich. Außerdem: viele Insulaner sind Formel 1-Fans. Sie nutzen also besser die angebotene Bustour. Freilich, auch da kann es geschehen, dass Sie braun ein- und blass wieder aussteigen."

„Adele, der will Ausflüge verkaufen", flüstert Björn seiner Frau ins Ohr, die sich gerade hinzugesellt hat. Sie beschließen, am nächsten Morgen mit dem angebotenen Bus das malerische Fischerdorf Puerto de Mogan zu besuchen. Beschlossen, verkündet und Ticket gekauft.

Kurz vor dem Fischerdorf, bei Porto Rico, hat der liebe Gott eine Steilküste geschaffen. Die Straße ist schmal, zur Rechten ragt gewaltiges Felsgestein in den blauen Himmel, zur Linken, knapp neben der Straße, geht es erschreckend tief und steil hinab zum Felsenstrand. Dort locken atlantische Wellen.

„Autowracks oder menschliche Skelette sind von hier oben nicht auszumachen. Die hätte man mit Sicherheit inzwischen entsorgt", lästert Björn. „Das würde zwar jede Menge Gaffer anlocken, jedoch nicht den Touristikbetrieb fördern."

Der brave Busfahrer muss ein naher Verwandter der Schumacher-Brüder sein. Oder er übt gerade für die Rallye Monte Carlo. Seinen Fahrstil kann man hanseatisch unterkühlt als mutig bezeichnen. In der nächsten Kurve ist es so schmal, dass ein gerade noch rechtzeitig bremsender Kleinwagen - nach Adeles Ansicht - unter Lebensgefahr zurücksetzen muss.

Der Reiseleiter hatte Recht. Als Adele in Puerto de Mogan endlich aus dem Bus klettert, wirkt sie blasswangig.

„Zurück nehmen wir das Fährschiff", sagt sie.

„Einverstanden", sagt ihr Mann.

Nächster Tag.

Adele ruht mit ihrem Mann am Hotelpool. Die Dame mit dem Plappermund ist nicht zugegen, dafür läuft ihnen ein kompakter Mensch, eine Art Sumo-Ringer über den Weg. Er ist nur mit einem knappen, unter dem Ballonbauch versteckten Slip bekleidet. Cowboybeinig stampft er zum Pool. Er könnte früher Gewichtheber gewesen sein. Dann aber gewiss nicht in der Bantamklasse. Als er in die Fluten hineinsinkt, steigt der Wasserpegel erstaunlicherweise nicht an, jedenfalls nicht sichtbar. Nur kleine Wellen gluckern in die Ablaufrinne.

Das plätschernde Wasser bewirkt bei Björn einen inneren Drang. Er lechzt nach einer Toilette, findet gleich eine im Untergeschoss des Hotels. Beim Niedersetzen wackelt der Thron, er rutscht sich fast daneben. Nachdem er erfolgreich Halt gefunden und alles Notwendige verrichtet hat, untersucht er das große Porzellangefäß genauer. Am Fuß des Sitzes ist eine dicke Schraube locker, eine andere hat das Weite gesucht.

„Das Ding könnte man ja glatt klauen", denkt er, „aber wer braucht schon so was." Eilig wäscht er sich die Hände, teilt sich dabei das Waschbecken mit einigen Kakerlaken. Im Stillen fragt er sich, wie das Hotel an seine vier Sterne gekommen ist.

Das Ehepaar beschließt, das Hotelzimmer aufzusuchen. Der Aufzug kommt schnell. Als die Tür aufgeht, recken sich ihnen zwei feiste Bäuche entgegen, die mitfahren wollen.

„Wir gehen zu Fuß, oder?", fragt Björn.

Die Frau nickt grinsend. „Du hast deine Sonnenbrille zu früh abgesetzt, solltest dein Gesicht mal sehen."

Nachmittags drängt es den Mann wieder auf eine Liege am Pool. Wer von uns will nicht später zu Hause mit prächtiger Bräune angeben! Er will Platz nehmen, da regt das plätschernde Wasser erneut zu einem Gang aufs stille Örtchen an. Hat er sich die Blase verkühlt? Bei über 30 Grad im Schatten? Dieses Mal forscht er nach einer anderen Lokalität, eine ohne wackeligen Thron. Und richtig, gleich neben der Badeaufsicht entdeckt er einen Eingang mit WC-Hinweis. Es eilt. Glücklicherweise ist kein Mitbewerber in Sicht. Die Tür verfügt über einen Schieberiegel von primitivster Bauart. Klemmen tut er auch, lässt sich nicht richtig schließen. Es drängt. Dieses WC erscheint alternativlos. Also hinein. Dort hockt er die nächsten Minuten in Lauerstellung, mit gespitzten Ohren und einer an gegen die Tür gepressten Hand. Es könnte ja ein der Notdurft Bedürfender nahen. Jedoch es naht keiner.

Erleichtert erreicht er das Freie, umkreist den Swimmingpool, verschafft sich einen Überblick. Mal schauen, was für Gestalten am Pool herumlungern. Unter einer mächtigen Palme hat sich eine nicht minder mächtig wirkende Urlauberin niedergelassen. Rücklings hingestreckt liegt sie da, in kleckerndes Öl getaucht, mit blankem Busen. Der Mann muss zweimal hinschauen, mag seinen Augen nicht trauen. Solche Klopse hat er bisher nur in Gazetten abgelichtet gesehen, die oft in Arztpraxen oder beim Friseur auslegen. Er denkt an einen Liebesakt und fühlt sich erdrückt. Aber immerhin hat er seine Sonnenbrille dabei. Als er seiner Frau davon berichtet, saust Adele los, um Dolly Busters Zwillingsschwester gebührend zu begutachten. „Sonnenbrille!", ruft er hinter ihr her.

Dann ist erneut ein Tag geschafft. Björn sitzt auf der Frühstücksterrasse. Er wartet. Seine Frau muss noch schnell den Latrinensitz in Eingangsnähe ausprobieren. Das kann dauern. Er hat vorsorglich ein kleines Buch dabei und erfährt so, dass der Schnurrbart Adolf Hitlers deutlich weniger Haare aufgewiesen haben soll als der von Charlie Chaplin. Während er noch darüber nachdenkt, wer die Barthaare gezählt haben mag, fällt es ihm ins Auge - ein weißes Hemd mit knallroten Querstreifen, Mode von vorgestern. Adele kommt erleichtert zurück, hockt sich zu ihrem Mann. Sie verfolgt seinem Blick.

„Mir ist aufgefallen, dass dieses Hemd schon Vorvorgestern an dieser Presswurst klebte."

Nächster Tag.

„Adele, ich habe *das Hemd* heute noch gar nicht gesehen." Die Frau lächelt, weist in die Tiefe des Raumes, wo eine Gruppe hungriger Rentner sich bemüht, die Teller zu überladen. Ach ja, da ist es, dieses unverwechselbare Rot-Weiß-Gestreifte! Derselbe Mann steckt immer noch drin. Am Buffet wandelt er zwischen Salatbar und überreifen Bananen herum.

„Also", sagt Björn, „wenn diese Wurst morgen wieder so herumläuft, hineingepresst in dieses rotweiße Textil, frage ich ihn, ob ich ihm eines von meinen Hemden andienen soll."

„Unterstehe dich!", raunzt seine Frau.

„Kleiner Scherz, Adele", flüstert ihr Mann. „Der wechselt bestimmt auch nicht die Unterwäsche. Vielleicht hat er nur eine Unterhose dabei. Was denkst du, Liebes?"

„Darauf möchte ich wetten!"

Wieder ein Tag später. Björn schaut sich unruhig im üblichen Gedrängel des Frühstückssaals um.

„Mir fehlt was, Liebste", merkt er an. „Ich habe meinen Adlerblick schon eine ganze Weile kreisen lassen, ab er bis jetzt vergeblich."

„Mir fehlt nix", sagt die *Liebste*. Sie rümpft die Nase. „Der Kerl ist weg. Abgereist. Habe ihn mit Koffer im Weiß-Rot-Gestreiftem beim Check-out gesehen."

Na dann bis Morgen. Dann muss sich auch Adele mit ihrem Mann reisefertig machen.

Eine Tagesschau

Klaus blickt vom Buch hoch, greift zur Fernbedienung. Er zappt im neuen Fernseher herum. *Professionelle Bildaufbereitung* hat der Verkäufer gesagt. Schon kaufte er. Das Gerät bietet jede Menge Televisionsschnickschnack, von denen oft nur Technik-Freaks Gebrauch machen.

Es laufen Bilder der Tagesschau über den Schirm. Mal sehen, ob die Welt etwas Neues zu bieten hat. Sieht nicht so aus. Es wird über Ärzte berichtet, die ambulante Leistungen abgerechnet haben, obwohl der Patient zur selben Zeit im Krankenhaus lag oder gar schon seine eigene Trauerfeier hinter sich hatte. Es ist beruhigend zu erfahren, dass eine gründliche und rückhaltlose Aufklärung versprochen wird.

Klaus greift erneut zu seinem Buch, wirft immer wieder über den Rand von Dostojewskis *Idiot* einen Blick auf das Fernsehbild. Er registriert, dass sich ein überraschend jung wirkender Spitzenpolitiker über unser kompliziertes Steuersystem beklagt, das dringend entrümpelt werden müsse. Auch die überbordende Bürokratie sei ein andauerndes Warnsignal. Dann erfährt Klaus etwas über überdüngte Felder, umweltverschmutzende Autos und manipulierte Abgaswerte, über weltweite Klimaerwärmung, Hunger in Afrika und Korruption in Dingsda. Dann rattern zwei Panzer durch aufgewirbeltes Geröll. Im Hintergrund werden zerstörte Gebäude sichtbar.

Klaus ist plötzlich irritiert. *Verdammter Kot!* schimpft er (so pflegt sich seine vornehme Tante Lissy auszudrücken). Die Bildqualität ist absolut *Kacke*! Das bei seinem nagelneuen Fernseher mit der *professionellen Bildaufbereitung*. Auch mit dem Nachrichtensprecher stimmt etwas nicht. Ihn irritiert die unmoderne Kleidung. Da trifft ihn die kalte Lanze der Realität. Er bemerkt die winzige Einblendung links oben in der Ecke des Fernsehbildes. Da steht es: Tag und Monat sind aktuell, doch das Jahr! Zwanzig Jahre früher. Ein Rückblick.

Ein spezieller Chef

„Falls Sie nichts zu tun haben, tun Sie es woanders!"

Wuchtige Worte. Wie in Felsen gehauen. Sobald sich ein Besucher dem Großraumbüro nähert, springt ihn dieser kategorische Imperativ von einem zyklopenhaften Blechschild an. Der Firmenchef Clemens H. Mönckemeier, das *H* steht für Hector, hat es eigenhändig vor vielen Jahren angebracht. Wenn man dieses Büro betritt, läuft man direkt darauf zu. Keiner kann es, keiner darf es übersehen.

Der junge Verkaufsleiter, nennen wir ihn Felix Storm, hat vor einem guten Jahr hier seinen Posten angetreten. Als er zum ersten Mal das Büro in Augenschein nahm, glotzte ihn dieser Satz brutal an. Ihm schwante, dass diese Worte mehr sein könnten als nur ein markiger Spruch. Ebenso wenig wie das Mahnmal aus Kunststoff ist der Sekretär im Eck zu übersehen. Dort thront der Verkaufsleiter an einem mächtigen Schreibtisch aus finsterer Eiche. Diesen Koloss, an dem schon der Großvater des Firmenchefs gearbeitet haben soll, hat Felix Storm vor einem Jahr von seinem Vorgänger übernommen, einem *Waldemar O. Breitschütz, Verkaufsleitung*. So steht es auf einer Visitenkarte, die sein Nachfolger in der Schublade aufbewahrt hat. Einige Mitarbeiter behaupten, Herr Breitschütz habe diesen Posten vor vielen Jahren nicht wegen seines eigenen Könnens, sondern eher durch das Nichtkönnen anderer ergattert.

Im Augenblick sichtet Verkaufsleiter Felix Storm ein Erdbeben an Notizen. Der Eckplatz in dem spartanisch ausgerüsteten Arbeitsraum ist ein bevorzugter Platz. Man sitzt leicht abgeschirmt, hat zu zwei Seiten eine Fensterflucht und durch diesen einen herrlichen Blick auf das Panorama des Stadtparks. Was zudem wichtig ist: Von hier aus können die Knöpfe für die elektrische Bedienung der Jalousien betätigt werden. Bei Uneinigkeit unter den Kollegen ist in dieser Frage echte Führungs- und Entscheidungsstärke gefordert.

Zurzeit sind die Jalousetten halb heruntergelassen. Felix Storm hat am Morgen diese einsame Entscheidung getroffen. Keiner hat gemurrt. Die Dinger sind aus Aluminium, haben wenig Wirkung. Man kennt das. Im Sommer aufgeheizt und im Winter schön kühl. Im Augenblick produziert der Lichteinfall stille Geister, die fast unbeweglich und düster durch den großen Raum schleichen. Im Verlauf quälend verrinnender Arbeitszeit verdunkeln sie allmählich das Schild mit dem kategorischen Imperativ. Der Spruch charakterisiert präzise die Geisteshaltung des Firmenbosses. Der hat noch nie einen Mitarbeiter nach seinem Privatleben gefragt. Er ist der Meinung, seine Angestellten hätten keines zu haben.

Felix Sturm hat seinen Vorgänger nie kennengelernt. In jungen Jahren soll der zur See gefahren sein. Wer sein Verkaufstalent entdeckte, ist nicht überliefert. Dem neuen Verkaufsleiter sind weitere Informationen zugetragen worden. So erfuhr er, dass Waldemar Breitschütz diesen bevorzugten Platz lange fünfzehn Jahre im Wortsinne besessen hat, sofern er nicht auf Kundenbesuch war. Der abgewetzte Bürostuhl ist ein stiller Beweis. In dieser Zeit hat er die unzähligen, mit unschöner Regelmäßigkeit wiederkehrenden Attacken des Chefs ertragen, Aktenberge vor sich aufgetürmt und diese fleißig bearbeitet.

Dann war überraschend etwas Bemerkenswertes geschehen. Das Ereignis trat an einem milden Frühlingstag ein. Waldemar O. Breitschütz hatte die Jalousien herabgelassen, weil sich einige Mitarbeiter in ihrem geringen Arbeitseifer von Tante Klara behindert fühlten. Er saß vor einem hohen Aktenstapel und arbeitete vor sich hin. Um ungestört schaffen zu können, hatte sich der gelernte Seemann als Lärmschutz zwei Plastikkappen von Billigkugelschreibern in die Ohren gesteckt: Backbord eine rote, ins andere Ohr eine grüne. Es war damals besonders still im Raum. Keine Gesprächsfetzen schwirrten umher. Kein Telefongebimmel störte die Ruhe. Nur das Rascheln der Akten war zu vernehmen, in denen Herr Breitschütz emsig wühlte. Plötzlich, so wurde von einem Mitarbeiter berichtet, habe der altgediente

Vertriebsmann mit abwehrend ausgestreckten Händen den riesigen Aktenstapel ergriffen, dann, immer noch mit vorgestreckten Händen, eine Wendung nach links vollzogen und mit den später oft zitierten Worten *Mir reicht es!* die Akten in den Papierkorb fallen lassen. Anschließend habe er die Schublade aus dem Schreibtisch gezerrt. Auch deren Inhalt wurde wortlos hineingekippt. Dann sei er kerzengeraden Ganges von dannen geschritten, würdevoll wirkend und weißwangig.

Waldemar O. Breitschütz wurde nie wieder in der Firma gesichtet. Ein Mitarbeiter will ihn einige Monate später bei einem Besuch im städtischen Hospital noch einmal erkannt haben. Da sei er in Begleitung von zwei kräftigen, weiß gekleideten Männern durch die Eingangshalle geführt worden.

Der alternde Clemens H. Mönckemeier ist im Zeichen des Widders geboren, Aszendent Kampfhund. Das passt. Die Bedeutung des Vornamens „Clemens" kann dagegen kaum unpassender sein. Die Bedeutung der *Sanfte*, *Milde* oder *Gnädige* könnte nicht falscher sein. Wer es wagt, ihm etwas Gutes nachzusagen, tut ihm bitter Unrecht. Keiner kennt seinen Humor. Er hat keinen.

Aus seinem Büro dringt lautes Stimmengewirr. Das Zimmer wird von den Mitarbeitern *Sterbezimmer* genannt. Immer wieder verkündet der Chef, dass er in diesem Raum einmal das Zeitliche segnen werde. Dazu trügen unfähige Mitarbeiter bei. Nur seine Sekretärin, Frau Clarissa Rose, eine Altbewährte und dabei Junggebliebene, nimmt er von dieser Kritik aus. Zuweilen nennt er sie Röschen. An miesen Tagen nicht. Solche Tage führen die Statistik eindeutig an.

Kürzlich wurde ein Spezialkatalog angefordert. Der ist heute hochglänzender Bestandteil der Eingangspost. Clarissa Rose sortiert die Briefe, legt den Katalog ganz oben auf den Papierstapel. Sie platziert ihn in der Mitte des Schreibtisches. Von der glanzvollen Titelseite springt dem Betrachter ein prachtvoll ausgestatteter Eichensarg entgegen. Neben der Eingangspost liegt ein meterlanger *Lebensstab* aus Teakholz.

Darauf ist eine verschiebbare Markierung angebracht. Zurzeit befindet sie sich deutlich hinter der Achtzigzentimetermarke. Die restlichen Zentimeter, so tut es der Firmenchef gelegentlich mit unfröhlicher Heiterkeit kund, zeige die ihm noch verbleibende Lebenszeit.

Die Stimmen nehmen an Lautstärke zu. Ein Schatten legt sich auf die Büroroutine. Der Boss praktiziert seinen gefürchteten Wauwau-Führungsstil. Am Arbeitsplatz schnappt Felix Storm zunächst nur Wortfetzen auf, dann Sätze wie *Muss man denn hier alles selber machen? Man sollte Ihnen Sozialhilfe statt Gehalt gewähren. Sie wollen doch leistungsgerecht bezahlt werden!*

Alfons Kohlmeier, ein langjähriger Mitarbeiter, schlurft mit gesenktem Haupt aus dem *Sterbezimmer*. Er wird gehänselt, weil er nicht als Wunschkind auf die Welt gekommen sein soll. Dem Erzeuger, so wird berichtet, sei damals in Frankreichs Hauptstadt in einem Hotel am Montmartre der Pariser geplatzt.

Im Laufe der Jahre hat er sich zu einem Mann entwickelt, der nie an seiner Chancenlosigkeit gezweifelt hat. Er spricht langsam, wenn er spricht. Er bewegt sich noch schleppender. Das jetzt ehrfürchtig hingehauchte *Jawohl, Sie haben ja so recht* kann die Laune des Chefs nicht bessern. Er verfolgt den Untergebenen hautnah, treibt ihn vor sich her wie einen unerzogenen Hund.

Die Mitarbeiter haben Herrn Mönckemeier den Spitznamen *Gletscherauge* verpasst. Er bekommt einen eiskalten Blick, wenn er sich ärgert. Im Augenblick ist der Ärger groß. Da versteht er es meisterhaft, kalte Gefühle warm zu halten. Sein Steingutkopf mit dem in Zement gegossenen Scheitel vibriert. Er hat immer das letzte Wort. Nur gegen ein Echo kommt er nicht an.

Im Eingang zum Großraumbüro ist Heino Müller, kein Bannerträger besonders hoch entwickelter Geisteskraft, bei Ansicht seines Chefs verängstigt stehengeblieben. *Gletscherauge* nimmt ihn sofort ins Visier.

„Müller, Sie könnten von den Flamingos abstammen. Die können auch im Stehen schlafen!" Der Chef baut sich vor ihm auf. „Einige Leute bewegen sich in diesem Unternehmen so langsam, dass man ihnen beim Gehen die Schuhe besohlen könnte", faucht er gallig.

Diesen Spruch hat er mal irgendwo aufgeschnappt, ihn für gut befunden und sofort in seine sprachliche Hausapotheke aufgenommen. Er macht häufig Gebrauch davon. Ein anderer Lieblingsspruch lautet: *Männer, voran, voran. Stehenbleiben ist Rückschritt!*

Mit *Männer* meint er wohl auch Frauen. Er stampft in die Verkaufsleiterecke und knallt Felix Storm ein Fax auf den Tisch. „Das ist in dieser Woche schon die dritte Reklamation von einem unserer Key-Kunden. Das bei unserem ertragsstärksten Produkt. Regeln sie das gefälligst!"

„Sie wollten die Betreuung dieses Schlüsselkunden doch selbst übernehmen", wendet sein Oberverkäufer ein.

Der Chef blickt eisig. Die Nasenflügel flattern. „Und was soll dieses dolle Geschreibsel hier?" Er entdeckt Arbeitspapiere im Durcheinander des Schreibtisches. „Was ist das, was hat das, wozu ist das…, soll das etwa ein neuer Konzeptentwurf für unsere vertriebliche Weiterentwicklung sein?"

Gletscherauge überfliegt die Notizen. Danach fixiert er seinen Verkaufsleiter: Das Auge im Zentrum des Hurrikans. „Storm! Das taugt nichts, nein, das taugt wahrhaftig nichts!"

Er packt die Notizen, hält sie mit spitzen Fingern von sich, als wären sie etwas Schmuddeliges. Dann lässt er sie einzeln vor die Füße seines Mitarbeiters flattern.

„Aber …"

„Aber, aber! Mein Gott, was soll ich bloß tun!" Der Chef ist entnervt. „Muss ich denn hier alles selber machen? Dann wird erst recht nichts gemacht. Wo kämen wir denn da wohl hin!" Wütend enteilt er.

Felix Storm mustert Alfons Kohlmeier. „Du lieber Gott, ja, wo kämen wir denn da wohl hin, wobei es auch Sie, Kohlmeier, brennend interessieren müsste, also mich interessiert es außerordentlich und andere in diesem Laden gewiss auch, zu erfahren, wohin wir denn *da* wohl kämen, obwohl wir zunächst einmal herausfinden müssten, wo dieses *da* überhaupt sein soll, sodass es erst dann durchaus lohnend erscheint, sich auf die Socken zu machen, um nachzuschauen, wohin wir *da* wohl kämen, und da frage ich mich, ob nicht ein so eifriger Kollege wie Sie, lieber Kohlmeier, der Richtige wäre, um schnurstracks nach dem *da* zu forschen, damit wir, verdammt noch mal, endlich Klarheit bekommen, wohin wir denn *da* wohl kämen!"

Dieser vermutlich längste Satz, den Felix Storm jemals in seinem Leben formuliert hat, verendet still im Raum. Mitgerissen von der eigenen Suada muss er Luft schöpfen. Er kramt Schriftstücke aus der Ablage, verstaut sie grantelnd im abgewetzten Aktenkoffer.

„Stehenbleiben ist Rückschritt, wir müssen voran, Tempo, Tempo! Gütiger Gott, wer sein Leben lang immer vorwärts marschiert, steht die Hälfte seines Lebens nur auf einem Bein. Schnelles Rennen bringt nichts, wenn man den falschen Weg einschlägt."

Die Dienstreisevorbereitungen zu einigen Schlüsselkunden sind abgeschlossen. Das Magengrimmen nimmt ab. Kaum noch Gefahr, sich einen ulcus ventriculi einzuhandeln. Es reicht, wenn der Chef sich mit Geschwüren herumplagt.

„Dumm gelaufen mit dem Boss", brummelt Kollege Alfons Kohlmeier. Er fährt sich mit der behaarten Hand über den blanken Kopf.

Der Verkaufsleiter starrt ihn an. In Sachen Intelligenz ist der Sachbearbeiter ein Säugling. Er bedauert, dass das deutsche Kündigungsrecht so stringent gestaltet ist. Eine Schnarchnase wie den Kohlmeier sollte man problemloser entsorgen können. Felix Storm stopft eine letzte Akte in den ledernen Aktenkoffer. Er erinnert sich, dass das Recht auf Dummheit von der Verfassung geschützt wird. Der Kohlmeier ist nun mal wie er ist. Noch nie ist es gelungen, aus einem Brauereipferd ein Rennpferd zu machen.

Der Verkaufsleiter bricht auf. Er ist verunsichert, kennt die wirtschaftliche Situation der Firma Mönckemeier genau. Er weiß nur zu gut um die rapide Verschlechterung in den letzten Monaten. Schwache Umsätze haben tiefe Wurzeln geschlagen. Bei Großkunden ist der Abverkauf regelrecht eingebrochen, andere Kunden ordern ebenfalls ängstlich. Alle Einkäufer führen, von den harten Vorgaben ihrer Chefs terrorisiert, hartnäckigste Preisgespräche. Gegenwind aus allen Ecken. Da wird ihm auch kaum der Rat aus dem 16. Jahrhundert helfen, der, auf ein Blatt Papier geworfen, seinen Schreibtisch ziert:

Ist dir an aine Kundin was gelegen, so mache dich gesellig, sage, daß sie schönleibig sey, auch wenn das Weib häßlich und narbig sey. Sie wird geblendet sain: Kannst auf vorteilhafften Verkauff sicher sain. Thue ihnen schön, es bringt Nutz.

Es ist der letzte Kundentermin auf der tagelangen Dienstreise quer durch die Republik. Auch dieser verläuft unerfreulich. Die Hartleibigkeit des Gesprächspartners nervt. Felix Storm versucht es mit weiteren Zugeständnissen. Doch kein vertretbares Entgegenkommen kann den so wichtigen Auftrag retten. Der Chefeinkäufer ist nicht bereit, den vorbereiteten Großauftrag schriftlich zu bestätigen.

Auf dem Rückweg biegt er in die Mönckemeierstraße ein. Am Ende einer Pappelallee präsentiert sich das Verwaltungsgebäude als ausdrucksloser Zweckbau. Alle Parkplätze sind besetzt. Weitere Abstellplätze sind für Behinderte reserviert. Wie meistens sind sie auch heute verwaist. Felix Storm holt den Behindertenpass der Großmutter aus dem Handschuhfach, steckt ihn hinter die Windschutzscheibe. Dann springt er, Dynamik vortäuschend, die Stufen zum Eingangsportal hinauf.

Clemens H. Mönckemeier, Choleriker von Geblüt, lächelt an guten Tagen morgens in die Kaffeetasse. Das hat er heute schon hinter sich. Es gibt Momente, da präsentiert er den Mitarbeitern das Herz eines Henkers. Mitarbeiter behaupten, die einzige Freude, die er sich erlaube, sei die Schadenfreude. Echte Freunde hat er nicht. Im Unternehmen schon gar nicht. Und seine Frau? Die hat er geliebt, insbesondere ihre Abwesenheit. So äußert er sich gelegentlich, wenn er witzig sein will. Seit Jahren leben die beiden getrennt. Er zog sich in der Folge immer mehr zurück. Jack Daniels aus Tennessee bildet da eine Ausnahme. Er hat sich in letzter Zeit zu einem treuen Begleiter entwickelt.

Der im Hochglanzprospekt angepriesene und eilig bestellte Eichensarg ist inzwischen geliefert worden. Der edle Holzkasten wurzelt unter dem Fenster im Arbeitszimmer des Chefs. Er wird jedem Besucher mit großer Wahrscheinlichkeit zu einem erhöhten Pulsschlag verhelfen. Das gute Stück will erprobt sein. Clemens Mönckemeier hat sich heute darin eine Auszeit genommen. Wenn man das Leben verstehen will, muss man dem Tod ins Gesicht sehen können. Er stemmt sich soeben aus der Totenkiste empor. Ächzend entsteigt er der geplanten Ruhestätte und betrachtet mit mildem Blick die mit Samt ausgeschlagene Innenausstattung. Liebevoll streicht er über die in flämischer Kanzleischrift ins Seidenkissen eingestickten Worte: *Nur ein Viertelstündchen.*

Frisch motiviert begibt sich der Chef an seinen Arbeitstisch. Aus dem Papierchaos, dessen geheimnisvolle Ordnung nur er beherrscht, fingert er eine Verkaufsstatistik. Ein Blick genügt. Schon trommeln die Finger ein Stakkato auf die zerkratzte Schreibunterlage. Er stiert den *Lebensstab* an, der auf dem Schreibtisch einen festen Platz gefunden hat. Schlechtgelaunt schiebt die rote Markierung voran.

Felix Storm hat das das Sekretariat erreicht. Clarissa Rose ist damit beschäftigt, der Lesebrille ihres kurzsichtigen Chefs einen klaren Durchblick zu verschaffen.

„Bitte warten Sie kurz. Ich muss nachsehen, ob der Chef ansprechbar ist."

Neben an im Großraumbüro herrscht dumpfe Stille. Ein Telefon klingelt. Es klingelt endlos. Alfons Kohlmeier und Kumpel Heino Müller vergraben ihre Nasen in Aktenordnern. Sie geben sich der kindlichen Erwartung hin, dass sich der andere gleich aufrichten und das Telefonat entgegennehmen werde. Nach einer Weile, das lästige Telefongebimmel hat aufgehört, dreht sich Alfons Kohlmeier hin zum Kollegen Müller. Er tut dies äußerst bedächtig wie ein Handwerker, der sich im neuen Wirkungsbereich zunächst gründlich umschaut, bevor er den ersten Handschlag vollzieht.

„Ich bin doch kein Oktopus. Unglaublich, wie viel Zeit manche Leute mit dem Telefonieren verschwenden", grunzt er. „Nichtstun ist besser als mit viel Mühe nichts zu schaffen", hat er früher einmal erklärt. Das zeugt von einem Mindestmaß an Intelligenz. Seine wahre Größe wird erst bei den Ansprüchen sichtbar. Schon in der Jugend litt er darunter, dass seine Ausgaben den Inhalt des Geldbeutels übertrafen. Mit dieser Fähigkeit hätte er in die Politik gehen können. Auf diese Idee ist er nie gekommen.

Kumpel Heino Müller wälzt sich auf dem Bürostuhl herum. Es ist kurz vor Dienstschluss. Noch einige Minuten die Augen schließen, nur nicht einschlafen, dann ab nach Hause zu Frau und Kind. Mühsam unterdrückt er ein Gähnen.

Eine heisere Stimme stört ihn. „Heino?"

Widerwillig öffnet Kollege Müller die Augen. „Mensch Alfons, du störst meinen Gedankengang. Was ist?"

Aus dem Arbeitszimmer des Chefs quillt Aufgeregtheit, aufgeheizte Stimmung. Wortfetzen flattern herbei, vermischt mit pfeifenden Geräuschen. Clemens Mönckemeier hat sich kürzlich einer Tracheotomie unterziehen müssen. Er lebt zurzeit mit einer Kanüle in den Halsweichteilen.

„Ich habe da gern mal eine Frage", meldet sich erneut die heisere Stimme von Alfons Kohlmeier. „Ist der Felix drin?"

„Ja, er ist vor Kurzem rein."

„Oh je! Ich kann mir vorstellen, dass Boss schon vor dem nächsten Vollmond zum Werwolf mutiert. Wenn ich hier Chef wäre", wispert Kollege Kohlmeier, „dann wäre ich lieber ich!"

„Ach", nuschelt Heino Müller rückwärtsgewandt. „Du weißt doch, der Arbeiter arbeitet, der Student studiert und der Chef scheffelt."

Clarissa Rose, die jugendlich wirkende Altsekretärin, steht an ihrem Schreibtisch. Der Chef und sein Verkaufsleiter hasten in aufgeregter Diskussion an ihr vorbei. Ein schwarzer Luftballon, eine einsame Reminiszenz an die letzte Firmenfeier, pendelt schlaff über der Bürotür.

Die Stimme des Chefs klingt, begleitet von rasselnden Pfeifgeräuschen, erbost, ja bösartig. /Die Arbeit im Vertrieb ist eine einzige Katastrophe! Die Deckungsbeiträge sind seit Monaten auf Talfahrt!" Seine Augen blicken kalt wie Kiesel. „Sie haben die Kunden nicht im Griff!"

„Aber ..., bedenken Sie, wir liegen planmäßig hinter der anspruchsvollen Planung zurück." Der junge Verkaufsleiter versucht zu erklären, dass er sich die missliche Situation durchaus erklären kann.

Clemens Mönckemeier unterbricht ihn. „Aber, aber! Rede ich in Watte oder was?" Rasselnd holt er Atem. „Sie entwickeln sich zu meinem Sargdeckel!"

Felix Sturm versucht, das Gespräch in geordnete Bahnen zu lenken. „Das menschliche Auge kann massenhaft Farben unterscheiden. Sie jedoch sehen immer gleich schwarz oder rot oder ich weiß nicht was. Ich sage Ihnen, meine Mitarbeiter arbeiten engagiert. Sie scheuen keine Überstunden."

Der Chef tritt an seinen Vertriebsmann heran, sekundenlang stehen sie Nase an Nase. Dabei hechelt er wie ein betagter Bernhardiner, der kaum noch den Napf schafft. „Ha, die Mitarbeiter werkeln engagiert, ha! Meine Mitarbeiter sind mir lieb und teuer. Das kann *ich* Ihnen sagen, doch weniger teuer wären sie mir lieber!"

Seine Rede holpert bei diesem strapazierten Spruch. Er muss erneut Luft schöpfen. Reden kann er dann nicht. Es geht nur eins von beiden. „Ich verlange allerhöchsten Einsatz!"

„Ich tue wirklich, was ich kann."

„Genau das ist das Problem", giftet der Choleriker mit anlaufenden roten Äderchen in den basedowschen Augen.

„Streite nicht mit dem Wind, sondern schlüpfe in deinen Mantel", denkt Felix Sturm. Er muss an seinen Vater denken, dem er diese Weisheit verdankt. Das Gemüt ist aufgewühlt, die

Nerven seit Wochen strapaziert. Der Attackierte geht zum Angriff über, schleudert Clemens Mönckemeier ein *Wer hindert Sie, das zu tun, was sie von anderen verlangen?* entgegen.

„Wollen Sie damit andeuten ...", keucht der Chef. Er hat wieder einmal Eissplitter in den Augen, greift sich eine Hand voller Faxe vom Schreibtisch. „Alles Absagen, habe ich Recht?" Hecheln. „Reklamationen von wichtigen Kunden..." Hecheln, Pause, Luft holen. Dann schnauft er die Worte *ungerechtfertigte Rabatte, was?* und *Sie sind ein Bündel an Unff... Unff... Unfähigkeit!* Er zerknüllt die Papiere und schmeißt sie seinem Chefverkäufer vor die Füße.

Ein gestreichelter Hund schwänzelt, ein angeknurrter Hund knurrt zurück. Mit rotem Kopf schleudert der Attackierte seinem Chef ein *Ich kündige* entgegen.

Clemens *Hector* Mönckemeier steht nur einen Augenblick regungslos inmitten verstörter Mitarbeiter. Er ist einer, der aus Sturheit seinen Piloten aus der Privatmaschine werfen lassen würde, obwohl er unfähig ist, das Flugzeug selbst zu steuern.

„Akzeptiert!" faucht er in die Schwüle des Großraumbüros. „Rose? Rose, sofort zu mir!" Schnaufend bewegt er sich aus der Kampfzone.

Als Clarissa Rose kurz darauf sein Zimmer betritt, hockt der Chef schwer atmend hinter dem Schreibtisch, die Unterarme auf den Lebensstab gestützt. Der Kopf ruht in angewinkelten Armen. Die erfahrene Mitarbeiterin greift zur Kristallkaraffe. Sie steht vorsorglich, heute neben einem Strauß welkender Rosen, bereit. Eilig füllt sie Wasser in ein Glas. Dann fingert sie eine Tablette aus einer Pappschachtel.

Die rote Markierung auf dem ominösen Teakholzstab hat sich um ein bedenkliches Stück zum Ende hin verschoben.

Bei Anruf: Cool bleiben!

Paul steht am Fenster. Er lauscht wohltuenden Melodien, die aus einem Internetradio herausblubbern. *Love is in the air* schwebt ihm entgegen. Recht unpassend, gemessen an den zuvor gesendeten, kriegsstrotzenden Weltnachrichten.

Die übermittelten Botschaften sind durchweg unerfreulich. Ein jahrzehntelanger Krieg in Syrien hat das schwache Gesundheitssystem vollends zerstört. In Äthiopien weitet sich ein militärischer Konflikt immer weiter aus. Der Niger rutscht in eine kriegerische Situation. In der Ukraine beginnt ein Vernichtungskrieg...

„Irgendwo in dieser Welt toben immer kriegerische Auseinandersetzungen", denkt Paul. Er bewegt sich in Richtung Küche. „Man hat sich dran gewöhnt, leider."

Paul greift sich einen Platte mit Essensresten, tritt vors Haus. Alles hinein in die Biotonne. Zurück im Haus ruft er:

„Trudchen, ich habe die Reste vom Puter in die Tonne getreten. Gehe wieder in mein Büro!"

„Ist gut, Paule. Tut mir leid, der nächste Truthahn wird weniger zäh. Da passe ich beim Discounter besser auf."

Der Mann rückt den abgewetzten Bürosessel an den Schreibtisch, greift nach einigen Textseiten. Die müssen Korrektur gelesen werden. Da kommt es auf jedes Wort an.

Ein Klingeln stört. Sein in ein grünes Samtgehäuse eingehüllte Nostalgietelefon, eines mit Drehscheibe, schnarrt aufdringlich. Könnte die nervige Tante Martha sein. Eine Stimme vom Band ertönt. Sie erklärt Paul auf fröhlich-freundliche Weise, dass er nicht sogleich auflegen soll. Er sei per Zufallsgenerator als glücklicher Gewinner ausgewählt worden und ....

Paul kennt solche Anrufe, wartet das Ende nicht ab, schmeißt den Hörer auf die Gabel. Er will sich auf seine Arbeit konzentrieren. Das Manuskript muss endlich durchgearbeitet werden. Da klingelt es erneut, dieses Mal auf dem Diensthandy.

Könnte wichtig sein. Er hat einen Kunden um Rückruf gebeten. Vielleicht ein neuer Kunde? Soll vorkommen. Eine amtlich klingende Männerstimme eröffnet ihm mit geheimnisvollem Unterton, sein Notariat sei darüber informiert worden, dass ihm ein bisher unbekannter Onkel aus Honolulu drei Millionen und einige Hunderttausend Dollar vermacht habe. Er, der Notar, sei beauftragt worden, ihm diese Summe nach Vorlage des Personalausweises unter Entgegennahme von achttausendfünfhundertdreiundzwanzig Euros für gehabte Auslagen und gesetzlichen Gebühren zu überweisen.

Paul spielt den freudig Überraschten. „Tatsächlich? Das ist ja toll! Reicht es aus, wenn ich erst morgen zu meiner Bank eile, um die notwendige Summe zu beschaffen?"

„Nun ja", meint der Mann in der langen Leitung, „wenn Sie unbedingt bis dahin warten wollen."

„Sie müssen wissen", schnauft Paul, „ich habe noch wichtige Kundenvorgänge zu erledigen."

„Ist das wirklich wichtig? Bedenken Sie, dass Sie schon in Kürze in den Kreis der Millionäre aufgenommen werden."

„Ach wissen Sie", antwortet Paul, „erst Arbeit gibt dem Leben die richtige Würze. Würze brauche ich reichlich."

„Also, ich in Ihrem Fall würde sofort alles stehen und liegen lassen. Ich könnte gar nicht mehr in Ruhe arbeiten."

„Da bin ich aus anderem Stein gemeißelt", erwidert der Angerufene. „Wissen Sie was? Ich kann auf Ihre zugesagten Millionen verzichten!"

„Um Gotteswillen nein!"

„Doch, Sie abflussrohrsaugender Winkeladvokat!", brüllt er in den Telefonhörer. Er legt auf. Im Moment des Auflegens bereut Paul, dass er dieses perfide Spiel nicht zu Ende geführt hat. Er hätte die Polizei einschalten können. Leider zu spät. Die Verbindung ist unterbrochen.

Eine fette Erbschaft wäre ja schön. Er denkt an die Sollseite seines Bankkontos und greift erneut nach dem zu bearbeitenden Berichtstext. Viele Seiten warten auf kritische Durchsicht.

Tatsächlich kann er fast eine Stunde lang in Ruhe weiterarbeiten, nur angenehm gestört durch eine Tasse Kaffee, die ihm seine Frau schweigend auf den Schreibtisch stellt.

Dann klingelt es wieder, auf seinem Handy. Eine fremde Stimme, erneut kein Kunde. Bevor sich Paul fragend einbringen kann, legt der Anrufer los.

„Sie wollen bestimmt im Alter ausgesorgt haben?"

„Ja, sicher, das möchte ich. Wer will das nicht. Wer sind Sie, was wollen sie mir andrehen!"

„Oh nein", protestiert der muntere Anrufer, „ich will Ihnen helfen, wirklich, möchte Sie kostenlos beraten, damit Sie später nicht zu einem Sozialfall werden."

„Das finde ich ja sehr nett von Ihnen, wirklich. Aber haben Sie nicht schon letzte Woche angerufen? Das waren nicht Sie? Gewiss nicht?"

„Nein, bestimmt nicht. Ihre Telefonnummer stand bisher noch nicht auf meiner Liste. Wir haben in diesem Monat wirklich wunderbare Sonderkonditionen."

Paul findet das alles gar nicht *wunderbar*. Kurz entschlossen behauptet er, er sei über bereits über achtzig, zudem ein bedenklicher Sozialfall. Das lässt den Anrufer verstummen. Paul drückt verärgert die Austaste.

Einige Tage später meldet sich eine Dame am grünsamtenen Festnetzgerät. „Ich bin von der seriösen Krankenversicherung Trostpflaster KGaA. Sie wollen gewiss im Alter gesundheitlich abgesichert sein. Ist doch lebenswichtig", erklärt sie. „Ich möchte Sie herzlich gerne dabei unterstützen."

„Das glaube ich, klar, doch das machen Sie nicht ohne Hintergedanken. Sie wollen mir etwas andrehen!"

„Oh nein", säuselt die Anruferin. „Ich will Ihnen helfen, möchte Sie beraten, alles kostenlos."

„Das ist ja auch nett von Ihnen."

„Nicht wahr? Ja, ich bin in der Tat sehr hilfsbereit. Sie haben eine so bezaubernde Stimme. Ich erarbeite für Sie ein auf den Leib geschneidertes Konzept."

„Ein maßgeschneidertes Konzept auf meinen Astralkörper? Dazu müssten Sie den erst mal kennenlernen."

„Humor haben Sie ja", gluckst die Frau. „Das ist gut. Schauen Sie, ich möchte wirklich nicht, dass es einem so reizenden Menschen im Alter schlecht ergeht."

Das findet Paul durchaus fürsorglich. Die Stimme klingt sehr verlockend, wie zum Liebesdienst geschaffen. Dennoch startet er einen neuen Abwehrversuch.

Die Frauenstimme in seinem Ohr stoppt ihn umgehend. „Ich unterbreche Sie wirklich ungern. Sie sind mir sympathisch, das spüre ich, habe da Erfahrung. Wenn Sie mich näher kennen würden, wüssten Sie, dass ich es ehrlich meine. Sie haben es gewiss nicht verdient, später krank dahinzusiechen und zum Sozialfall zu werden. Im Übrigen berate ich Sie auch ganz persönlich, will sagen, ich komme zu Ihnen nach Hause."

Macht rotes Licht und lasst uns Tango tanzen, schießt es Paul durch den Kopf. Da wird ihm erneut die Vermeidung eines drohenden Sozialfalles angedient. Das scheint inzwischen ein fester Bestandteil in gängigen Verkaufsseminaren zu sein. Seine schließlich vorgebrachte Behauptung, er sei seit vielen Wochen schwer erkrankt und hochverschuldet, zeigt Wirkung. Es gelingt, das amouröse Geplapper einem Ende zuzuführen, auch wenn die Dame nur widerwillig aus der Leitung verschwindet.

Seine Gedanken schweifen ab. Was wäre geschehen, wenn die Dame an seiner Tür geklingelt hätte, um ihm persönlich ihre Dienstbarkeiten zu präsentieren. Er denkt an einen grellrot bemalten Mund und vollen körperlichem Einsatz. Seine Frau hätte sich gewiss, aus dem Hintergrund herbeieilend, mit dem Nudelholz eingemischt.

„Was für ein Tag, Trudchen!", seufzt er. Dann leise: „Das grenzte an Telefonsex."

„Was war das jetzt wieder?", ruft seine Frau, die mit dem Staubwedel in seiner Nähe herumstreicht. „Wenn es heute noch mal klingeln sollte, gehst du nicht mehr ran! Ich auch nicht. Schalte den Anrufbeantworter ein!"

Ein guter Vorschlag. Der Mann checkt schnell noch aufgelaufene E-Mails. Eine *Lisa Schulte* teilt mit, sie habe bereits zweimal versucht ihn anzurufen. Sie würde es morgen ein letztes Mal versuchen. *Lara Müller* fragt an, ob er Geld braucht. *Nils Hofmann* erklärt, dass Geld bereitsteht, ohne Schufa, versteht sich. Dann nimmt er noch das Angebot einer Tageszeitung zur Kenntnis, in welchem ihm bei Zusage eine ferngesteuerte Drohne angedient wird. Außerdem warten diverse Gutscheine auf ihn. Die letzte Mail stammt von *Angelina Puff.* Sie teilt ihm mit, dass geile Frauen aus unmittelbarer Umgebung auf kultivierte Weise mit ihm... Er verschweigt seiner Frau dieses delikate Angebot, schiebt alles in den digitalen Papierkorb.

In der Nacht schreckt er hoch. Er hat im Schlaf ein Telefon klingeln hören. Aber es bleibt still im Haus.

Einige Tage später erreicht ihn ein weiterer Werberuf. Eine unbekannte Stimme krächzt aus dem Telefon: „Bin von die Süddeutsche." Der Mann spricht unbeholfenes Deutsch. Paul vermutet eine osteuropäische Herkunft.

„Von der Tageszeitung?"

„Nix, Klassenlotterie. Mach ich gerade Sendung fertig, speziell für Du, checke ich Adresse. Hast mal eine Verlosung genommen, früher."

Paul kann sich nicht daran erinnern, will keine Lieferung. Vor Monaten hat er am Telefon einer Zusendung zugestimmt. Daraufhin wurde ihm per Post ein *Geschenk* übermittelt. Er hatte dabei übersehen, dass durch die Empfangsbestätigung seine Zustimmung zu irgendetwas erschlichen wurde.

„Aber ich schicke Sie wunderbare Sache. Ist umsonst."

Er will das nicht, ist schließlich ein gebranntes Kind. Ein gebranntes Kind stinkt. So jedenfalls pflegte sich früher sein Juraprofessor auszudrücken. Der Anrufer ist hartleibig, will sich nicht abwimmeln lassen.

„Ja, wollen Sie nicht ein Millionär sein?"

Paul ist nicht länger bereit, sich verquere Wortgirlanden anzuhören. „Ich bin bereits ein Millionär!", ruft er ins Telefon.

Mit dieser Aussage gelingt es ihm endlich, die hartnäckige Diskussionsfreude des Anrufers abzuwürgen. Hoffentlich hat er mit diesem Hinweis keinen Dieb auf sein schlecht gesichertes Haus aufmerksam gemacht.

Er wirft sich in seinen Sessel, denkt mit hochgelegten Beinen darüber nach, wie viele ungeborene Kinder es in Deutschland geben mag, weil sich Menschen von jedem Piep- Summ- und Klingelton nachhaltig stören lassen.

Er will sich ablenken, greift ein Buch aus dem Regal, blättert im Hamlet und fragt sich, was der tragische Held, dieser Prinz aus Dänemark, ihm mitzuteilen hat. Da stört das Telefon schon wieder. Hoffentlich ist es endlich einmal wichtig. Er zögert, überlegt grinsend, wie er seine Chancen auf ein sinnvolles Telefonat einschätzen soll. Soll er sich melden? Von einem mit fröhlicher Stimme vorgetragenen *herzlichen Glückwunsch, Sie haben gewonnen!* hat er die Nase voll. Doch lieber mal sehen, oder besser hören. Es könnte ja..., immerhin, man weiß ja nie. Die Nummer ist auch nicht unterdrückt. Nachdem er im Display keine Anhäufung von Zahlen mit unbekannter Vorwahl findet, überwiegt die Neugier.

„Bei den Kleinanzeigen habe ich gestern ihr Verkaufsangebot entdeckt", wispert eine Männerstimme. „Sie wollen schicke Schwimmshorts verkaufen. Da bin ich echt scharf drauf."

Paul hat tatsächlich kürzlich eine teure Markenbadehose „designed by..." inseriert. Sie war ihm zu klein. Er konnte sie nicht mehr tauschen. Der Kaufbeleg war unauffindbar.

„Gerne", freut sich Paul. Endlich ein nützlicher Anruf? „Bin ein schlanker Typ. Trotzdem war mir die Hose zu klein, müssen Sie wissen. Sie ist praktisch jungfräulich."

„Hätte mich nicht gestört, wenn sie die süßen Shorts oft anprobiert hätten", erwidert die sanfte Stimme in der Leitung. „Mir passen sie gewiss, denn ich bin schmal gebaut. Bin ein richtig netter Typ. Darf ich vorbeikommen? Ich möchte sie ausprobieren? Sie können mir gerne dabei zuschauen. Dann bestätigen Sie mir gewiss den guten Sitz."

Paul glaubt sich im falschen Film. Hat er sich verhört? „Sie wollen die Badehose in meinem Beisein an- und ausziehen? Dabei soll ich Ihnen zuschauen?"

„Ja, das wäre toll. Ich kaufe sie auf jeden Fall."

„Nein, nein, das ist mit mir nicht zumachen."

„Ach, Sie sind doch gewiss keine Spaßbremse. Ihre Stimme hat so etwas Williges, so etwas Warmes. Würde mich darin besonders wohlfühlen, wenn Sie bei der Anprobe zuschauen. Wäre doch mal eine kleine Ablenkung im grauen Alltag, richtig süß, so vor Ihren gewiss neugierigen Augen..."

„Nein, kommt nicht in die Tüte. Dennoch wünsche ich noch einen schönen Tag!"

„Schade, einen schönen Tag hätte ich gerne gehabt. Sie Freudelöscher! Dann eben nicht."

„Verfluchter Klabautermann!", keucht Paul. Er drückt die Austaste. Dann fällt er zurück in den Sessel, schnauft tief durch. Er braucht Ablenkung. Über das Handy aktiviert er das Internetradio. Der australische Sänger John Paul Young lässt grüßen - mit dem alten Song *Love is in the air!*

Ludwig Thoma und der Golfsport
(Ein Golfer im Himmel)

Ludwig Thoma war kein Golfspieler. Jedenfalls ist dem Autor nichts Entsprechendes zu Ohren gekommen. Sonst hätte er möglicherweise die Figur des Dienstmannes Alois Hingerl, der bekanntlich im Münchner Hauptbahnhof infolge großer Hast tot zu Boden fiel und als Engel zum Himmel aufstieg, als Golfspieler gestaltet. Die Geschichte wäre dann vielleicht folgendermaßen gestaltet worden.

Alois Hingerl war ein spielfreudiges Mitglied im Golfclub *Auf der grünen Wiesn e.V.* An einem milden Sommertag erledigte er einen Abschlag an einem Par 3-Loch so vortrefflich, dass der Golfball mit einem dumpfen Plopp kurz vor der Fahne aufkam und scheppernd in dem lauernden Loch verschwand. Ein himmlisches Ass! Seine Freude entlud sich so überschäumend, dass sein Herz versagte und er tot zu Boden fiel. Sanft lächelnd lag er am Abschlag. Er hielt auch im Tode noch sein geliebtes Sechsereisen mit beiden Armen eng umschlungen. Zwei kräftige Engel, auf deren Leinenhemdchen die Worte *Himmlische Transporte* eingestickt waren, schwebten herbei, packten den seligen Alois und zogen ihn hinauf in die weißblauen Wolken. Bald standen sie vor dem Himmelstor. Der eine Transportengel griff in die Saiten der goldenen Harfe auf dem Sockel am Eingangstor. Er entlockte dem Instrument göttliche Klingeltöne. Petrus öffnete die mächtige Pforte. Er betrachtete den Neuzugang, der unsicher vor ihm stand, den Golfschläger mit beiden Händen an die Brust gepresst.

„Er wollte dieses Ding partout nicht aus den Händen lassen", rechtfertigte sich einer der Transportengel und fuhr mit der Hand über seine erhitzte Stirn.

„Nun gut", meinte Petrus. Er krauite sich nachdenklich den Bart. „Nachdem er dieses Gerät schon hierher verbracht hat, möge er es behalten. Beim nächsten Auftrag aber gebet besser

Obacht. Das Hantieren mit irdischem Gut ist in der himmlischen Hausordnung nicht vorgesehen!"

Petrus begann, den neuen Engel in die göttlichen Regeln einzuweisen. Auch im Himmel gibt es eine Etikette. „Merke auf, Alois! Ab sofort hörst du auf den Namen `Engel Aloisius`. Du hast die Registriernummer GO98-2A. Bei uns hat alles seine Ordnung. Wenn man dich ruft, hast du unverzüglich zu erscheinen! Außerdem hast du dir wie alle anderen Engel tagsüber stündlich ein heiteres Frohlocken zu entlocken und es mit einem heiteren Hosianna zu versüßen."

„Das kann ja heiter werden", dachte Alois, „wo ich in der Schule im Musikunterricht eine Null war."

„Jeden Abend vor dem Zubettgehen, merke auf, Aloisius, musst du sorgsam deine Flügel zu putzen." Petrus beendete seinen Vortrag mit den Worten:

„Reinlichkeit ist eine himmlische Pflicht."

Oh je, so hatte sich der Alois den Himmel gar nicht vorgestellt! Dennoch nickte er brav. Dann hockte er sich auf eine einsam daher schwebende Wolke. Bald schon war er pflichtgemäß bemüht, ein munteres Frohlocken aus sich herauszulocken. Wie er still da saß und seinen Golfschläger gedankenverloren in den Händen hin und her drehte, näherte sich räuspernd ein Engel von auffällig kräftiger Statur. Engel Aloisius vermutete, dass der Kräftige, unter dessen Gewand stachelige, muskulöse Waden hervorlugten, der himmlischen Transportabteilung zuzuordnen sei.

Der Kräftige brummte unmelodisch vor sich hin. Das war jedoch kein Frohlocken, kein Hosianna, nein, es klang eher wie *Fußball ist unser Leben*....

Und richtig. „Hey, Alter, mit deinen krummen Beinen kannst du bestimmt gut dribbeln. Komm mit nach Wolke sieben, zum Kicken", forderte der Stachelwadige im Kommandoton. Engel Aloisius drehte abfällig seinen Schläger in den Händen, versagte sich jeglichen Anschein von Fußballbegeisterung. Abwehrend flatterte er mit den Flügeln.

„Ey, Alter, Fußball ist nicht dein Ding, was? Aufgeputzter Pinkel, bist wohl was Besseres!" schimpfte der andere. Er spuckte heftig in eine vorüberziehende Wolke. Auf dieser Wolke hockte ein bleichsichtiger, durchgeistigter Engel, der darob auf das Heftigste errötete. Ängstlich raffte er sein himmlisches Hemdchen an sich. Der Stachelbeinige entschwebte grollend.

„Heureka!" hauchte der Durchgeistigte, „was für ein fürchterlicher Flegel." Er warf ihm einen bitterbösen Blick nach und schlug die Flügel über dem kahlen Kopf zusammen.

"Wie wahr", sprach der Alois, drückte sein Kreuz durch.

„Gestatten?" antwortete der Engel Aloisius, „ehemals Alois Hingerl, Golfhandicap einundzwanzig."

„Sehr angenehm", wisperte der andere und nahm ebenfalls Haltung an. „Mich heißt man hier Jonathan, frühpensionierter Lehrer für Griechisch und Latein, kein Handicap."

Die Seelen der beiden waren einander sofort vertraut. Seelenverwandtschaft nennt man das. Die beiden tauschten erst einen warmen Händedruck, dann ein beglückendes Lächeln aus. Danach schwebten sie in Harmonie, Hand in Hand, davon.

Die Tage gingen dahin, mit frohlockendem Brummen und Hosianna summen, auf die Erde schauen und emsig Manna kauen. Eines Tages kam dem Engel Aloisius ein kosmischer Einfall. Er knetete aus dem himmlischen Brot kleine runde Kugeln, die er im ambrosischen Backofen härtete. Dann wanderte er in ein hügeliges Wolkental. Dort versuchte er, die Mannakugeln mit seinem Golfschläger in winzige Wolkenlöcher zu befördern. Immer, wenn es gelang, frohlockte er und ließ ein unmusikalisches, lautes *Hosianna* folgen. Petrus am Himmelstor hob dann stets das weiße Haupt und nickte ein zufriedenes *Na bitte, es geht doch!*

Einige Tage später versuchte sich Engel Aloisius erneut an einem beherzten Abschlag. Er stellte seine Flügel auf Sturm und haute drauf auf das himmlische Nährmittel, mit falschem Griff, jedoch mit gewaltigem Schwung. Es flog in hohem Bogen auf den güldenen Pavillon zu, in den sich der liebe Gott immer zurückzieht, wenn er über eine bessere Welt nachdenken will. Er hatte soeben noch auf seiner megamultifunktionalen Hybrid-Televisionswand die Weltnachrichten verfolgt, als das Geschoss das verglaste Fenster der göttlichen Behausung durchschlug. Der liebe Gott schreckte von seinem gepolsterten Fernsehsessel hoch und blickte zum zerstörten Fenster hinaus.

„Bei Gott", sprach er zu sich, „wer ist dieser Lümmel da an der Wolke sieben?"

Er rief nach Petrus, der umgehend den Friedenstörer herbeischaffte. Der liebe Gott sah den Störenfried lange an, wiegte sein silbergraues Haupt hin und her. Dann murmelte er:

„Oh je ..., ein Golfspieler!"

Dann, nach einem *na ja,* erteilte er ihm die Absolution. Er wandte den Blick Petrus zu.

„So miese Golfschläge sollte es wirklich nicht geben."

Er nahm dem Engel Aloisius den Golfschläger aus der Hand, griff sich die Mannakugel. Dann positionierte er sie sorgfältig auf seiner Fußmatte, freilich nicht, ohne die Kugel zuvor als Missbrauch eines Grundnahrungsmittels bezeichnet zu haben. Er peilte am Himmelstor den weißen Briefkasten an, in dessen breitem Schlund die zahlreichen Bettelbriefe aus aller Welt landen, solche mit Wünschen von Kindern, von Rentnern und zuweilen sogar von hilflosen Politikern. Er ging leicht in die Knie, führte den Schläger mit beiden Händen hoch in den Himmel. Dann beförderte er die Kugel mit göttlichem Abwärtsschwung in den Schlund des Briefkastens. Mit leuchtenden Augen, die den Aloisius an Golfbälle denken ließ, blickte der liebe Gott auf seinen Engel.

„Hast du gesehen, Engel Aloisius? So macht man das!" Zu Petrus gewandt sprach er: „Was hältst du davon, wenn wir den Engel hier, ausgestattet mit meiner göttlichen Inspiration, zu den Golfspielern hinabschicken, damit er ihnen erfolgreichere Golfschläge vermittle? So könnte ich dazu beitragen, dass den bedauernswerten Otto-Normal-Golfern da unten viel häufiger gute Schläge gelingen."

Petrus kraulte sich den fülligen Bart. Er meinte:

„Der internationale Verband der Golftrainer und einige Professionals werden es gewiss nicht gerne sehen! Es wäre schön, wenn es jedem Golfspieler gegeben wäre, viel öfter Schläge mit himmlischer Leichtigkeit zu vollbringen. Außerdem würde die Welt von zahlreichen Flüchen befreit werden. Auch von den vielen heimlichen."

Dem lieben Gott gefiel diese Vorstellung. So begab es sich, dass der Engel mit der Registriernummer GO98-2A zurück auf die Erde entsandt wurde, um den Golfspielern göttliche Inspirationen zukommen zu lassen.

Als Alois Hingerl alias Engel Aloisius durch eine blauweiße Wolkendecke über München einschwebte, erblickte er unter sich auf der Theresienwiese die Bavaria, danach seinen alten Golfclub. Da überkam ihn eine unbändige Lust. Flugs ging er auf die Driving Range und schlug einen Golfball auf das Übungsgrün. Danach schlug er noch einen und noch einen. Er wurde süchtig nach lustvollen Schlägen. Seine Begierde wuchs und er vergaß seinen Auftrag. Er begab sich hinüber zum ersten Abschlag, spielte eine volle Runde, verschnaufte kurz, spielte dann die nächste Runde, dann die übernächste, und noch eine. Da spielt er immer noch.

Und so hoffen bis zum heutigen Tag zahllose Golfspieler in aller Welt vergeblich auf göttliche Schwünge.

Die blonde Narzisse

Du denkst vielleicht, dass nur feine Leute den Golfsport ausüben und dass er stets pure Freude bereitet.

Irrtum! Dieses Spiel ist an Frustgefahr kaum zu überbieten, zuweilen gar eine Spielwiese für Masochisten. Die herrlich grünen Fairways sind nur solange herrlich grün wie dein Abschlag drauf landet. Das frontale Wasser erscheint dir nur dann in einem wundervollen Blau, sofern du deinen Ball nicht hineinversenkst. Wenn du dann noch einen ungeliebten Flightpartner an deiner Seite hast…

Edmund, genannt Ede, ist so einer. Er hat eine Figur wie eine bucklige Kiefer, besonders dann, wenn er auf den Golfball einprügelt. Er wirkt häufig so, als habe er sich gerade mit seiner Frau gestritten. Ja, einer wie er ist verheiratet, aber nicht fanatisch. Er ist zwar ein eingefleischter Vegetarier, zügelt jedoch, was die Frauen angeht, nur bedingt seine Fleischeslust. Da macht er hin und wieder eine Ausnahme. Im Turnier zählt er die Golfschläge oftmals falsch, natürlich zu seinen Gunsten - und zu Ungunsten von Mitspielern.

Kürzlich nimmt Edmund an einem Clubturnier teil. Er hat den gutwilligen, sensiblen Paul zum Spielpartner. Der fühlt sich schon gleich bei Spielbeginn angefressen. Ede`s erster Abschlag verschwindet von einem kräftigen Fluch begleitet im nahen Kiefernwäldchen. Er beherrscht diesen falschen Schlag. Den jedoch richtig.

„Deinen Ball finden wir bestimmt nicht wieder. Der ist futsch", orakelt Paul. „Spiele einen neuen Ball. Das wäre dann der dritte Schlag."

Ede widerspricht energisch. Er behauptet, dass sie den Ball mit Sicherheit finden werden. Ganz genau habe er beobachtet, wie er dahinten in einen der Dornenbüsche gerollt sei. Also auf zum Buschwerk. Dort findet sich kein Ball, dafür ein großer Triangel in Pauls neuer Golfhose.

Ede zögert, marschiert zum Golfbag, entnimmt eine Tupperdose, fingert eine Karotte heraus und beißt geräuschvoll hinein. Dann erklärt er, dass der Ball in der tiefen, schlammigen Pfütze gelandet sei, gleich neben den Büschen.

„Schau genau hin. An der Oberfläche sind Bläschen zu sehen. Warum wohl! Also darf ich einen Ersatzball straflos droppen!"

Paul knirscht innerlich mit den Zähnen. Aber er will sich den Spaß am Spiel nicht völlig verderben lassen. Er gibt klein bei. Als sie später am elften Abschlag stehen, einem Par 3-Loch, schwärmt Ede davon, dass er hier mal mit einem Putter abgeschlagen und tatsächlich das Grün getroffen habe. Vielleicht hätte er es erneut auf diese Weise versuchen sollen. Jetzt haut er die kleine Kugel mit einem Schlag, den ein kanadischer Holzfäller nicht mächtiger hätte ausführen können, in einen nahen Bunker. Bei einem weiteren Versuch trifft er eine ehrwürdige Eiche. Der Ball prallt in hohem Bogen ab, verschwindet im Unterholz.

„Whow!", denkt der Spielpartner, „mir reicht es langsam. Der bringt mich völlig aus dem Rhythmus."

Nachdem die beiden endlich das achtzehnte Loch geschafft haben, verlässt Paul misslaunig den Platz. Er will mit Ede keine Zeit am neuzehnten Loch, der Clubbar, verschwenden. Der Heimweg ruft. Mit geschultertem Golfbag schreitet hinüber zu den geparkten Autos. Von weitem schon erblickt er eine Politesse in amtlicher Geschäftigkeit. Auch das noch! Die wasserstoffblonde Frau steht da mit gezücktem Erfassungsgerät. Er schaut genauer hin, überlegt nur kurz. Dann nähert er sich entschlossen.

„Was machen Sie da?"

„Sehen Sie doch", sagt die Frau.

„Seien Sie nicht pingelig", grantelt er.

„Bin ich nicht!" Sie mustert den Golfer mit kühlem Blick. „Ihr Auto parkt unvorschriftsmäßig. Es steht mit zwei Rädern auf dem Gehsteig. Es behindert die Fußgänger."

„Auf diesem Weg kommt kaum ein Mensch entlang, Sie blonde Narzisse", wendet er verärgert ein.

„Was haben Sie da gesagt?"

Der Blick der Zettelschlampe wirkt jetzt richtig kalt.

„Vorsicht, mein lieber Herr!" Raunzend tippt sie etwas in ihr elektronisches Speichergerät.

„Ich bin nicht *Ihr lieber Herr*", erwidert Paul. „Diese Anrede verbitte ich mir, Sie kohlköpfige Kuh!"

Der Blick der Politesse Blick gefriert. Die *blonde Narzisse* hat eisige Splitter in den Augen. „Das ist Beamtenbeleidigung!" kreischt sie. Schnaufend gibt sie das Autokennzeichen ein. „Wie ist Ihr Name?"

„Es geht Sie gar nichts an wie ich heiße", lächelt er süffisant und heißt sie eine *schwachsinnige Schlampe*.

„Ihren Namen muss ich gar nicht wissen!" faucht sie. Dann enteilt sie mit stampfenden Schritten.

Pauls Ärger war schon beim Näherkommen verraucht. Er blickt ihr grinsend hinterher, trägt sein Golfbag zwei Autos weiter, öffnet den Kofferraum. Aufreizend langsam verstaut er seine Golfutensilien.

Was soll`s. Der Ede hat selber Schuld, wenn er mit zwei Reifen auf dem Fußweg parkt, oder?

Schweine haben keine Lobby

„Du dreckiges Schwein!" brüllt ein Halbwüchsiger, als Paul auf den Bahnhofvorplatz tritt. Ziemlich übel diese Beleidigung, findet er. Doch er ist gar nicht gemeint.

Er wird nachdenklich. Der brüllende Jugendliche offenbart mit dieser Aussage, dass er keine Ahnung von Schweinen hat. Nicht nur hygienisch gesehen ist es falsch, bei Schweinen immer gleich an Schmutz und Dreck zu denken. Es sind erstaunlich saubere Tiere. Sie suhlen sich zwar im Schlamm, warten dann, bis dieser getrocknet ist. Dann suchen sie sich einen Baum, an welchem sie den Schlamm herunterkratzen können. Dass Schwein hat sich auf diese Weise ordentlich gereinigt. Auf vielen Bauernhöfen kann man noch in den Schweinegehegen sehen, dass Bäume dort mit Holzbrettern umbaut sind. Beim Abscheuern kann die Rinde zerstört und der Baum geschädigt werden. Auf diese Weise befreien Schweine ihre Haut von lästigen Schmarotzern wie Läusen, Zecken oder Flöhen. Warum also dieses Image?

Oma sagte immer: *Schweine haben keine Lobby*. Hätten Sie eine, würde man diese Tiere gewiss wohlwollender wahrnehmen. Zudem sind sie für viele ein unverzichtbarer Bestandteil ihrer Grundnahrung.

Man kann Schweine gelegentlich bedauern. Es ist ihnen körperlich unmöglich, in den Himmel hinauf zu schauen. Das liegt am steifen Nacken. Das wusste auch Oma schon. Aber ein Schwein muss ja nicht unbedingt den Mond anhimmeln können. Wozu auch?

Auf der anderen Straßenseite beschimpft ein Mädchen ihren Begleiter: *Du dumme Sau, du!*

Diese in Worte verpackte Exkremente sind abstoßend. Sie sind auch sprachlich unkorrekt. Es müsste *dummer Eber* heißen. Es sei denn, der Beschimpfte hätte sich zuvor als Transgender geoutet. Da könnte man großzügig sein.

In diesem Fall zeugt der beleidigende Ausruf ebenfalls von Unwissenheit. Schweine sind nicht nur saubere, sondern auch kluge Tiere. Man hat beobachtet, wie sie zum Beispiel einen Spiegel in ihrem Gehege nutzen, um Futter aufzuspüren, welches sonst nicht direkt sichtbar war. Nur wenige Tierarten wie Delfine, Elefanten und Schimpansen bestehen diesen *Spiegeltest*. Sie verstehen, dass Spiegel Reflektionen darstellen und keine Fenster sind. Man konnte Schweinen beibringen, sich auf Kommando hinzusetzen, zu springen und einen Ball oder einen anderen Gegenstand zu holen. Selbst Jahre später konnten die Schweine diese Gegenstände noch immer identifizieren.

In einem anderen Versuch konnten Schweine lernen, wie man die Heizung in einem kalten Stall in Gang setzt und sie ausstellt, wenn es ihnen zu warm wird. Richtig faul sind sie auch nicht, die Schweine. Wenn man ihnen zum Beispiel einen Haufen Stroh hinwirft, sind sie in der Lage, sich daraus einen bequemen Liegeplatz zu fertigen.

Neueste Erkenntnisse besagen, dass Schweine sogar am Computer agieren können. Einige Yorkshire-Schweine wurden von Forschern so trainiert, dass sie mit ihrer Schnauze einen Hebel, quasi einen Joystick, bedienen konnten. Diesen bewegten die Schweine so, dass ein Zeichen am Bildschirm hin zu einem vorgegebenen Ziel bewegt wurde.

Bei Oma hatte das Schwein immer etwas Glückhaftes. Deshalb stand am Silvestertag neben einer Schornsteinfegerfigur stets ein Marzipanschweinchen auf dem Fenstersims. Da fehlte oft, wenn ein Enkelkind zu Besuch war, der Ringelschwanz.

Und dann erst das Liebesleben! Leute! Der Orgasmus eines Schweines soll volle dreißig Minuten dauern! Oh Mann! Da muss Paul wieder an Oma denken. Die forderte immer, dass Qualität vor Quantität gehen muss.

Schon erlebt er neue Anwürfe. *Du musst ein Schwein sein,* dröhnt es musikalisch untermalt aus einem Lautsprecher.

Oma hätte gesagt: *Hauptsache Mensch bleiben.*

Ei verflucht – Eifersucht!

Paul wälzt sich im Bett. Er schreckt aus tiefem Schlaf empor, sitzt aufrecht da, als hätte er einen Besenstiel verschluckt. Er stammelt vor sich hin. Klingt wie *Frau Holle war Hölle!*

Bertha, die Frau an seiner Seite, hat wache Ohren. Im Halbschlaf bekommt sie das Gestammel mit. Da ähnelt sie einer Giraffe, die nie richtig schläft, weil sie mit ihrem langen Hals permanent damit beschäftigt ist, möglichst viele Blätter von den Bäumen zu pflücken.

„Wie? Wer ist Frau Holle? Die Frau ist was?", grummelt Bertha. Schon ist die adipöse Ehehälfte hellwach. Golffreunde nennen sie wegen ihres beachtlichen Körpergewichts *Big Bertha*. Das ist bekanntlich ein Begriff aus dem Golfsport. Der größte Golfhauer, auch Driver genannt.

„Paul, was war *Hölle…* was hast du da eben gefaselt?"

„Eine gute Frage, Liebling, wahrlich. Es ist in der Tat sehr verwirrend. Weißt du, als ich eben wach wurde, hatte ich diese eigenartigen Worte im Kopf."

„Eigenartig?" gackert Bertha, als wolle sie ein Ei legen.

„In der Tat. Ich kann nicht einmal genau sagen, welchen abstrusen Traum ich träumte."

„Also, ich kenne Frau Holle nur aus dem Märchen."

„Ich auch, Liebes."

„Das glaube ich dir nicht, mein Gutester!" faucht Bertha. „Ich kenne dich! Warum hättest du sonst von ihr geträumt!"

„Das habe ich ja gar nicht", verteidigt er sich. „Ich hatte nur plötzlich diesen Namen im Kopf".

„Unsinn", beharrt die Ehefrau, „du kennst bestimmt eine Frau Holle. Mit der hattest du was!"

„Nein, mit Frau Holle hatte ich nichts".

„Aha, du kennst sie also doch. Und was heißt *mit Frau Holle hatte ich nichts*. Mit wem hattest du dann was, wenn nicht mit der? Raus mit der Sprache!"

„Liebes", sagt Paul erneut. Er meint gar nicht *Liebes*. „Ich hatte weder was mit einer Frau Holle noch mit meiner Sekretärin oder mit irgendeiner anderen Frau!"

„Hach, eine andere Frau? Deine Sekretärin! Da denke ich sofort an das Foto von der Weihnachtsfeier vor zehn Jahren!"

„Ich habe dir damals schon gesagt, dass da nichts war. Jetzt ist auch nichts mit dieser Frau Holle".

„Aber du kennst sie, du Wüstling, vorhin hast du dich verplappert!"

Erneut rutscht ihm das Schmusewörtchen heraus. „Liebes, da ist nichts, da war nichts, basta!"

„Von wegen basta, ich kenne dich. Fehlt nur noch, dass du behauptest, dass da nie etwas sein wird."

„Bin ich Jesus?" fragt er angesäuert. Kaum gesagt bereut er diese Bemerkung.

„Eijeijei!" gackert Bertha erneut. „Du schließt also nicht aus, dass du mit dieser Frau Holle demnächst etwas anfangen wirst. Wieder mal. Natürlich, du hast ja schon was mit ihr gehabt!"

„Nein, nein!" ruft er erregt, springt torkelnd aus dem Bett. Mühsam sucht er Halt an der mit riesigen, knallroten Rosen tapezierten Schlafzimmerwand.

„Diese Rosen welken nicht", denkt Paul. Er hat kürzlich gelesen, dass sich menschliche Zellen permanent erneuern. Alle sieben Jahre, so die These, verändert sich der Mensch; seine Figur, seine Haare, sogar seine Persönlichkeit. Organe, Haut und Knochen, alles wächst neu nach… sagen Wissenschaftler.

Der Attackierte steht mit dem Rücken im Rosenmeer, vor ihm das aufgewühlte Nachtlager. Mittendrin hockt sie, die Ehefrau, in zerknüllten Kissen, mit aufgestützten Armen: Ein aufgeblasener Laubfrosch mit frostigen Augen!

„Diese Augen haben mich vor zwanzig Jahren verzaubert?", denkt Paul. „Die Dicke da vor mir ist ja gar nicht mehr die…, die von damals. Die soll sich schon mehrfach erneuert haben?"

Seine Frau hat frischen Atem geschöpft. „Was ist los, Paul? Was stehst du da herum wie ein begossener Gummibaum!"

„Ich denke."

In der Tat fragt sich Paul, wie er seine Xanthippe ruhigstellen könnte. Aus dem Fenster springen und sich dabei das Genick brechen? Wäre seine Frau dann endlich zufrieden? Würde sie später, an seinem Grab dicke Tränen und warme Worte über ihn vergießen? Kaum. Sich also nicht aus dem Fenstert stürzen? Er muss lächeln, obwohl er dabei sechsundzwanzig verschiede Muskeln betätigen muss. Seine Wohnung liegt schließlich im Erdgeschoss!

Trotzig wiederholt er noch einmal *ich denke!*

„Hach, gewiss wieder an deine höllische Frau Holle."

„Nein, meine Liebe", hechelt er wie ein Marathonläufer, der gerade noch das Ziel erreicht. Wie reimte dereinst Heinrich Heine? *Hat versalzen dir die Suppe deine Frau, bezähm' die Wut, sag ihr lächelnd: "Süße Puppe, alles was du kochst, ist gut."*

Als Paul sich am nächsten Morgen vor dem Spiegel eine Krawatte bindet, meint er, dass ein Schlips erstaunliche Parallelen zu einer Frau aufweist. Erst sucht man sie sorgfältig aus, dann hat man sie am Hals. Er ist überzeugt, dass er sich noch oft den ominösen Satz *So, so, die Frau Holle!* an den Kopf werfen lassen muss, vermutlich ergänzt um ein dahingemurmeltes *Eijeijei.* Er hat die Erfahrung gemacht, dass das Gedächtnis seiner Frau elefantil ist. Verdammt! Diese Frau Holle war in seinem Leben nie existent. Eine Frau Holle kam ihm allenfalls beim Märchenerzählen in den Sinn… oder beim Bettenaufschütteln. Wann hat er schon mal ein Bett aufgeschüttelt. Verdammt, diese Frau Holle ist für ihn nur noch *Hölle*.

„Wenn man mich dereinst im Krematorium in die Urne rieseln lässt", denkt Paul trotzig, „wird der Pfarrer mit kräftiger Stimme verkünden, was für ein guter Mensch ich war. Und die Welt, samt meiner Big Bertha, wird artig applaudieren."

Alte Sauna, neuer Gast

Walter ist Klempnergeselle. Er sitzt mit seinem Boss in der Eckkneipe - bei einem Feierabendbier.

„Geh` mal mit", sagt der Chef.

„Wohin?"

„In die Sauna. Ist gesund. Härtet ab. Kriegst keine Grippe."

„Sauna? Ist mir fremd", wendet Walter ein. „Muss man sich da nicht nackt machen?"

„Klar musst du. Aber geh' mal hin! Ich gehe jede Woche. Schöne alte Sauna, ganz gemütlich, hier in der Nähe. Eine Erkältung? Kannste vergessen!"

„Schwitzen tue ich auch so", windet sich Walter. „Im Sommer, beim Essen, bei der Arbeit... manchmal."

„Reicht nicht", meint der Chef. „Musst du echt mal machen! Schwitzen, saukalte Schwalldusche, das härtet ab. Auch gemischte Sauna. Kürzlich kesse Künstlerin kennengelernt, haha. Aktmalerin."

Das gefällt. Modellstehen wollte Walter immer schon mal. Er beschließt einige Tage später, der empfohlenen Sauna einen Besuch abzustatten. Bei einer älteren Frau, die eingesperrt in einem Glaskäfig sitzt, zahlt er seinen Obolus. Mit ihrem Zeigefinger weist sie ihm die Richtung zur Sauna.

In der Umkleide riecht es mächtig: Männerschweiß. Walter klettert aus seiner Kleidung, schlingt ein Handtuch um die adipösen Hüften. Er nähert sich einer Tür, auf der *Nass-Zone* steht. Darunter, mit Klebeband befestigt, ein Aushang mit dem Hinweis: *Verlassen Sie bitte diesen Raum wieder so, wie Sie es von zu Hause gewohnt sind.* Na, die sollten mal wissen!

Im Raum hinter den Duschen sind Plastikliegen aufgereiht. Hier ist es nicht nass, jedoch warm. Alles wirkt alt. Sehr alt. Nicht schön alt. Da hat der Chef übertrieben.

„Hier ist es ordentlich warm, aber nicht sehr," sagt Walter zu einem älteren Herrn mit grauem Haarkranz. Der steht mit einem großen Handtuch in der Faust herum und präsentiert ungeniert sein mächtiges Gemächte. Walter mag gar nicht hinsehen.

„Die Fußbodenheizung powert hier schon seit Tagen", erklärt der Alte. „Sie lässt sich nicht regulieren… behauptet die am Empfang."

„Ach, die Ische im Glaskasten."

Walters Blick fällt auf die Uhr an der Wand. „Die tickt nicht richtig."

„Ja, die Rezeptionstante."

„Nein, die Uhr da oben."

„Jetzt, wo sie es sagen", antwortet der Nackte.

„Freilich in einem Irrenhaus", witzelt Walter, „da wäre sie passend, die Uhr", meint er und schaut sich weiter um. „So richtig ins Schwitzen komme ich hier nicht."

„Das sollen Sie erst in der Sauna", belehrt ihn der Nackte.

„Da bin ich", erwidert der Arglose.

„Nein, guter Mann, Sie befinden sich im Vorraum, im Ruheraum. Hier sollen Sie nach dem Schwitzen ruhen. Richtig schwitzen sollen Sie da drinnen."

Er zeigt auf eine alte Holztür mit einer vernebelten Fensterscheibe mittendrin. „Haben Sie schon geduscht? Das sollte man vorher tun", fordert er mit prüfendem Blick auf Walters muffelige Handwerkerfüße. Artig wendet sich der Ermahnte den Duschen zu. Vorher greift er sich noch eine edel wirkende Schamponflasche vom Regal. Es ist nicht seine Flasche, aber er war immer schon ein großzügiger Mensch. Dann steht er unter dünnen, schwächelnden Wasserstrahlen.

„Die brauchen hier einen Klempner", denkt er. „Der Chef muss hier dringend akquirieren."

Die Wasserstrahlen sprenkeln herab, regen an. Die Blase meldet sich. Mein Gott Walter, du wirst doch nicht…

Ein Saunagast bremst seine Gedanken. Walter meint vorne ein Pinkelbecken gesehen zu haben. Da will er hin, schlingt das Handtuch um die Hüften. Ja, da hängt es mehr oder weniger einladend an einer gekachelten Wand.

„Aha, ein alter Druckspüler", registriert er fachkundig. „Genaugenommen ist der Begriff *Pinkelbecken* unkorrekt", denkt er spitzfindig. „Ein Pinkelbecken kann nicht pinkeln!" Er ist sicher, dass sich dieser sanitäre Gebrauchsgegenstand nicht in der Damenabteilung finden lässt. Aber wer weiß. Wenn der Genderwahnsinn weiter voranschreitet…

Walter hat Recht, ein Pinkelbecken ist ausschließlich für Männer konzipiert; endlich mal etwas, wo selbst die fanatischsten Frauenrechtlerinnen vergebens Gleichberechtigung einfordern würden. Er kann sich nicht vorstellen, dass jemals eine Frau diese Keramik nutzen würde. Auch nicht Putzfrau Else. Else ist eine große Dunkelhaarige, eine gemütlich Pummelige. Er hat sie vor einigen Monaten bei einem Besuch auf dem Münchner Oktoberfest kennengelernt. Im Festzelt. Sie trägt gerne Dirndl, leert eine Maß Festbier im Handgelenkumdrehen. Ihr Gesäß würde auch kaum hineinpassen. Falls doch, ließe es sich gewiss nur mit Hilfe der Feuerwehr heraushieven.

Er beendet seine bösen Gedankenspiele. Mit dem kritischen Blick eines kenntnisreichen Klempners betrachtet er erneut das Pinkelbecken. Oberhalb der ehemals weißen Keramik hat ein Kreativling mit einem schwarzen Filzstift einen unartigen Appell hinterlassen: *Guter Mann, tritt näher ran!* Darunter: *Er ist kleiner, als du denkst!*

Unten, am perforierten Abflussbereich, ist ein tizianroter, labberiger Gummilappen platziert. Dessen Funktion ist Walter unklar. Soll der Lappen etwas auffangen, was die ohnehin vorhandenen kleinen Löcher unten am Beckenende nicht auch leisten würden? Welcher eilige oder lässig herantretende Nutzer würde etwas anderes hineinplätschern lassen als diese bekannte, streng riechende, in den Nieren entstehende Flüssigkeit. Das neugierige Auge betrachtet das aus der Zulaufdüse herabweinende Rinnsal. Immerhin hält es den roten Lappen feucht.

Walter entschließt sich, die dargebotene Dienstleistung in Anspruch zu nehmen. Eingedenk des Wandappelles tritt er nahe ans Becken, auch wenn er meint, es nicht nötig zu haben. Der

Druck auf die Blase hat zugenommen, die gibt ihr Bestes. Er betätigt den Knopf des Wasserspülungselementes. Die Wirkung lässt ihn zusammenzucken. Er hat einen hygienefreundlichen Spülschwall erwartet. Jedoch aus der Zulaufdüse kleckert nur ein sich leicht verstärkendes Rinnsal, begleitet von einem grölenden Geräusch aus dem Zuführrohr. Es lässt ihn an ein Rudel röhrender Hirsche denken. Erschrocken hält er inne, drückt dann erneut. Dennoch, es rieselt weiterhin nur sparsam dem roten Lappen entgegen, begleitet vom Gestöhne aus dem gekachelten Wandbereich.

Noch einmal fixieren Walters Augen den matschigen Lappen am Beckenboden. Er muss an einen Pavianhintern denken und versagt sich jede weitere Betätigung des Spülknopfes. Verdammt nochmal, hier hätte er, der ausgewiesene Klempnergeselle, reichlich Arbeit. Nochmal, der Chef muss dringend akquirieren. Oder soll er selbst schon mal bei der vorne im Glaskasten anklopfen?

Nachdenklich begibt sich Walter zurück in den Saunabereich, steht vor der hölzernen Tür mit dem vernebelten Glasfensterchen. Er packt den wackeligen Holzgriff, muss beim Öffnen einige Kraft aufwenden.

„Gleich habe ich das Ding in der Hand", befürchtet er. Dann ist er drin, wirft die Tür hinter sich zu. Kurz verharrt er neben dem Saunaofen. Der präsentiert sich als ein rechteckiger, angerosteter Kasten mit granitähnlichen Gesteinsbrocken obendrauf; drum herum eine schützende Holzumrandung. Vor ihm, auf der untersten Stufe, sitzt ein kleines Mädchen. Es mustert ihn mit neugierigen Kuhaugen. Dahinter, auf höchster knarrender Stufe, thront der Nackte von vorhin.

„Kommen Sie doch hoch", rät er ihm und wischt sich Schweißtropfen von der Stirn. „Hier oben ist es heißer. Die Sauna heizt nicht volle Pulle. Die Automatik, wissen Sie."

„Ich weiß", sagt Walter, obwohl er nichts weiß. Er erinnert sich an eine Physikstunde, wo er aufgepasst hat. Der Mief steigt immer zuerst nach oben.

„Was ist mit der Automatik?"

„Sie funktioniert nicht automatisch. Alle paar Stunden muss ein Schalter umgelegt werden."

„Toll. Wir könnten vorübergehend die Tür zum Ruheraum aufmachen", lästert Walter. „Dort ist es affenwarm."

Sein Vorschlag verschlägt dem droben die Muttersprache.

„Aber irgendwas müssen wir machen", murmelt Walter muffelig. Er verweilt auf seinem Handtuch immer noch an der untersten Bank. Er muss niesen. „Ich hole mir hier ja noch einen Schnupfen. In der Sauna. Das glaubt mir mein Chef nie!"

„Nur gemach! Ich habe schon jemanden rausgeschickt, zum Reklamieren", verkündet der Saunaexperte von höchster Stelle.

Das kleine Mädchen steht auf. „Opa", sagt sie zu dem hoch droben, „ich gehe raus, ich bin jetzt trocken."

Als sich die Kleine gegen die Holztür stemmen will, reißt ein in ein riesiges Handtuch eingewickelter Mann die Tür auf. Er meldet sich zum Rapport.

„Was ist, kommt die Dame endlich aus ihrem Glaskasten? Betätigt sie die Heizautomatik?"

„Nein", schnauft der Dicke. Er nimmt Haltung an. „Das zänkische Weib glaubt mir nicht, sie sagt, sie hätte erst kürzlich den Schalter umgedreht."

„Woran die wohl gedreht hat", motzt Walter. „Frauen und Technik!" Entschlossen erhebt er sich, packt mit seinem Schweißtuch einen der finstern Steine vom Saunaofen. Dann marschiert er hinaus, hin zum Glaskasten, der sich Rezeption nennt. Dort haut er der Frau den warmen Findling aufs Pult.

„In der Sauna wird es immer winterlicher", motzt er. „In Kürze wird es dort sein wie am Nordpol!" Er vollführt auf den Badeschlappen eine dynamische Wende und schlappert zurück. Mit apfelroten Backen eilt ihm die Xanthippe hinterher.

„Hatschi!" Walter muss schon wieder niesen. Er vollendet seinen Schwitzgang, traut sich später noch ein zweites Mal in den Hitzekasten. Der hat inzwischen seinen Namen verdient. Opa sitzt auch wieder mit drin, erzählt einen Witz, über den er selbst am meisten lachen muss. Walter kennt bessere Witze. Er fühlt sich bemüßigt, mit einem seiner *Glasaugenwitze* zu glänzen. Schon berichtet er von einem Mann, der in einen stark besetzten Stadtbus einsteigt, sein Auge herausnimmt, es in die Luft wirft und wieder auffängt. Als ein Fahrgast irritiert nach dem Grund fragt, ist seine Antwort: *Das Glasauge sollte mal schauen, ob hinten im Bus noch ein Platz frei ist.* Walter erntet großes Gelächter.

„Davon habe ich mehr", strunzt er und beginnt, über einen glasäugigen Autofahrer zu berichten. Mittendrin bricht er ab, zögert. „Man soll sich nicht über Minderheiten lustig machen. Nicht, dass ich einen von Ihnen hier beleidige. Womöglich hockt hier einer bei uns…"

„Ja ich", meldet sich eine Stimme. „Erzählen Sie weiter."

Der Mann hat Humor, fühlt sich nicht beleidigt. Unbedingt will er die nächste Pointe mitbekommen. Walter ist es dennoch peinlich. Er hat genug geschwitzt. Nun begibt er sich in die Umkleide. Obwohl sich die Blase wieder bemerkbar macht, ignoriert er den Durchgang zum Pinkelbecken.

Beim Verlassen der Umkleide stößt er auf ein Hausfaktotum, das einen gewaltigen Werkzeugkasten mit sich schleppt.

„Ach, wollen Sie endlich dem Rinnsal im Pinkelbecken sagen, dass es aufhören soll zu weinen?" witzelt Walter.

Der irritierte Mann macht sich grade: „Ich bin hier der Facilitymanager, mein Herr. Falls es Sie interessiert, ich habe die Reparatur schon heute Morgen in Angriff genommen."

„Und jetzt greifen Sie erneut an, was?"

„Ich musste meinem Werkzeug Zeit geben sich zu erholen", ist die verkrampft scherzhafte Antwort.

Walter fröstelt. Er muss erneut niesen. Das kommt davon, wenn man auf den Chef hört.

Na, nun sagen Sie mal...

Die deutsche Sprache ist ein Kulturgut. Sie ist schützenswert, ist mehr als reine Kommunikation.

Es scheint, als ob wir immer sorgloser mit ihr umgehen. Zudem versucht uns eine politisch motivierte Minderheit einer Mehrheit vorzuschreiben, wie wir uns auszudrücken haben. Minderheitsmeinungen werden von uns Bürgern schlicht hingenommen und gewinnen so an Kraft. Und dann dieses schräge Deutsch!

Da sagt einer *...und so trinke ich auf dem Wohl von das Brautpaar seine Eltern*. Hier schmunzeln wir. Es ist offensichtlich, dass da in voller Absicht auf launische Weise die Grammatik gequält wird. Doch dass *der Genitiv dem Dativ sein Tod* ist, haben viele immer noch nicht begriffen.

Von Politikern, Wirtschaftsführern und TV-Größen ist zu hören, dass Ende *diesen* Jahres irgendetwas geschieht. Lange hielt der Autor tapfer mit Ende *dieses* Jahres dagegen. Er registrierte bei Gesprächspartnern gelegentlich ein irritiertes Zucken. Das hat sich geändert, seit ein Experte zu klären versuchte, ob es nun *Ende dieses Jahres* oder *Ende diesen Jahres* heißt. Nach fachmännischer Ansicht (wo bleibt die Frau?) geht es darum, *ob das Demonstrativ-Pronomen d i e s - in der Position, die es innerhalb der Wortgruppe einnimmt, s t a r k oder s c h w a c h flektiert (gebeugt) wird. Die Wortgruppe besteht hier aus einem artikellosen Substantiv (Ende), das um ein Attribut im Genitiv erweitert ist (dieses Jahres bzw. diesen Jahres). Schaut man sich das Muster eines schwach flektierten Wortes an, fällt auf, dass in allen Fällen außer dem Nominativ Singular die Endung −en auftritt: Die schwache Endung −en ist daher alles andere als eindeutig, wenn es darum geht, den Kasus eines Wortes kenntlich zu machen. Als hilfreich erweist sich der Artikel d e r, der mit seinen starken Flexionsendungen jeweils zur Verdeutlichung des Kasus beiträgt. Das entsprechende Genitivattribut zu E n d e müsste demzufolge d i e s e s J a h r e s lauten.*

Hallo? Kapieren wir das, ohne Hasch zu konsumieren? Bei so

viel Expertise hisst der Autor die weiße Flagge. Er steckt den Kopf in den Sand. Lieber einmal den Kopf im Sand haben als Sand im Kopf!

Es gibt viele sprachliche Schlampereien. Da wird das Wort *anscheinend* mit *scheinbar* verwechselt. Das nicht nur durch Otto-Normal-Menschen. Bei Politikern und klugen TV-Moderatoren sowie in Kommentaren hören wir oft von der *optimalsten*, der *maximalsten,* der *einzigsten* oder der *idealsten* Lösung. Weiter so! Wir leben in einer Zeit der Superlative!

Dann hören wir, dass Herr X kleiner sei *wie* Herr Y. Und beim Essen hat Herr Meier *denselben* Anzug getragen wie Herr Müller. Vielleicht handelt es sich in diesem Fall ja um einen Anzug mit XXXL-Größe und beide Herren steckten gleichzeitig in diesem Kleidungsstück.

Wenn alle krank sind, wird der Gesunde zum Kranken, zum Exoten, zum Außenseiter. Sollen wir uns schweigend in einen ideologischen Erziehungskampf und -krampf hineinziehen lassen? Da wird von Besserwissern versucht, anderen vorzuschreiben, wie sie sich auszudrücken oder zu verhalten haben. Dürfen wir uns im Karneval nicht mehr als Indianer verkleiden? Sollen wir unsere alten Karl-May-Bücher ins Feuer werfen? Müssen wir ein Bismarck-Denkmal demontieren, weil dieser bedeutende Staatsmann im vorletzten Jahrhundert Dinge durchgesetzt oder gutgeheißen hat, die man heute zwar kritisieren kann, jedoch vor dem Hintergrund des damaligen Denkens zu begreifen sind? Würden wir in diesem Fall nicht *Geschichte* verbiegen?

Vorschlag: Man kann zum Satiriker werden und überlegen, ob wir nicht besser von einem *Nagetier mit Kanalisationshintergrund* reden, wenn wir von einer *Kanalratte* sprechen. Oder wir verlangen beim Kauf von Büromitteln einfach mal eine Füllhalterin oder eine Bleistiftanspitzerin. In jedes Wort kann man etwas hineingeheimnissen. Müssen wir demnächst befürchten, für einen Nationalsozialisten gehalten zu werden, wenn wir gestehen, einen *Führer*schein zu besitzen?

Sprachforscher haben darauf hingewiesen, dass eine Redensart zur Regel werden kann, ein Fehler zur Norm, wenn man ihn nur oft genug wiederholt. Sicherlich ist Sprache kein in Beton gegossenes Regelwerk, sondern lebendig, immer in Bewegung. Ein Deutschlehrer pflegte mahnend den Finger zu heben. „Formuliere deutsch und nicht kompliziert, wenn du es in deutscher Sprache ausdrücken kannst!"

Leider gibt es immer wieder Gegenbeispiele, besonders bei Fachvorträgen. Die strotzen gelegentlich vor Fazilitäten, Assoziationsdominanten und abstrakt sekurierten Fakten, selbst wenn ein Redner zuvor hoch und heilig versprochen hat, sich unter Verzicht auf theologische, metaphysische und ethnisch-normative Exkurse apodiktisch innerhalb der Grenzen soziologischer Begriffsbildung halten zu wollen.

Nun ein Zitat aus dem Programm eines Germanistentages: „Aneignungen neuro- und kognitionspsychologischer oder evolutionsbiologischer Konzepte, die sich tendenziell auf eine universale oder langfristige Konstanz der Natur berufen, stehen kulturalistische Positionen gegenüber, die auf differenzierte Vielfalt, prinzipielle Kontingenz und historischen Wandel kultureller Phänomene insistieren, oder Bemühungen, natur- und kulturwissenschaftliche Forschungen zu integrieren sowie die Dichotomie von Natur und Kultur zu unterlaufen."

Applaus, Applaus! Da ist das Behördendeutsch doch pure Erholung. Wir haben uns daran gewöhnt, dass beispielsweise Regelungen der Bundesverwaltung festlegen, dass *der Tod aus versorgungsrechtlicher Sicht die stärkste Form der Dienstunfähigkeit darstellt* und dass die Dienstreise eines Bediensteten beendet ist, *wenn er während einer Dienstreise stirbt.*

Wachsame Prüfstellen tun sich gerne mit knackigen Formulierungen hervor. Als in den siebziger Jahren bei einer Jugendzeitschrift angefragt wurde, ob jugendliches Onanieren schädlich sei und ein Mediziner dies negativ beschied, grätschte jemand *von Amts wegen* dazwischen. Er setzte das Magazin auf den Index. Begründung: Die Geschlechtsreife allein berechtige noch nicht zur Inbetriebnahme der Geschlechtsorgane! Wann und zu welchen Zwecken die *Inbetriebnahme* von Geschlechtsorganen zulässig sei, wurde wohl nicht ausdrücklich beschieden.

Noch ein letztes Beispiel. Es ist ein Zitat aus einer Dienstanleitung der deutschen Post. Oder nannte sich das Ding Dienstanweisung? Egal, hier geht es um das unverzichtbare Arbeitsmittel *Wertsack*.

„Der Wertsack ist ein Beutel, der auf Grund seiner besonderen Verwendung nicht Wertbeutel, sondern Wertsack genannt wird, weil sein Inhalt aus mehreren Wertbeuteln besteht, die in den Wertsack nicht verbeutelt, sondern versackt werden. Sollte sich bei der Inhaltsfeststellung eines Wertsackes herausstellen, dass ein im Wertsack versackter Versackbeutel statt im Wertsack in einem dem Wertsack versackten Wertbeutel hätte versackt sein müssen, so ist die in Frage kommende Versackstelle unverzüglich zu benachrichtigen."

Ein braver Germanist soll sich mal beim ausgiebigen Studieren dieser *Postanweisung* einige Schnäpse hinter die Krawatte gegossen haben und dabei ordentlich versackt sein. Zugegeben, präziser hätte man es kaum ausdrücken können! Dann lieber eine schlampige oder mit Fremdworten gespickte Ausdrucksweise? Das ist auch keine Lösung.

Da unsere Welt immer kleiner wird und andere Länder immer vertrauter an uns heranrücken, können wir die Flut an Fremdworten in unserem Sprachgebrauch kaum eindämmen, zumal wenn es chic klingt oder so herrlich professionell. Werden wir immer weniger Anstoß nehmen an nachlässigen, gar falschen Formulierungen? Dann rufen wir besser gleich: „Na denn Prost! So stoße ich an auf dem Wohl von das Brautpaar seine Eltern."

Nebenbei sei erwähnt: Der Bayer pflegt sich bei solchen Anlässen wie folgt zu äußern: „Und so dringad i auf'd Gsundheid vo da Vroni eanam Oidn...

Der Beipackzettel

Micky Schwarz hat es eilig. Er huscht ins Bad, gequält von einem kräftigen Furz.

Er hat verschlafen. Schnell noch einen Wischwasch durchs Gesicht, dann rein in die Klamotten. Hurtig schwingt er sich aufs Fahrrad. Termin geschafft. Schon hockt er kurzatmig bei seinem Hausarzt im Sprechzimmer.

„Herr Doktor, ich hätte da gern mal eine Frage."

„Nur zu, lieber Herr Schwarz. Wo drückt die Sandale?"

„Sie haben mir kürzlich das Mittel Pup-Stopp gegen meine Stuhlgangschwierigkeiten verschrieben."

„Na, hat es geholfen?"

„Ich habe mir umgehend das Medikament besorgt. Und ja, es hat einigermaßen geholfen. Dann habe ich den Beipackzettel studiert. Das soll man ja vor der Einnahme sorgfältig tun! Der Wisch ist auf der Vor- und Rückseite mit klitzekleiner Schrift versehen. Da muss man fast die Lupe nehmen. Außerdem ist dieser schmale Waschzettel einen gefühlten Meter lang. Blonder Wahnsinn. Was da alles drinsteht!"

„Vergessen Sie`s! Sie müssen das nicht alles lesen. Es reicht, wenn Sie meine Anweisung zur Einnahme befolgen."

„Ich habe diesen Wisch gut studiert. Gleich am Anfang habe ich gelernt, dass das Medikament Pup-Stopp den Wirkstoff Pup-Stopp enthält. Toll nicht?"

„In der Tat. Ein Grund, das zu vergessen."

„Dann musste ich zur Kenntnis nehmen, dass ich Pup-Stopp nicht einnehmen soll, wenn ich gegen Pup-Stopp allergisch bin. Häh? Bin ich Arzt?"

„Sind Sie nicht. Also vergessen den Beipackzettel."

„Wirklich? Da stehen so Sachen drin wie *Filmtabletten gibt es in Blisterpackungen in 1, 2, 3, 5, 7, 10, 20, 50 und anderen Stückzahlen. Sie sind nicht alle im Handel erhältlich.* Sehr sinnig."

„Wie ich schon sagte: Vergessen Sie`s!"

„Das sollen aber wichtige Patienteninformation sein."

„Vergessen Sie`s."

„Wichtig ist auf jeden Fall der Hinweis auf Unverträglichkeit mit anderen Substanzen. Immer lateinische Namen, die kein Aas kennt. Das kommt mir alles chinesisch vor. Ja, mein Enkel, der studiert Chinesisch…"

„Schön, schön, Herr Schwarz, für mich kann das wichtig sein. Ist es oft auch. Aber Sie können das getrost vergessen. Also nochmal, vergessen Sie`s."

„Dann der Hinweis auf Schwangerschaft, wenn man seine Tage hat und …"

„Vergessen Sie`s. Sie sind ein Mann."

„Ganz wie Sie meinen, Herr Doktor. Aber mit diesem Zettel gehe ich schon mal schwanger…"

„Nun werden Sie nicht albern, Herr Schwarz. Vergessen sie den Wisch."

„Also gut… doch viele Hinweise sind extra fett gedruckt, das muss wichtig sein."

„Vergessen Sie`s."

„Dann steht da, ich soll ich vor der Behandlung mit meinem Arzt sprechen. Doch das habe ich getan. Deshalb bin ich zu Ihnen gekomen. Sie haben mir daraufhin diese Pillen verschrieben."

„Sehen Sie, so ist es. Also, vergessen Sie`s."

„Ich vergesse das, wenn ich Alzheimer bekomme."

„Das hat noch Zeit… denke ich." Der Arzt kratzt sich am Kopf. „Ich gebe Ihnen mal zum Thema Nebenwirkungen ein anderes Beispiel."

„Warten Sie, Herr Doktor. Nebenwirkungen, die können nie ganz ausgeschlossen werden."

„Richtig, Herr Schwarz, aber die sind oft selten. Nun zu meinem Exempel. Bei dem folgenden Produkt sind Folgen genannt wie Zahnverfall, Bauchschmerzen, Übelkeit und Verstopfung. Bei längerer Einnahme sind Nebenwirkungen nachgewiesen worden wie Übergewicht, Bluthochdruck und

Zuckerkrankheit. Dann kann es sogar zu Bewusstlosigkeit, Schlaganfällen und Nierenversagen kommen, auch noch zu Erblindung, zu Amputationen und Herzinfarkten. Selbst Todesfälle sind bekannt."

„Oh mein Gott!" Ein Trauerfall hätte Micky Schwarz kaum härter treffen können. „Niemals würde ich das Zeug zu mir nehmen! Wer mir das verschreibt, dem würde ich…!"

„Herr Schwarz, gemach, gemach! Ich muss es Ihnen gar nicht verordnen. *Scho-ko-la-de* können Sie rezeptfrei kaufen. Der Genuss von Schokolade kann in der Tat die eben beschriebenen Folgen haben. Ist wissenschaftlich erwiesen. Man müsste zu jeder Tafel Schokolade einen langen Beipackzettel legen. Das gilt auch für eine Reihe anderer Nahrungs- und Genussmittel."

„Unglaublich, ich halluziniere, nein, ich hyperventiliere!"

„Ruhig durchatmen, Herr Schwarz, bleiben Sie ganz ruhig. Schauen Sie, es ist so. Von uns Konsumdeppen werden bei Lebensmitteln bedenkliche Nebenwirkungen oft diskussionslos hingenommen. Dagegen verteufeln zum Beispiel Querdenker hilfreiche, lebensverlängernde Medikamente wegen nicht völlig auszuschließender Nebenwirkungen. Sogar Impfungen gegen Masern werden abgelehnt. Das ist eine Krankheit, die zum Tode führen kann."

„Die zuständigen Politiker müssten dringend die Gesetze ändern", fordert der entsetzte Patient. „Zumindest sollte man die Lebensmittelhersteller knallhart an den Pranger stellen."

„Da sehe ich black, mein lieber Herr Schwarz. Eher können sie eine Kanonenkugel mit einem Regenschirm abwehren. Also vergessen Sie`s!"

Ein Arztbesuch

>Soll der Heilige dein Leiden wenden,
>oder soll ein Arzt die Krankheit enden,
>kommen musst du dann mit reichlich Spenden,
>also keinesfalls mit leeren Händen!
>(aus Persien)

Björn ist in einem Alter, wo die Haarpracht abnimmt und die Arztbesuche zunehmen. Die Älteren kennen das. Kaum, dass eine der Baustellen leidlich abgesichert werden konnte, tut sich eine neue auf.

Björn meidet Arztbesuche. Einen Arzt hält er für gefährlicher als die Krankheit selbst. Er vertritt die ketzerische Meinung, dass das Geheimnis der Medizin darin besteht, den Patienten abzulenken, während die Natur sich selber hilft. Aus diesem Grund tut er einiges für seine Gesundheit. Er versucht, sich nach Kräften fit zu halten. Zum Beispiel mit dem Golfsport.

Einige Golfer meinen, dass man kein Golf spielen dürfe, wenn man Spaß haben will. Björn sieht das anders. Seit einigen Wochen ist seine Freude jedoch getrübt. Schon beim Warmspielen auf der Driving-Range zwickt es im Kreuz. Der Schmerz nimmt während des Spiels deutlich zu. Er muss abbrechen. Die Natur hilft sich selbst? Dieses Mal nicht, drum ruft er in der Praxis eines Orthopäden an.

Die Arzthelferin registriert seine Kassenzugehörigkeit. Dann: „Oh je, Dr. Schweiß hat keine Termine frei."

„Ich weiß", lächelt Björn süffisant ins Telefon. „Böse Zungen behaupten, dass die langen Wartezeiten oft ausreichen würden, um in dieser Zeit selbst Medizin zu studieren."

„Sie sind ja ein richtiger Schelm! Aber halt, ich sehe gerade, da ist eine Lücke!"

Die Lücke muss bald darauf zurückgenommen werden. Wie er später erfährt, musste sein Knochen- und Muskelspezialist außerplanmäßig den notfälligen Arm seiner über achtzigjährigen Mutter verarzten. Die alte Frau war mit ihrem Mann in ein Einkaufszentrum gefahren, hatte beim Ausparken statt zu bremsen Gas gegeben, dann ein Grenzgitter durchbrochen. Sie war einen Stock tiefer auf einem Porsche Carrera GT gelandet. Im Gegensatz zum Sportwagen erlitt sie nur wenige Beulen. Über eine von der Feuerwehr bereitgestellte Leiter konnte die alte Dame problemlos aus ihrem Totalschaden klettern. Ihr Mann hatte keinerlei Blessuren davongetragen. Er war noch gar nicht eingestiegen.

Doch weiter. Björn hat beim Dr. Schweiß, Vorname Axel, einen neuen Termin erhalten. Pünktlich eilt er in die Praxis. Die Rezeption ist vornehm gestaltet, das Wartezimmer auch. Nach Aussage des Arztes ist alles geronnener Schweiß. Er stellt erfreut fest, dass nur ein Patient im Wartezimmer hockt. Einer ohne Termin, wie er auf vorsichtige Nachfrage erfährt. Dann geht es vermutlich schnell. Nach einer Weile erscheint ein weiterer Patient. Dann noch einer. Endlich steht die Sprechstundenhilfe im Türrahmen. Er stemmt sich im Sitzmöbel hoch, sackt aber sofort wieder hinein, als die knarrende Stimme einen fremden Namen aufruft. Eine elegante Dame, nach ihm gekommen und beschwerdefrei wirkend hereinstolziert, folgt nunmehr hinkend der Reibeisenstimme.

„Das muss eine Privatpatientin sein", denkt er. Ungeduldig starrt er die Zugangstür an. Als sie endlich erneut von der Sprechstundenfee geöffnet wird… ist er immer noch nicht dran. Er hat Verständnis dafür, dass Ärzte Geld verdienen müssen. Dr. Axel Schweiß leistet sich ein teures Sport-Coupé! Vermutlich geronnener Schweiß, wenn auch kräftig alimentiert durch Honorare seiner zahlreichen Privatpatienten. Aber bitte kein Neid. Wer möchte schon, dass sein Arzt mit dem Tretroller die wenigen hundert Meter von der Wohnung zur Praxis fährt.

„Es soll ja Patienten geben, die sich einen Schlafsack mitbringen", denkt Björn bissig. Er überlegt, ob er sich an der Rezeption bemerkbar machen soll. Doch *schon* wird er in ein

Untersuchungszimmer abkommandiert. Nach einer gefühlten halben Stunde rauscht der Experte für Knochen und Muskeln in den Raum, mustert ihn mit flüchtigem Blick. Er blafft: „Also was ist?"

Fast hätte Björn salutiert und erwidert: „Das will ich doch von Ihnen wissen." Er beherrscht sich. Brav berichtet er von seinen Schmerzen oberhalb der Lendengegend, dort, wo es nicht nur bei der Ausführung von Golfschwüngen so arg zwickt. Die Anweisung *nehmen Sie das Hemd aus der Hose!* befolgt er unverzüglich. Er fragt sich, ob der Arzt früher mal bei der Bundeswehr tätig war.

Dr. Schweiß tastet kurz den Rücken ab. Der gute Mann muss über Röntgenaugen verfügen. Er murmelt sofort die Worte *Spondylarthrose* vor sich hin, erklärt ohne Umschweife, dass die Hüfte im Ungleichgewicht sei und man nichts machen könne. Auch Medikamente würden da nicht helfen. Und ein Besuch bei einem Physiotherapeuten? Wie man hört, könnte das etwas bewirken. Nein, den will er nicht verordnen. Da gibt es höchst wahrscheinlich Ärger mit der Krankenkasse. Den vorsichtig vorgebrachten Protest, dass es, Kruzifix, irgendetwas geben müsse, was Abhilfe oder zumindest ein wenig Linderung bringen könne, kontert der Orthopäde instinktlos mit den Worten:

„Geben Sie das Golfspielen auf!"

Verdutzt steht Björn im Arztzimmer. Das war kräftiger Toback. Er stopft sein Hemd in die Hose. „Und was ist mit einem Osteopathen?" stottert er.

Axel Schweiß rümpft die Nase. Er starrt seinen Patienten an, als hätte der ihm ein faules Ei zum Frühstück serviert. Dann äußert er ein zögerndes *wohl kaum* und klärt Björn darüber auf, dass es viel zu viele Osteopathen gebe... die aber nicht auf Kassenrezept! Außerdem seien die *durch die Bank* ungenügend qualifiziert. Den Wunsch, ihm trotzdem einen Namen zu nennen, kontert er mit den Worten: „Ich kenne keinen."

Björn will das Untersuchungszimmer verlassen, da kommt noch ein ärztlicher Hinweis „Spezialinjektionen wären möglich."

„Ach ja, die wirken? Nachhaltig?"

„Damit habe ich gute Erfahrungen gemacht, bei diversen Patienten. Ist nicht ganz billig, na ja, muss man wiederholen, aber selber bezahlen."

Axel Schweiß bemerkt Björns skeptische Miene, drückt ihm eine Werbebroschüre in die Hand und schon ist er aus dem Zimmer. Die Untersuchung hat keine fünf Minuten gedauert.

Björn trollt sich frustriert aus der Praxis. Er denkt über eine passable Lösung nach. Vor einem Turnier hat er gelegentlich seinen Knetkurspezialisten aufgesucht. Der altgediente Masseur konnte aber nur wenig Linderung verschaffen.

Vielleicht nun doch der Versuch mit einem Osteopathen? Verdammt es muss sich doch ein qualifizierter Spezialist finden lassen! Er mag nicht glauben, was ihm da vor wenigen Minuten von seinem unfreundlichen Orthopäden als der Weisheit letzter Schluss übermittelt wurde. Schließlich ist er ein kritischer Mensch. Er traut dem Parkbankschild mit dem Hinweis *frisch gestrichen* solange nicht, bis er sich drauf die Kleidung ruiniert hat. Björn beschließt, zum Golfclub hinüberzufahren, einige passable Schläge versuchen. Also los. Auf der Driving Range entdeckt er seinen Golflehrer. Umgehend berichtet er ihm vom Befund der Knochen-Muskel-Sehnen-Koryphäe.

„Das Golfen aufgeben? Welcher Idiot sagt so was?"

„Das hast du gesagt", erwidert Björn.

„Da weiß ich einen Osteopathen", erklärt der Trainer. „Der Mann ist zwar recht speziell, aber er versteht sein Handwerk. Wegen der Zigarettensteuer ist er unlängst zum Pfeifenraucher geworden. Auch ein oder zwei Gläschen Schnaps lehnt er nicht ab. Nach einem dritten Glas fängt er das Singen an. Dennoch bin ich sicher, in deinem umstrittenen Muskelgerüst wird er sich prächtig zurechtfinden."

Björn bedankt sich. Er hat gehört, dass Krankenkassen bei Hilfe durch einen Osteopathen Zuzahlungen leisten. Dazu ist aber unter Einreichung der privaten Abrechnung eine ärztliche Verordnung beizufügen. Sein Telefonanruf beim Arzt seines

Misstrauens landet nicht wie üblich in der Warteschlange nach dem Motto: *Sind Sie Privatpatient, dann drücken Sie die Eins, sind Sie Kassenpatient, dann legen Sie auf!* Jetzt ist die Sprechstundenhilfe sofort am Draht. Er äußert den Wunsch, der höchst ehrenwerte Herr Doktor Schweiß möge ihm bitte eine benötigte Verordnung für den Besuch eines Osteopathen ausstellen. Dieses Ansinnen wird knackig abgeschmettert: „Das macht der Doktor nicht!"

Der Patient erinnert sich an einen Sinnspruch von Georg Christoph Lichtenberg „Die Ärzte sollten nicht behaupten *den habe ich geheilt*, sondern: *Der ist mir nicht gestorben.*"

Es gibt Menschen, die bedauern, dass Erdenbürger nicht als außerordentliche Belastung steuerlich absetzbar sind. Björn bedauert dies ab heute auch. Er beschließt, sollte er demnächst einmal nach dem Namen seines Orthopäden gefragt werden, zwar bereitwillig Auskunft zu geben. Aber bei Nennung des Nachnamens den Buchstaben *W* wegzulassen.

Saisoneröffnung

Ein Golfplatz im Frühling.

Björn blickt zum Himmel auf. Wattewolken wabern durch ein herrliches Blau. Es ist ein später Apriltag, der den Juni vorwegzunehmen scheint; es ist ein Tag, an dem ein Golfspieler selten zu Hause herumhockt. Auf dem Parkplatz lassen zahlreiche Autos auf einen regen Betrieb schließen.

Der Golfclub, von dem hier die Rede sein soll, ist ein feiner Club, über hundert Jahre alt. Er hat feine Mitglieder, meist mit ausgeprägter Etikette. Bei einigen hat man den Eindruck, sie hätten noch das Gründungsjahr miterlebt. Das Wort *Etikette* stammt übrigens ursprünglich von angehefteten Zetteln am französischen Königshof, auf denen die Rangfolge der zugelassenen Personen notiert war. Auch im Golfclub ist nicht Jedermann wohlgelitten.

Björns dünnes Haar ist mit einer karierten Mütze bedeckt. Sie thront mal wieder schief auf dem Kopf. Vor Spielbeginn pflegt er sich meist auf die Driving Range zu begeben, um Abschläge zu probieren. Heute will er wegen des Andrangs sofort hinüber zum ersten Abschlag. Doch oh je! Dort drängeln sich diverse Flights. Längeres Warten ist angesagt.

„Du, Kille, ich muss mal kurz weg", hört er einen älteren Spieler seinem Partner zurufen. „Ich hole neue Bälle."

Kille? Der Spitzname ist selten, lässt den Ankömmling stutzig werden. So nannten sie auf dem Gymnasium den Kilian Keller, einen flotten, besonders sportlichen Mitschüler. Viele Mädchen schwärmten für ihn. Er schaut genauer hin. Sollte der dort mit der Glatze und dem faltigen Witwergesicht ein ehemaliger Schulkamerad sein? Er will es genau wissen.

„Entschuldigen Sie die Störung. Ich wollte fragen, ob Sie einst auf dem Runghold-Gymnasium waren."

Der Glatzköpfige schaut kritisch, kneift die Augen hinter seiner Hornbrille zusammen und bejaht.

„Ich erinnere mich da an einen Schüler aus dem sprachlichen Zug...", erläutert Björn.

„Ach ja?" Kille runzelt die Stirn. „Welche Fächer haben Sie denn unterrichtet?"

„Oh, nichts für ungut, vergessen wir meine Frage!"

Er wendet sich fluchtartig ab. Immer noch leicht geschockt entfernt er sich von der Gruppe der Wartenden und bewegt sich hinüber zum Abschlag 10. Der liegt keine hundert Meter entfernt. Hier befindet sich der Start für die zweiten neun Löcher. Dort ist kein Spieler zu sehen! Sein Blick streift ein verwittertes Schild, welches darauf hinweist, dass hier an Wochenenden und Feiertagen erst ab 16,00 Uhr gestartet werden darf. Heute ist Wochenende. In Kürze wird die Turmuhr vier Schläge tun. Aber warum soll man nicht abschlagen, wenn kein Turnier ansteht und man niemanden stört?

Björn ist kein Erbsenzähler, lässt Regel Regel sein. Da ist er ganz undeutsch. Schließlich hat schon Goethe erkannt, dass, wenn man alle Regeln befolgen wollte, keine Zeit mehr hätte, sie zu übertreten. Er rammt sein Tee in den Boden, setzt einen nagelneuen Ball darauf, blickt nach vorne, wo er sich einbildet, dass sein Ball landen wird und wo zwei Golfspieler soeben um die Ecke verschwinden.

Auf geht`s! Er holt besonders weit aus: der Schwungansatz ein bewundernswerter Anblick. Nach dem Aufschwung leitet er nicht sofort den Abschwung ein, steht kurz da, als warte er auf einen Fotografen, der ihn für das internationale Golfjournal ablichten soll. Dann saust der Kopf des Drivers abwärts, trifft mit fehlgeleitetem Kraftaufwand auf die kleine Kunststoffkugel, sodass diese, versorgt mit überreichlich kinetischer Energie, über das grüne Feld davonrauscht. Der Ball enteilt auf schnurgerader Bahn hin zur Biegung des Fairways. Einer der Spieler im Flight vor ihm peilt durch die Büsche zurück. Es ist Michael Meier, ein Vorstandsmitglied. Im Club wird der Michael als wandelndes Regelbuch bezeichnet. Aber oh je! Fühlt sich der Herr Vorstand in seinem Spiel gestört?

Schon eilt die rüstige Führungskraft des Clubs mit elastischen Schritten heran. Der Golfsport hat ihn fit gehalten hat. Viele nennen ihn nur Micky.

Einige Mitglieder lästern gelegentlich, Micki Meier sei auf dem Golfplatz geboren worden. Auf jeden Fall gehört er zum Inventar des Clubs, lebt voll und ganz und ganz einseitig den Golfsport aus. Als ihm einmal zu Ohren gekommen ist, dass eine Ehefrau ihren Mann mit einem Golfschläger zu Tode gebracht haben soll, sei seine erste Frage gewesen, wie viele Schläge sie benötigt habe. Man sagt ihm, dem Etikette-Prediger, auch Wutausbrüche nach. Mindestens einmal in der Saison, so die Gerüchte, würde er einen Schläger zertrümmern! Da sei ihm der Vater ein echtes Vorbild gewesen. Der habe nach dem Zerlegen von Golfschlägern oft Probleme mit den Handgelenken bekommen und auf die Teilnahme an dem einen anderen Turnier verzichten müssen.

Nach einem Golfturnier, in welchem Micki Meier besonders viele Abschläge misslangen, sei er wie Rumpelstilzchen auf seinem Driver herumgetrampelt. Daheim habe er mit einer stumpfen Eisensäge fluchend den Kopf vom Schaft getrennt. Der enthauptete Schlägerschaft wurde in den Gartenzaun geschleudert. Dort sei er aufrecht steckengeblieben. Angeblich fristet dieses Teil dort heute noch ein einsames Dasein.

Nun steht Micki Meier mit durchgedrücktem Kreuz vor Björn und macht ein Gesicht, als habe ihm jemand eine Dornenkrone aufs spärlich behaarte Haupt gedrückt.

„Sie!"

Aus basedowschen Augen zucken blitzende Golfbälle: „Sie haben uns soeben behindert. Aber noch viel schlimmer: Sie sind zu früh vom Abschlag Zehn gestartet. Das ist am Wochenende nicht gestattet. Ich spreche Ihnen hiermit eine Verwarnung aus!"

Der Ertappte gesteht unverzüglich seinen Fehler ein. Aber das erregte Mitglied des Vorstands ist noch nicht zufrieden, kartet heftig nach:

„Sie können mit einer *schriftlichen* Verwarnung rechnen!"

Der Geknickte nimmt die Anschuldigungen entgegen wie ein kleines, von der Mutter gescholtenes Kind. In seinem Rücken nähert sich inzwischen ein weiterer Spieler. Micki Meier nimmt es still zur Kenntnis. Aber in seinem wettergegerbten Gesicht zuckt es. Dann eilt er davon, hin zu seinem ungeduldig wartenden Spielpartner.

Von nun an hält Björn respektvollen Abstand zum Flight vor ihm. Der nachgefolgte Golfspieler läuft schnell zu ihm auf, entpuppt sich als eine charmante alte Dame. Der schwer Beschuldigte bietet ihr an, die weiteren Löcher gemeinsam zu gehen, nicht ohne sie vor dem zornigen Vorstandsmitglied zu warnen. Im weiteren Spielverlauf wirft Micki Meier immer wieder strafende Blicke zurück. Später verzögert er absichtlich sein Spiel. Ein erneutes Aufeinandertreffen wird unausweichlich. Da stürzt er auch schon auf Björns Begleiterin zu - wie ein Hirtenhund aus der Hütte. Seine basedowschen Augen quellen hervor, zwei kleine Golfbälle scheinen aus dem Gesicht springen zu wollen.

„Mein Gott, Hermine, wie konntest du mir das nur antun! Seit Jahrzehnten spielst du Golf und nun das!"

Hermine, so erfährt Björn, ist die Mutter des Clubpräsidenten! Nachdem auch die alte Dame seufzend ihren Fehler eingestanden hat, lässt er von ihr ab. In der Folge achten die beiden Gedemütigten penibel auf einen angemessenen Abstand. Der kleine Kunststoffball schwächelt von nun an bei den beiden zunehmend, verweigert häufig den direkten Weg zur Fahne. Sie nähern sich dem letzten Abschlag. Links und rechts vor ihnen lauern Büsche und Bäume. Viele Golfbälle haben sich dort schon zur Ruhe begeben - alles gescheiterte Hoffnungen. Auch heute wirken die grünenden Gehölze wieder empfangsbereit. Sie werden nicht enttäuscht.

Die Golfrunde ist beendet, man verabschiedet sich artig. Björn zieht seinen Trolley zum Parkplatz. Er schleppt zusätzlich an seiner schweren Verfehlung. Die gräbt sich immer tiefer ins Bewusstsein. Potz Blitz! Hinter einer dichten Rosenhecke lauert erneut das erboste Vorstandsmitglied. Es wiederholt die bekannten Anwürfe. Der Angeschuldigte muckt auf.

„Ich habe mich bereits entschuldigt. Soll ich mich noch vor Ihnen zu Boden werfen?"

Der greise Vorstand zögert. Für einen Augenblick scheint es, als wolle er diese Unterwerfung einfordern. Er ist immer noch nicht zu besänftigen und erneuert seine Drohung nach schriftlicher Abmahnung. Dann geht er, endlich.

Auch der Abgemahnte geht, nein, er schlurft hin zum Caddiehaus, stellt sein Golfbag ab. Es wurmt ihn, dass er sich an diesem wunderschönen Apriltag derart ärgern muss. Es dämmert ihm, dass Golfspielen etwas mit Masochismus zu tun haben muss.

In den nächsten Tagen nimmt Björn Briefe im Postkasten mit einer gewissen Unruhe in Augenschein. Vom Golfclub ist keiner dabei. Auch später nicht. Das bringt ihn zu der Überzeugung, dass er nur deshalb keine schriftliche Abmahnung erhielt, weil er bei seinem ach so schändlichen Tun von Frau Hermine, der ehrenwerten Mutter des Clubpräsidenten, begleitet wurde.

Ein Golferleben kann schön sein, aber niemand behauptet, dass es leicht ist. Es macht nicht immer Spaß. Es ist kein Spiel auf Leben und Tod. Zuweilen ist es schlimmer.

Männerflight mit Dame

Ein Golfturnier.

Björn wurde erst in fortgeschrittenem Alter vom Golfvirus infiziert. Dafür aber umso nachhaltiger. Heute ist er in einem Dreierflight unterwegs. Ihm wurde der brave Bodo-Bert zugeteilt, ein echter Kumpel. Das könnte eine freundliche Golfrunde werden. Der Dritte im Bunde ist eine *Sie*, eine Frau Gloria Schultze-Schreckenberger, ein überkorrektes Geschöpf. Das hat man Björn vorhin auf seine vorsichtige Frage, *was ist denn das für eine?* zu verstehen gegeben. So pfeifen es auch die Tauben vertraulich vom Clubdach. Von ihr soll das Zitat stammen: *Wenn Sie Spaß haben wollen, dürfen Sie kein Golf spielen!* Zudem munkeln böse Zungen, ihre Zunge sei so scharf, dass sie problemlos den Chrombelag von ihren Golfschlägern lutschen könnte.

Björn und Bodo-Bert schlagen ab. Sie ziehen ihre Golfbags der Dame hinterher. Die marschiert trotz ihres Rentenalters flott vorneweg, scheint auf der Flucht zu sein. Als Frau darf sie weiter vorne starten, vom *Damenabschlag*. Das nennt man übrigens im Golfsport Gleichberechtigung. Die Männer bleiben abrupt stehen, da Frau Schultze-Schreckenberger bereits den Ball *anspricht*. Dann aber spricht sie die Männer an.

„Ich fühle mich beim Abschlagen gestört. Kommen Sie bitte weiter, stellen Sie sich auf meine Höhe."

Die beiden eilen die letzten Meter hin zum Damenabschlag, verharren still neben dem Abschlagsgrün, wo Frau Schultze-Schreckenberger nach einem prüfenden Blick zur Seite und nach zwei Probeschwüngen ihren Ball auf die Reise schickt. Einige Schläge später ist dann das Grün mit dem sanft im Wind flatternden Fähnchen erreicht. Die Dame puttet, ihr Ball flirtet mit der Lochkante, schleicht aber am Loch vorbei.

Björn sagt *schade*.

Gloria Schultze-Schreckenberger runzelt die botoxgeglättete Stirn, dreht den Putter in den Händen. Sie zischt:

„Sie haben mich schon wieder gestört."

Seinen treuherzigen Hinweis, dass der Ball zum Zeitpunkt seiner Mitleidsbekundung längst am Loch vorbei gerollt sei, quittiert sie mit düsterem Schweigen. „Das war also eine fünf", erklärt sie noch.

„War das nicht eine Sechs?", fragt Björn. Er hat die Aufgabe, auf der Scorekarte die Spielergebnisse für Gloria Schultze-Schreckenberger zu notieren. Da will er korrekt sein.

„Es war eine Fünf", erklärt Frau Schultze-Schreckenberger.

„Aber vorhin…"

„Eine Fünf", wiederholt die Spielerin in einem Ton, mit dem man einen Holzklotz spalten könnte. Jede weiterführende Diskussion ist im Keim erstickt.

Björn schweigt. „So kann man zu einem ordentlichen Handicap kommen."

Nächster Abschlag, derselbe Ablauf wie zuvor. Die Männer schlagen ab, stecken ihre Driver ins Bag. Frau Schultze-Schreckenberger ist derweil schon wieder eilig auf dem Weg nach vorne, zu ihrem Abschlag. Beide Männer hecheln hinterher, versuchen aufzuschließen. Da wendet sie sich nach rückwärts. Sie zischt Björn an:

„Bleiben Sie stehen, ich möchte in Ruhe abschlagen!"

Neben ihm erstarrt auch Bodo-Bert, wie vom Blitz getroffen. Leise atmend warten sie den Abschlag ab.

„Zuvor störte Sie, dass wir in ihren Rücken verharrten", wirft Björn ein, nachdem die Dame ihren Ball gespielt hat.

„Nein", sagt Frau Schultze-Schreckenberger. In ihren Augen scheint der Blitz einzuschlagen. „Nein, immer Sie! Der andere Herr stört mich nicht."

In der Folgezeit klebt er an der Seite von Bodo-Bert. Der stört ja nicht. Nach einer Weile beginnt seine Nase zu jucken, dann auch noch zu kleckern. Vorsichtig betätigt er den Reißverschluss an der Hose, um ein Taschentuch herauszufingern. Frau Schultze-Schreckenberger vermerkt das zirpende Geräusch mit einem strengen Blick.

Björns Nase läuft, sein Spiel weniger. Kräftig schnäuzen? Das traut er sich nicht. Inzwischen schreitet Frau Schultze-Schreckenberger zu einem weiteren Abschlag. Der liegt unmittelbar am Clubhaus. Man kann sehen und hören, wie ein weibliches Clubmitglied auf der Terrasse einen Joghurtbecher auslöffelt. Dabei erfahren die Spieler, dass die löffelnde Dame zwar seit Längerem auf Magerjoghurt umgestiegen ist, sich nach eigener Überzeugung aber nicht mehr zu einer Gazelle entwickeln wird.

Gloria Schultze-Schreckenberger wirft einen ungnädigen Blick zur Terrasse hin, packt ihren Driver, umklammert ihn mit beiden Händen, als wolle sie auf der Kirmes beim *Hau den Lukas* einen Preis gewinnen. Sie holt weit aus. Björn hält die Luft an. Er wagt nicht zu atmen. Das könnte ja stören. Doch es ist nur ein Probeschwung. Dann endlich beschließt die Dame den Abschlag zu vollenden. Sie produziert einen sehenswerten Slice. Der Ball haut eine leichte Delle in eine nahestehende Eiche. Unverschämterweise prallt der Ball von dort hinter die Abschlaglinie zurück. Er verfehlt die Schlägerin nur knapp.

„Mist!" zischt Frau Schultze-Schreckenberger mit leisem Knirschen des Gebisses. Ein Trauerfall hätte sie vermutlich kaum härter treffen können.

„Das war eine *Dame!*" flüstert Björn dem stillen Bodo-Bert zu. „Sie müsste eigentlich nachher einen ausgeben!"

Kurze Aufklärung für Nichtgolfer: Bei den Männern gilt die diskrete Vereinbarung, dass bei einem schwächelnden Abschlag, der es nicht schafft, über den Damenabschlag hinauszufliegen, später ein Drink spendiert werden muss: eine Buße für klägliches Versagen. Was zu geschehen hat, wenn eine Dame ein solches Ergebnis produziert, ist nicht geregelt. Denn wer spielt schon nach rückwärts. Es sei denn, er kennt Frau Gloria Schultze-Schreckenberger.

Einige Abschläge später hat Bodo-Bert die Ehre ergattert. Er teet auf. Björn fixiert das Tee, sucht Augenkontakt zu Bodo-Bert, blickt wieder auf das Tee.

„Ah ja", sagt der und setzt sein Tee korrekterweise ein Stückchen hinter die Abschlaglinie zurück.

„Bei unserer Damenkompetition geben wir keine Hinweise, auch keine diskreten", kritisiert die Mitspielerin. „Das ist dann ein Strafschlag!"

So geht es weiter. Mal ein Seufzen beim Fehlschlag, dann erneut ein dreistes Klappern von zwei kontaktfreudigen Schlägern in der Golftasche. Oh ihr bösen Eisen und Hölzer! Schließlich erlaubt sich eines der Räder an Björns Caddiewagen hin und wieder ein vorlautes Knarzen. Am zehnten Abschlag greift Bodo-Bert ins Bag, greift sich eine Banane. Er erklärt:

„Ich glaube, ich muss mich stärken. Du auch, Björn?"

Der will zur Auflockerung beitragen. „Nein danke", lächelt er, „aber iss nicht zu viel von dem krummen Ding, sonst schlägst du vor lauter Kraft noch `ne Dame."

Unverzüglich wird er von der Mitspielerin zur Ordnung gerufen. „Diese Bemerkung finde ich ungehörig. Wir befinden uns in einem vorgabewirksamen Turnier!"

„Hoffentlich wird mir diese Frau nicht wieder bei einem der nächsten Turniere zugelost. Wenn ich Glück habe, stirbt sie vorher", denkt der grantige Björn.

Bodo-Bert lächelt verstohlen, sein Partner schnauft durch, bietet er an, um des lieben Golffriedens willen den Flight zu verlassen. Das will Frau Schultze-Schreckenberger dann aber nicht. Von da an wird es noch recht harmonisch.

Beim einem Drink am neunzehnten Loch, der Clubbar, verstärkt sich die Harmonie. Björn überlegt, ob er Gloria Schultze-Schreckenberger an ihre vorhin geschlagene *Dame* erinnern soll. Das traut er sich aber nicht. Auch nicht, als diese überraschend verkündet:

„Also Männer, ich bin die Glori!"

Glück hat man selten - und auch das nicht oft

Björn macht morgens regelmäßig einen Spaziergang. Auch heute geht er Gassi mit dem Pudel, dem die Züchterin wegen des T-Wurfes den Namen Tortellino gegeben hat. Der *kleine Kuchen* ist ein kuscheliges Exemplar. Karamell würde auch gut passen.

An diesem winterlichen Tag strahlt die Sonne von einem derart blauen Himmel, als wolle sie das windige Wetter weglächeln. Björn resümiert: Leckerlies, Kunststoffbeutel, richtige Leine. Haustürschlüssel nicht vergessen. Auf geht`s.

Gleich hinter dem Gartentor funkelt es metallisch. Eine Münze. Ein Euro! Er bückt sich danach. Der Tag fängt gut an. Das kann so weitergehen!

Zunächst einmal die Straße hinunter, dann um die Ecke herum in Richtung Park. An der Biegung zu einem gepflasterten Nebenweg flattert ihm ein aufgespannter Regenschirm entgegen. Hinter Björn schiebt ein kleines Mädchen, etwa zehn Jahre alt, ihr Fahrrad vor sich hin. Er verzögert seinen Spaziergang, lässt das kleine Mädchen herankommen.

„Na, mein Fräulein, auf dem Weg zur Schule?"

Die kleine Schülerin ist eingepackt in eine dicke Jacke, das Gesicht leicht vermummt. Zwei hübsche Augen funkeln ihn nickend an.

„Hat das Fahrrad einen Defekt?" fragt Björn mitfühlend.

Mit einem süßen Lächeln unter dem flotten Kinderhelm klärt sie Björn auf: „Nein, alles heil. Ich wollte Energie sparen." Spricht`s, schwingt sich auf ihr Rad. Weg ist sie.

Ach ja, zurzeit reden alle von Energieeinsparung! Warum nicht auch die Kleine. Björn wandert weiter. Vor ihm biegt eine Bulldogge um die Ecke. Er verzögert seinen Schritt. Hinter dem Hund folgt, durch eine gestraffte Leine voran gezerrt, eine beleibte Blondine. Ihr eidottergelber Anorak leuchtet in der Sonne. Dann folgt ein rothaariger Mann, von dem Björn denkt, dass es sich nur um den Ehemann handeln kann. Die Frau ähnelt ihrem Hund auf fatale Weise, ist ihm wie aus dem Gesicht geschnitten! Hineingequetscht in lilafarbene Leggins will sie vermutlich einen sportlichen Eindruck vermitteln. Er schätzt: Größe 52! Unvermittelt hockt sich die Dogge mitten auf den Weg. Sie produziert einen dunkelbraunen, matschigen Haufen. Frauchen fingert ein Kunststoffsäckchen aus der Tasche.

„Fein gemacht, Herr Schröder!", tönt die pralle Blondine. Das matschige Exkrement wird eingesackt. Beim Bücken rutscht die gelbe Kapuze herunter. Bedrohlich dicht pendelt sie über dem Hundehaufen. Sie hat Glück. Die Kopfbedeckung bleibt sauber. Schnaubend zieht sie den Hund voran. Wenige Schritte später lässt die den Stinkebeutel neben sich fallen.

Eine kleinwüchsige Frau ist nähergekommen. Sie führt einen Dalmatiner an der Leine. Empört schreit sie: „Hey, Sie Schlampe, nehmen Sie Ihre Hundekacke mit!"

„Sie können mich mal!" giftet die *Schlampe* zurück. Eilig zerrt sie *Herrn Schröder* voran.

„Ich kann Sie mal was?"

Die erregte Frau klaubt das Säckchen auf. Mit den Worten *Ich werde Dir zeigen, was ich kann* schleudert sie die eingesackte Hundekacke der Anderen hinterher. Meist pflegt ein derart amateurhafter Wurf sein Ziel zu verfehlen. Hier hat die Wütende Wurfglück. Das dampfende Flugobjekt bewegt sich konsequent in Richtung Hinterkopf der Blondine. Die Dame versucht vergeblich, die Annahme zu verweigern. Der Kackbeutel landet in ihrem Genick und rutscht in die Kapuze hinein. Beim Herausfingern öffnet sich das Säckchen. Vom Genick kullert die Kacke herunter. Das patschige Braun harmoniert hervorragend mit dem Eidottergelb ihrer Joppe. Warme Farben pflegen Glücksgefühle hervorzurufen. Hier nicht!

Der männliche Begleiter blickt erst auf die herabkleckernde Hundekacke, dann auf die Frau. Björn fragt sich, wie die Reaktion des Mannes ausfallen mag. Wird er die Frau an seiner Seite verteidigen, sich vielleicht auf die Werferin stürzen, sie schütteln, anschreien, zur Rechenschaft ziehen?

Nein, der Rothaarige wendet sich spontan ab, läuft ungerührt weiter. Rückwärtsgewandt giftet er: „Selber schuld! Du mit deiner Hundekacke!"

Björn hat aus gebotener Distanz zugesehen. Jetzt ist er sicher, dass es sich bei diesem Mann nur um den Ehemann handeln kann. Alles ist eine Frage der Perspektive.

Kacke? Bei einer befreundeten Familie klang es kürzlich gar nicht unerfreulich. Da hatte der einjährige Sohn nämlich *glückliches Gold* im Höschen. Die Eltern waren entzückt. Sie reagierten mit einem fröhlichen *ei, ei, ja was haben wir denn da!*

Björn ist zufrieden: die wärmende Sonne, eine gefundene Geldmünze, dann die filmreife Darbietung. Auch sein Pudel will sich jetzt erleichtern, tut dies kurz und bündig am Wegesrand. Björn zerrt einen Kotbeutel aus der Jackentasche. Mit dem Säckchen in der Hand tritt er den Heimweg an.

Zuhause sucht er vergebens in der Jackentasche nach dem gefundenen Geldstück. Es muss ihm vorhin beim Herausfingern des Beutels herausgefallen sein. Schade.

„Wie gefunden, so zerronnen", sinniert er. „Die Stelle müsste morgen auffindbar sein!"

In der Nacht hat es geschneit. Dichter Schnee überall. Suchen wäre zwecklos. Na gut, es war ja nur ein Euro.

Vier Wochen später hat sich der Winter verabschiedet. Björn rüstet sich für einen Hundespaziergang: the same procedure as every day. Im Park angekommen hockt sich der Hund am Wegesrand nieder. Da blinzelt sie ihn an, die vor Wochen verlorengeglaubte Euro-Münze! Blass blinkend präsentiert sie sich neben der Hundekacke.

„Das ist der Beginn eines wunderbaren Tages", denkt er.

Ein besonderer Tag

Gestern fühlte ich mich montäglich.

Der Regen strömte gnadenlos. Der Hund versteckte sich im Schuhschrank. Im Keller schwammen zwei Holzpantoffel neben einer vergessenen Plastikente. Draußen brauste unaufhaltsam ein wilder Wind. Es schellte. Der Paketbote überreichte einen durchweichten Pappkarton. Eine angefeuchtete Hose lugte hervor: Mein Jeanskauf im Internet! Das Beinkleid passte wie angegossen.

Abends tapsten wir zum Italiener an der Ecke, schmausten eine Pizza Diavolo. Daheim, durchnässt genossen wir einen trockenen Weißwein, Chateau Migraine. Die Jeans klebten an den Oberschenkeln. Ich habe bisher selten einen nasseren Tag erlebt. Da jagt man keinen Hund vor die Tür.

Tobias S. Salzmann – 12 Jahre

Heute regnet es nur noch wenig. Buchenholz lodert anheimelnd im Kamin. Es klingelt stürmisch. Die Schwiegermutter steht vor der Tür. Gestern war ein guter Tag.

Der Schlüssel

So etwas ist uns allen schon mal passiert.

Man steht vor der Haustür, wühlt in allen Taschen, fasst sich an die Stirn und denkt: „Kruzitürken, wo ist denn nur der blöde Haustürschlüssel? Vorhin hatte ich ihn noch."

Wenn wir Glück haben, liegt er bei Tante Wilhelmine in der Diele. Dort waren wir vorhin zum Geburtstag. Und ja! Nach einem Telefonat atmen wir erleichtert auf. Der Schlüssel ist da! Wir müssen nur zurückfahren an den Ort unserer Schusseligkeit, selbst dann, wenn Tante Wilhelmine weit weg wohnt. Schnell ist Zeit vergeudet, vom Benzinverbrauch nicht zu reden. Auch das Fußballspiel, das wir unbedingt sehen wollten, ist gelaufen.

Es gibt andere wunderbare Beispiele. Reden wir von Felice, deren Name Glückhaftigkeit verspricht. Nach einem amourösen Treffen mit anregenden Vaginationen ist es spät geworden. Felice befindet sich in beflügelter Stimmung auf dem Heimweg. Durch die Dreißigerzone rauscht sie mit über fünfzig Sachen, die Sachen in ihrer Handtasche nicht mitgezählt. Geschwind stellt sie ihr Auto in der Garage ab. Da kracht es dröhnend, aber nicht, weil sie beim Hineinfahren einen Pfeiler umgefahren hätte. Nein, es ist beim Herunterwuchten des in die Jahre gekommenen Schwingtores passiert. Das Garagentor klemmt beim Schließen. Das schon seit Wochen. Darum hat sich Felice angewöhnt, heftig mit dem Fuß dagegen zu treten. Heute gleich doppelt. Der erste Tritt saß nicht. Danach rastet das Tor ordnungsgemäß ein.

Der Rentner Kuno Kummer schreckt im Nachbarhaus wieder einmal im Bett hoch. Schon hängt er im Fenster. Er bietet mit kummervoller Stimme an, die Polizei zu verständigen. Es ist nicht das erste Mal, dass er Felice dieses Angebot unterbreitet. Jedes Mal schlägt sie aus. Sie ist bessere Angebote gewöhnt.

Vor der Haustür beginnt sie hektisch in der Handtasche herumzuwühlen. Nicht nur Ehemänner kennen das. Felice erschrickt, als sie ihre Hand blutrot verschmiert aus der Tasche zieht. Aber keine Panik. Sie hat in einen ihrer fünf Lippenstifte gegriffen. Der eine ist mit Sicherheit ruiniert. Ein bisschen Verlust ist immer.

Felice wird trotz emsigen Suchens nicht fündig, kippt alles in den Treppenaufgang, nimmt diverse herumkullernde Kosmetikfläschchen und andere unverzichtbare Pflegeutensilien in Augenschein. Der neutrale Betrachter könnte den Eindruck gewinnen, dass Felice kürzlich einen Drogeriemarkt ausgeraubt hat. Sie wühlt emsig herum zwischen diversen Tankquittungen, Einkaufbons, losen Münzen und weiteren undefinierbaren Unnatürlichkeiten. Da fällt es ihr wie schuppige Blätter von herbstlichen Bäumen. Sie hat den Schlüsselbund neben sich auf den Fahrersitz gelegt hat. Der liegt gut gesichert im Auto… in der Garage.

Nach dem Herbeirufen des Schlüsseldienstes hat Felice das Problem gelöst. Sie hat dazugelernt. Schnell lässt sie zwei Ersatzschlüssel anfertigen und bittet Bekannte, diese zu verwahren. Den Nachbarn Kuno Kummer bitte sie nicht. Der würde ihr was husten!

Wochen später. Es ist ein heißer Sommertag. Abends will die Wärme noch nicht weichen. Es ist mal wieder spät geworden. Verschwitzt stellt Felice ihr Auto in der Garage ab, zieht das Schwingtor mit Schmackes zu. Dann folgt der bereits erwähnte Tritt. Heute reicht einer. Aber auch der verursachte Lärm. Prompt öffnet sich im Nachbarhaus ein Fenster. Kuno Kummer erneuert sein altes Angebot…

Vor der Haustür beginnt Felice in ihrer Handtasche zu wühlen. Wir kennen das. Da kommt sie zu der Erkenntnis, dass der Schlüsselbund gut gesichert im Auto verblieben sein muss. Sie eilt zur Garage, malträtiert den Torhebel, rüttelt daran. Es ist schon vorgekommen, dass sie den Griff in der Eile nachlässig herumgedreht hat. Vielleicht…? Aber *vielleicht* ist heute nicht. Felice führt die Hand zur feuchten Stirn. Sie überlegt. Wozu hat sie sich abgesichert! Also schnell zum Bekannten Nummer eins, der wohnt um die Ecke. Aber der ist nicht daheim. Mist!

Der zweite Ersatzschlüssel befindet sich in den Händen vom feschen Felix, mit dem sie am Nachmittag noch herumgeturtelt hat. Nicht nur vom Namen her harmonieren die beiden. Dass Felix verheiratet ist, stört Felice nicht. Und den Felix schon gar nicht. Also erst mal anrufen. Nicht, dass er mit seiner Frau ausgegangen ist und sie vergebens durch die hitzige Nacht läuft.

Sie sucht ihr Handy. Das ist nicht auffindbar. Schnell wird ihr klar, dass sie nicht nur ihr Auto diebstahlgeschützt in der Garage eingeschlossen hat. Was nun? Ein Taxi rufen? Ohne Handy! Herrn Kummer bitten? Das geht gar nicht.

Schwitzend und unkultiviert fluchend macht sie sich fußläufig auf den Weg zu Felix. Als sie sich dem Anwesen nähert, brennt noch Licht. *Das Glück ist mit die Doofen*, pflegt Tante Wilhelmine in solchen Fällen zu sagen.

Einmal klingeln, schon steht der fesche Felix in der Tür. „Meine Frau ist noch nicht zurück", grinst er, erspart sich einen Kommentar, kramt im Schlüsselkasten. „Schau, da ist er ja, der Ersatzschlüssel. Den zu meinem Herzen hast du ja. Ich würde dich ja gerne fahren, aber meine Frau hat das Auto dabei. Willst du warten? Nein? Dann rufe ich ein Taxi, in Ordnung?".

Nach wenigen Minuten ist Felice dank Taxi daheim. „Selbst schuld, trottelige Tran-Suse", beschimpft sie sich, als sie den Schlüssel ins Loch steckt. Besser gesagt, sie versucht es. Aber das Schlüsselloch leistet Widerstand.

„Verdammt, an den zwei Drinks von vorhin kann es nicht liegen", flucht sie. Dann dämmert es ihr, obwohl es längst stockdunkel ist: eine Verwechslung, ein falscher Schlüssel! Sie schaut nach dem Taxi, muss hilflos zusehen, wie dessen Rücklichter in der Ferne verschwinden. In der Hitze der Nacht geht es allmählich auf die Geisterstunde zu. Noch verschwitzter als zuvor wandert sie los.

Machen wir`s kurz. Nach eiligem Klingeln steht Felix vor ihr, halbnackt Und ungeniert. Was soll`s. Man kennt sich.

„Meine Frau ist zurück. Wir wollten nun ins Bett springen." Er wühlt im Schlüsselkasten. „Ah, dann ist es der hier!"

Felix bietet an, sie zurückzufahren, streift ein T-Shirt über den strammen Bauch und ruft nach rückwärts:

„Liebes, hör mal, ich fahre die bedauernswerte Felice mal eben nach Hause."

„Mach das, Schnuffelbärchen, wozu hat man schließlich Freunde", tönt es aus dem Schlafzimmer zurück.

Schnell erreichen sie Felices Heim.

„Darf ich jetzt, ganz kurz noch, auf ein diskretes Käffchen?" grinst Felix. „Deine Briefmarkensammlung kenne ich ja schon."

„Nein, *Schnuffelbärchen*, heute nicht mehr. Du musst in Kürze pflichtgemäß zu deiner Frau ins Bettchen huschen."

„Ach, diese Frau genieße ich jede Nacht laut schnarchend an meiner Seite." Felix schmollt. Aber er trollt sich.

Felice liegt ermattet auf ihrer Matratze. Sie starrt aufwärts. Die Reflexion eines silbernen Kreuzes an ihrem Hals zaubert einen winzigen Sternenhimmel an die Decke. Der bringt sie ins Grübeln. Was wäre gewesen, wenn sie zuletzt nicht noch den feschen Felix angetroffen hätte?

Morgen will sie einen Ersatzschlüssel irgendwo neben der Garage deponieren. Felice ist lernfähig. Sie hält es mit dem Spruch ihres ehemaligen Chefs. Der sagte immer: „Gebranntes Kind stinkt."

Theater
(Die Glocken von Rotterdam)

„Ist ein Arzt im Haus?"

Die Frage hallt durch den riesigen Raum. Ein Mann in der Theaterloge hat diesen Hilferuf von sich gegeben. Angeregtes Gelächter schallt aus dem Saal zurück.

Der Blick des Rufers hat eine dralle, barbusige Schauspielerin erfasst, die in guter Sichtweite röchelnde Laute von sich gibt. Sie scheint auf den Brettern, die die Welt bedeuten sollen, einer Ohnmacht nahe. Vom grellen Falschlicht der Scheinwerfer angestrahlt hockt die Mimin verängstigt in einem hölzernen Badezuber. Großzügig stellt sie dem teils erheitert, teils stiläugig blickendem Publikum angenehme Anatomie zur Schau. Eine finster wirkende Gestalt hat sich der Entblößten genähert. Er fuchtelt mit einem gigantischen Schlachtermesser herum.

„Tim!", zischelt eine weibliche Flüsterstimme im ersten Rang des Schauspielhauses. Sie stößt ihren Mann in die Rippen. „Du Witzbold, benimmst dich mal wieder unmöglich!"

Die Eheleute haben sich heute Abend zu diesem Theaterbesuch entschlossen. Ein türkischer Freund hat sie zuvor zu einem Musical überreden wollen: *die Glocken von Rotterdam... nach berühmter Romanvorlage*, so der Vorschlag in holperigem Deutsch. Schmunzelnd haben sich Tim und Mathilde angeschaut und *ach das* gerufen. Der Roman von Victor Hugo mit dem verliebten Buckligen war ihnen geläufig. Der ging bekanntlich als Glöckner im späten Mittelalter in der berühmten Pariser Kathedrale seinem ehrbaren Beruf nach.

Nach einem Musical ist den beiden nicht zumute gewesen. Sie haben sich zu einem anderen Theaterstück entschlossen. Der entfernte Bekannte eines entfernten Freundes hat ein modernes Kriminalstück angepriesen. „Allererste Sahne!" hat er geprotzt und spannende Unterhaltung vorausgesagt. Eine miese Empfehlung, wie sich herausgestellt. Das Wort *Scheiße*, um ein

Lieblingswort des Protagonisten zu zitieren, ist schon einige Male effektheischend über das Publikum hinweggeschwappt.

Tim hockt kerzengrade neben seiner Mathilde im plüschigen Gestühl. Er beobachtet die vor Angst zitternde Mimin im Badebottich.

„Hey du", flüstert Mathilde. Sie rutscht unruhig auf ihrem Sitz herum. „Ich kriege Panik. Hoffentlich kommt bald eine Pause. Gleich laufe ich raus."

„Oh, nicht doch!", raunzt er. „Eine Pause, ja, die muss bald kommen. Da bin ich sicher, meine süße Kartoffel."

Das Programmheft raschelt. Tim fingert vergeblich nach seiner Brille. Im Halbdunkel versucht er den Ablauf des Theaterstückes zu erfassen.

„In der Tat!" flüstert er. „Nach diesem Akt, was für ein treffendes Wort, folgt es eine längere Unterbrechung!"

Soeben ist die Akteurin mächtig blutend im hölzernen Bottich zusammengesackt. Tim konnte von hohem Rang aus gut erkennen, wie die Nackte sich mit einer im Badezuber versteckten Ketchup ähnlichen Flasche bespritzt hat.

Der große Vorhang fällt. Große Pause. Große Erleichterung.

In den mageren Halbzeitapplaus mischen sich Buhrufe. Mathilde quält sich aus dem Sessel. „Nix wie weg hier."

Die beiden balancieren an einem älteren Besucher vorbei, der sich, vermutlich in Erwartung eines anspruchsvollen Abends, in einen alten Frack gezwängt hat.

„Hast du diesen Anzug gesehen, Mathilde? Das Ding hat schon sein Großvater getragen", lästert Tim. „Fehlt nur noch der Zylinder." Er will besänftigen. „Lass uns raus an die Bar gehen. Stärken wir uns mit einer kleinen Erfrischung."

„Kleine Erfrischung? Du bist gut, ich brauche einen doppelten Cognac!"

„Den gibt es hier leider nicht, Mathilde. Tut mir leid, dass dieser Theaterabend dermaßen dumm verläuft." Sein Bedauern wirkt echt. „Orangensaft kannst du haben… aber auch ein Bier, was denkst du? Ich gehe schon mal ins Foyer. Vielleicht spendiere sogar einen Sekt. Ist das ein guter Vorschlag? Ich eile, bevor die Schlange am Tresen zu lang wird."

Schnell ist Tim mit zwei Gläsern Champagner zurück. „Schau mal, ich war leichtsinnig, habe zum prickelnden Schampus gegriffen. Dazu diese edlen Gläser."

„Ja, von dieser Sorte hast du letzte Woche eins zerdeppert, du Depp. Her mit dem Perlwein. Man gönnt sich ja sonst nichts!"

Schon wabert ein erster Glockenklang durch die Wandelhalle und mahnt die Besucher zur zeitigen Rückkehr auf das Gestühl. In diesem Moment drängt sich der Besucher mit dem altertümlichen Frack an ihnen vorbei. Er strebt offensichtlich dem Ausgang entgegen.

„Schau Tim, der Langschwanzpinguin sucht das Weite! Wollen wir es ihm gleichtun? Ich werde hier noch zur wilden Minna. Ab nach Hause! Dieses Theaterstück empfinde ich als Frontalangriff auf Moral und Nerven!"

„Verstehe ich, Mathilde, aber du hast bisher nur an deinem Glas genippt."

„Weiß ich, weiß ich. Den teuren Saft stürze ich aber nicht so einfach runter. Ich nehme ihn mit, samt edlem Glas! Ohne geht's ja nicht." Entschlossen marschiert die wilde Mathilde dem Ausgang entgegen.

„Na gut" schnauft der Mann. Folgsam eilt er hinterher. „Entschuldige, dass ich dir diesen Theaterbesuch zugemutet habe. Da entscheidet man sich schon mal für ein sogenanntes *Kulturereignis*…"

„Kultur? Subkultur! Gewaltige Gülle! Das Stück ist eine Zumutung", grantelt die Frau. „Mit zu Worten geronnenen Fäkalien sollen sich andere bewerfen lassen!"

„Bin ganz deiner Meinung, meine süße Kartoffel", grinst der Ehemann. „Ich denke, wir wären besser in die *Glocken von Rotterdam* gegangen."

Magische Buchstaben

A und **J.** Nur zwei Buchstaben.

Zwei von sechsundzwanzig. Werden sie zu einem *JA* zusammengefügt, strahlen sie Positives, oftmals Euphorisches aus. Zuweilen ist das *JA* aber auch nur ein Füllwort.

Laut Wikipedia ist *JA* ein Wort mit der Grundbedeutung einer Zustimmung, Bestätigung, Bekräftigung. Die Industrie liefert uns zuweilen JA-Produkte, weil sie auf diese positive Grundstimmung setzt. Auch ein guter Abschlag beim Golfen, ein Torschuss oder eine andere gelungene Aktion wird zuweilen mit einem *JA* bekräftigt. Die Antwort *JA* kann Menschen erfreuen, vielleicht sogar glücklich machen. Zum Beispiel:

„Liebst du mich? Willst du mich heiraten?" Fragt jedoch jemand: *Willst du mich* etwa *heiraten?* so ist diese Aussage im Wortsinne fragwürdig.

Wir erkennen, dass der Ton die Musik macht. Entscheidend ist immer die konkrete Fragestellung. Da kann ein *JA* auch schon einmal Negatives oder Schlimmes bewirken.

Dazu einige Beispiele:

Carlo Controlletti sichert sich bei seinem Chef ab: „Hallo Chef, wollen wir Rapunzel Steißbein, diese träge Olle aus der Buchhaltung, endlich entlassen?" Oder:

Hansi Haudrauf erkundigt sich beim Fußballtrainer, ob er seinem Gegenspieler sofort in die Knochen treten soll oder erst in der zweiten Halbzeit. Oder:

Al Capones Komplize vergewissert sich beim Boss, ob er den Verräter endlich erschießen soll.

In diesen Fällen bedeutet ein *JA* wahrlich nichts Erfreuliches. Das wird niemand bestreiten. Doch wir wollen positiv denken! Befassen wir uns mit einer aufbauenden Variante des Wörtchens *JA*. Dazu bietet sich die Frage an: „Liebst du mich?" Oder: „Willst du mich heiraten?" Hier kann das winzige Wort *JA* Gefühle gebären, die einem Sprengsatz gleichen.

„Oh my God! Du Traum meiner schlaflosen Nächte! Wie kann man Paris zur Stadt der Liebe erklären, wo du doch hier bei mir bist, hier in Bielefeld. Du Bombe in meinem Bett. Deine Liebe lässt mich mit der Gewalt eines zu Tal rauschenden Gletscherbachs in deinen Armen enden: du, mein einzig Herz, lasse dir von mir sagen, vom Herrgott geliebt treibt er dich in meine schmachtenden Arme."

Entschuldigung, lieber Leser, hier lässt Ludwig Ganghofer, der bayerische Förstersohn, allzu heftig grüßen.

Stellen wir uns folgende Situation vor: Zwei Menschen stehen vor dem Standesbeamten, mit feuchten Augen, zitternden Händen und pochenden Herzen. Beide sind voller Hoffnung, bereit, den Partner in der Ehe zu beschützen, durch Krisen zu begleiten, dunkle Wolken wegzuschieben, einander Freund und mehr zu sein; kurz: Gefühlswelten prallen aufeinander.

Es ist nicht einfach, derartige Gefühle in wenige Sätze zu fassen. Auf dem Standesamt ist das auch nicht notwendig. Hier ist nur ein schlichtes *JA* gefordert. Mehr braucht es nicht. Obwohl dieses *JA* wie erwähnt heftige Gefühle auslösen kann, reichen dem Gesetzgeber die in richtiger Reihenfolge geäußerten Buchstaben A und J völlig aus. Nach einem JA der Ehewilligen wird in der Regel der Ehebund verbindlich dokumentiert.

Ein derartiger Fall soll nun besprochen werden. Denken wir an den feschen Kuno Kuppler, den Freunde und Bekannte seit der Schulzeit immer Kuku rufen. Er hat eine Beamtenlaufbahn im mittleren Dienst durchlaufen und sich zum Standesbeamten ausbilden lassen. Über drei Jahre Fachstudium sind notwendig gewesen, vertiefte Kenntnisse in Psychologie und Soziologie sowie juristisches Grundwissen hat er sich dabei erarbeitet.

Kuku feiert demnächst seinen dreißigsten Geburtstag. Er ist unverheiratet, aber der Ehe nicht abgeneigt. Er mag gerne Süßes. Das können in Stresssituationen mal Pralinen oder auch Eierlikörchen sein; oder Freundin Luise, die aparte Lu, die ihm jedoch kürzlich den Laufpass gegeben hat - ihm, dem feschen Kuku! Sie hat zu lange darauf warten müssen, von ihm das gefragt zu werden, was er berufsmäßig täglich fragt muss. Zu gerne hätte Luise *JA* gesagt.

Erst seit einigen Monaten übt Kuku den amtlichen Liebesdienst aus. Über seine Beurkundungen führt er eine Strichliste. Nach einem schnellen Blick darauf, heute am frühen Morgen, weiß er: Ein kleines Jubiläum steht an. Zum zwanzigsten Male wird er nach korrekter Feststellung von Personalien die Frage stellen: „Sind Sie gewillt, … "

Ein Kollege aus dem Nachbarort hat kürzlich bei einem kollegialen Bierchen mit schmunzelndem Bedauern berichtet, dass ihm in seiner langen Laufbahn noch nie ein *Nein* angeboten worden sei. Kuno Kuppler ist davon überzeugt, dass auch er in wenigen Minuten ein leises oder auch kräftiges *JA* vernehmen wird. Bei einem seiner früheren Amtshandlungen hat ein Bundeswehrmajor bei dieser Frage einmal mit einem derben *Jawoll* geantwortet. Da ist Kuku angemessen zusammengezuckt. Sekundenlang war er unsicher, ob diese zackige Antwort mit dem amtlich geforderten schlichten *JA* in Übereinstimmung zu bringen war. Er traute sich nicht, das knappe, korrekte *JA* einzufordern. Die Zustimmung war überdeutlich. Unverzüglich hat er das Paar *zu Mann und Frau* erklärt.

Heute hockt ein sehr junges Pärchen vor dem Schreibtisch, den Kuku von seinem Vorgänger übernommen hat. Seine Augen sind fixieren eine liebreizende, schüchtern wirkende Frau.

„Die ist ja noch viel süßer als meine Ex, die Luise", denkt er und spürt, wie sich der Herzschlag verändert. Verunsichert erwidert sie seinen liebevollen Blick. Hofft er, dass sie gleich auf seine Frage, ob sie gewillt ist…, mit einem *Nein* antwortet?

Unfug! Der schlaksige Jungspund an ihre Seite wird ihr die Erfüllung aller Träume versprochen haben. Beim Heiratsantrag hat er bestimmt behauptet, dass er ohne sie nicht leben kann, dass er sie vom ersten Moment an geliebt hat und dass er sie heute und für alle Zeit lieben wird.

Der schockverliebte Standesbeamte seufzt kaum merklich auf, vertieft sich in die Personalien der beiden Ehewilligen. Dann wendet er sich zunächst an den männlichen Heiratskandidaten. Er stellt die Frage, die ihm nachts im Traum schon Angstschweiß auf die Stirn getrieben hat: „Sind Sie gewillt…"

Es ist keine Überraschung, dass der brave Jüngling die Frage mit einem lauten *JA* bestätigt. Kuku nimmt es nickend zur Kenntnis. Dann wendet er sich der Frau zu.

„Sind auch sie gewillt…?"

Die Antwort ist ein leises *JA*. Aber wirkt dieses *JA* nicht unsicher? Dann eine so leise geflüsterte Zustimmung! In der Schule hätte ein Lehrer gewiss gefordert: *Mädchen, sprich lauter!*

Ein allgemeines Aufatmen wabert durch die Amtsstube. Haben einige Gäste etwas Anderes erwartet? Ein tiefes Seufzen der Brautmutter ist unüberhörbar. Mehrere Hochzeitsgäste hüsteln vornehm in die Hände. In Erwartung der Worte *Hiermit erkläre ich euch zu Mann und Frau* haben alle den feschen Standesbeamten im Blick. Der wirkt unschlüssig, schaut die Braut an. Leise hört er sich fragen: „Haben Sie sich das auch gut überlegt?"

„Nein."

Die Antwort kommt spontan, in der Klarheit überraschend. Sie löst bei denen, die diese Antwort mitbekommen haben, Betroffenheit aus. Mag sein, dass der anmutigen Frau bei der Beantwortung die alte Floskel *bis dass der Tod euch scheidet* durch den Kopf gehuscht ist. Vielleicht hat sie auch der fesche Fragesteller verunsichert.

Getuschel im Saal! Ein runzliges Familienmitglied krächzt mit einer Hand hinter dem Ohr: „Was ist los?"

Kuku ist verblüfft, obwohl er diese Antwort im Innersten seiner beiden Herzkammern erhofft hat. Die angehimmelte Frau hat tatsächlich nein gesagt! Was soll er tun? Was muss er tun? Was kann er tun?

Der junge Standesbeamte hat die gebotene Amtshandlung missachtet! Mein Gott, wozu hat sich der Hauruck-Verliebte hinreißen lassen! Soll er die Braut mit diesem Nein allein lassen? Er ist verpflichtet, unverzüglich zur Tagesordnung überzugehen.

Muss er die beiden jetzt nicht unverzüglich zu Mann und Frau erklären? Erst vor einer knappen Minute hat er sich doch von beiden Heiratskandidaten die Ehebereitschaft ausdrücklich bestätigen lassen!

„Soll ich die Süße nicht noch mal fragen, ob sie immer noch gewillt ist, mit diesem Grünschnabel an ihrer Seite die Ehe einzugehen?", grübelt er. „Verdammter Vollidiot. Hätte ich die freche Frage doch viel früher gestellt!"

Rufe aus dem Kreis der Hochzeitsgäste, *was ist denn nun?* erhöht den Entscheidungsdruck. Zwei jugendliche Gäste beginnen laut zu skandieren: Ver*heiraten! Ver*heiraten! Das treibt Kuku zum pflichtgemäßen Tun. Die folgenden Worte werden von den Gästen erleichtert aufgenommen: „Hiermit erkläre ich euch zu Mann und Frau."

Der bewegte Standesbeamte drückt den Brautleuten eilig die Hand. Er nuschelt so etwas wie *Glückwunsch*. Weg ist er. Mit einem Mühlrad im Kopf eilt er ins Hinterzimmer.

„Verdammt, ich muss dringend einen Eierlikör in mich hineinkippen." Er schnauft tief durch. Das Leben muss doch weitergehen!

Einige Gläschen später reift der Entschluss, der Angebeteten umgehend einen Besuch abzustatten. Dann will, ja muss er sich entschuldigen, seine Gefühle offen darlegen, beherzt agieren, seine Chance wahrnehmen.

Eine verständliche Entscheidung?
JA.

Schneewittchen und die 17 Zwerge

Vorbemerkung: Die folgende kleine Geschichte verfasste der achtzehnjährige Tobias einige Monate vor seinem Abitur. Es handelte sich dabei um eine Hausaufgabe für das Fach *Darstellendes Spiel*. Der Text fand sich zusammengefaltet auf zerknitterten Papierblättern in der Innentasche einer alten Lederjacke.

Tobias war nach dem Abitur zur Bundeswehr gegangen, um seinen Wehrdienst abzuleisten. Dort erlitt er einen tödlichen Unfall. Den Eltern gegenüber hat er diese schulische Arbeit nie erwähnt, geschweige daraus vorgelesen. Er ahnte, dass sie bei der einen oder anderen Passage missbilligend die Nase gerümpft hätten, wenn auch mit verstecktem Grinsen?
Nun also:

Es war einmal in einer fernen Länderei ein kleines Mädelein. Das hieß Erika Bumskopp. Es fand den Namen aber nicht so prickelnd und nannte sich deshalb Eriksen Bumsenköpper. Doch ein jeder sprach nur von *Schneewittchen,* so dass, wenn man unterwegs war, hörte:

„Patrick, schau mal nach da drüben, ist das nicht Ericksen Bumsenköpper?"

Woraufhin man oft die Antwort vernahm:

„Ja, Don Sergio, das ist sie, aber ich nenne sie wie jeder hier nur *Schneewittchen.*"

So nannte man sie, da die Haare auf ihrem Kopf weiß wie Schnee waren. Dieses wohlproportionierte und unschuldige Ding wohnte in einem Zwei-Zimmer-Studentenwohnheim. Es ist genau das, in dem auch der gestiefelte Kater, Dornröschen, die sieben Geißlein und diverse Wölfe wohnten.

Das Schneewittchen war ein putziges Menschenkind, und ein jeder hatte es lieb. Auch so die Jungs vom nahen Nachbarhaus, die des Öfteren sabbernd an ihrer Fensterscheibe klebten.

Hinter den Bergen – gleich hinter der Tankstelle links und in dem dritten Haus sofort rechts - wohnte die fiese Königin. Diese Tussi besaß einen Spiegel, der sprechen konnte. Wenn man ihn fragte, grunzte er: "Hallo, ich bin Erich, der sprechende Spiegel."

Die Königin lag den ganzen Tag auf ihrem Bett, schaute zum Spiegel und fragte ihn nur dummes Zeug; zum Beispiel, wie um zwölf Uhr die Ortstemperaturen am Frankfurter Flughafen gewesen wären oder was sie anziehen sollte. Sie hätte ja nie was Passendes, denn der tumbe Hofschneideraushilfegeselle Charlie Laberfeld brächte nix zustande.

Erich antwortete dann immer:

„Ach, halt doch die Fresse."

Aber eines Tages fragte die Königin den Spiegel:

„Wer ist überhaupt die Schönste im ganzen Land?" und Erich antwortete: "Du bist zwar nicht die Allerhässlichste, aber schon mal schöner als du ist das Schneewittchen und die Uschi und die Bärbel und die Helga und die Zellulitis und die Ulrike und nicht zu vergessen die Kantine, die Frau von Kant."

So kam die fiese Königin auf die grauenhafte Idee, alle Frauen im Land zu töten, wobei dies hundertvierunddreißig an der Zahl waren. Und Schneewittchen war die allererste auf der Liste. Die war allerdings mittlerweile zu den Zwergen umgezogen und wohnte nun in so einer Art Kommune.

Die siebzehn Zwerge arbeiteten in einer großen Würfelzuckermine mitten im Zauberwald, wo sich bekanntlich all diese Wichte aus den ganzen Büchern rumtreiben. Was die Zwerge allerdings nicht wussten, war, dass Schneewittchen in dieser WG wild rumgeheiratet hatte, nämlich ganz heimlich. Hierbei war Schneewittchens einziger Grund gewesen, dass sie in kurzer Zeit viel erben wollte. So hatten plötzlich ganz viele der ulkigen Zwerge putzige Unfälle, wie zum Beispiel *beim*

Pistolenreinigen in den Rücken geschossen oder *mit dem Kopf unglücklich in der Schlinge verfangen.*

Als gerade nur noch sieben Zwerge übrig waren, meinte die fiese Königin:

„Jetzt ist sie dran, dieses Schneewittchen!"

Darum kam sie auf die Idee einen Jägersmann anzuheuern, der das Schneewittchen erschießen und als Beweis ihr Herz mitbringen sollte.

Der Jäger erwiderte: „Ist o.k." und ging los. Im Wald spannerte er durch ein Fenster, wo gerade das nackte Schneewittchen rumlief. Er meinte:

„Geile Alte, zu schade zum Kaltmachen. Besser bei Gelegenheit mal durchficken."

Nachdem er ins Haus gegangen war, ließ er Gnade vor Auftrag ergehen und bat um eine Tasse Baldrianwurzel-Tee. Dann erzählte er dem Schneewittchen alles von der fiesen Königin. Die beiden fanden eine private Lösung, diese Sache zu lösen. Sie hüpften nämlich schnell mal in die Kiste. Danach rauchte er eine und ging dann zur Königin. Anstelle des Herzens brachte er ihr einfach ein eingewickeltes Fischstäbchen mit. Das bemerkte aber der Spiegel und Erich sagte:

„Dies ist ja gar kein Menschenherz, das ist ja nur eine Kinderniere."

Daraufhin wurde die Königin mal so richtig wild und wischte dem Jägersmann eins aus, indem sie ihm seine Lizenz zum Tiere totmachen entzog. Die fiese Königin kam schließlich zu dem Schluss: „Na, dann mache ich sie eben selbst kaputt."

Eines Tages, Schneewittchen war am Putzen, da klingelte es an der Tür. Das war die böse Königin, die sich als heiliger Samariter getarnt an das Schneewittchen ranmachen wollte. Schneewittchen meinte höflich:

„Na, dann kommen sie mal rein."

Die Königin antwortete ein teuflisches *Dankeschön.*

Nachdem sie eingetreten war und die beiden sich schon eine ganze Weile unterhalten hatten, passierte es, dass das

Schneewittchen so ganz aus Versehen von dem vergifteten Apfel aß, den die Königin mitgebracht hatte. Davon fiel sie ganz schnell tot um. Die Königin aber haute ratz fatz ab und machte sich auf den Weg zur Nummer zwei auf ihrer Mordliste.

Ganz zufällig kam ein wenig später ein Prinzen-Praktikant des Weges daher, sah das Schneewittchen und sprach:

„Na, wenn die mal nicht tot ist. Aber weil sie so hübsch ist, geb ich der mal ganz schnell einen Kuss."

So küsste er Schneewittchen ganz doll und sabbrig, so dass sie davon, auch wegen seines Mundgeruchs, ganz hurtig wieder lebendig wurde.

Die sieben Zwerge waren über das plötzliche Lebendigwerden und das anschließende Abhauen mit dem Prinzen ein wenig betrübt. Was soll`s. Das Schneewittchen reiste mit dem Prinzen in das nächstbillige Motel. Als sie am nächsten Tag aufwachte, war der Prinz mit seinem Ford Capri und dem ganzen Geld fort. Außerdem war Schneewittchen ganz schön schwanger geworden und ziemlich sauer zudem. Aber wie das so ist, musste sie nun in einer schmierigen Pommesbude arbeiten, bis sie dann eines Tages in eine Fritteuse fiel. Die fiese Königin brachte noch die ganzen anderen Frauen um und wurde voll berühmt unter dem Namen Joan Collins.

Der Deutschlehrer gab dieser Hausarbeit eine zwei plus mit der Bemerkung: *Sehr witzige Verfremdung, aber besser nicht aufführen.*

Titelwahn

Willy Wichtig greift sich die Morgenzeitung. Pollenflug ist angesagt. Ihn springt ein Farbfoto an: Ein blühendes Rapsfeld in knalligem Gelb. Er muss niesen.

Er legt die Zeitung beiseite und beschließt, mit Dackel Waldi einen Spaziergang zu machen. Vor dem Grundstück stoppt ein städtisches Fuhrwerk. Ein eifriger *Waste Removal Engineer*, so nennt man neuerdings einen Müllmann, springt heraus, greift sich die Tonne, kippt den Inhalt mittels Kopfdruck in das Entsorgungsfahrzeug.

„Müllwerker sind heute gesuchte Leute. Auch die deutsche Bezeichnung *Sanitäringenieur* würde gut passen", denkt der Spaziergänger. Ein wunderbar aufgeblasener Titel hebt nicht nur das Selbstbewusstsein. Amerikanismen sind gefragt.

Neuerdings wird Willy Wichtig in der Personalabteilung mit dem Titel *Treasurer* geführt. Eine solche Führungskraft geht bei diesem Job nicht etwa auf Schatzsuche. Sie hat dafür zu sorgen, dass im Unternehmen immer genug Liquidität vorhanden ist. Den Job als *Chief Evangelist* hat er kürzlich abgelehnt. Die *Innovations- und Strategie-Abteilung* wollte er, ein braves Kirchenmitglied, nicht leiten.

Sein jüngster Sohn hat sich entschlossen, für einige Jahre in die Vereinigten Staaten auszureisen. Er hofft, dort sein Glück zu finden. Voller Überzeugung hat er dem Vater erklärt:

„Ich komme dort schon klar! Notfalls werde ich mich als *Crockery Cleansing Operative* verdingen. Am Anfang kann es Probleme geben, klar. Aber viele erfolgreiche Menschen sollen in den USA schon als Tellerwäscher angefangen haben."

Für das Gastgewerbe haben Consultants vorgeschlagen, diesen Küchenhilfen den Titel *Gastronomie-Hygiene-Techniker* anzubieten. Ist dieser überzogene Titel ein guter Köder? Oder klingt die amerikanische Version nicht doch interessanter, weniger durchschaubar?

Mit einiger Sicherheit kann man durch die Vergabe von attraktiven Titeln die Personalsuche erfolgreicher gestalten. An den *Key Account Manager* haben wir uns in Deutschland längst gewöhnt. Der Beruf des *Petroleum Transfer Engineers* ist entbehrlich geworden. Wo gibt es heute noch Tankwarte!

An der Ecke begegnet Willy Wichtig seinem *Facility Manager*. Der vielseitig talentierte Hausmeister führt bei ihm gelegentlich Sanierungs- oder Instandhaltungsarbeiten durch. Der Mann berichtet, dass eine *Environment Improvement Technician* gefunden sei, die bei ihm das Staubwischen und Parkettbohnern erledigen kann. Bei der Titelvergabe für eine Putzfrau stand auch der Begriff *Scrubwoman* zur Diskussion. Diese Berufsbezeichnung klingt in deutschen Ohren jedoch zu sehr nach Arbeit, erscheint genderfeindlich. Sie ist auch noch ungenügend technikaffin.

Der Facility Manager erklärt, er wäre auch in der Lage, einen *Vision Clearance Engeneer* zu besorgen. Damit wäre für das Fensterputzen eine Zusatzhilfe gefunden. Der Mann, der Gott und die Welt zu kennen scheint, hat auch einen kreativen Gärtner an der Hand. Der Mann firmiere neuerdings als *Technical Horticultural Maintenance Officer*. Er sei absolute Spitze bei der Umgestaltung gartenähnlicher Flächen. Gut zu wissen.

Willy Wichtig setzt seinen Hundespaziergang fort. Er denkt darüber nach, ob Wissenschaftler über den Titelwahn schon einmal eine Doktorarbeit verfasst haben. Soweit er weiß, haben sich für Berufe wie *Londoner Schwanenzähler an der Themse* oder *studentischer Aushilfseingibser in einem noblen Skiort* noch keine befriedigenden Titel finden lassen.

Bald schmerzen die Füße. Die sind pflegebedürftig. Gestern hat er deshalb einen Termin bei seiner Fußpflegerin gemacht. Könnte es sein, dass ihm die Frau weniger Geld abknöpft, wenn er sie wie in den USA als *Foot Health Gain Facilitator* bezeichnen würde? Aber das will er dann doch lieber unterlassen. Vielleicht fordert sie dann mehr Geld.

Der Spaziergang führt ihn am örtlichen Gymnasium vorbei. Die beiden Enkelkinder hocken dort in lehrhafter Unterweisung.

Gemeinsam mit anderen Jugendlichen lassen sie sich von *Knowledge Navigatoren* naturwissenschaftliches und sprachliches Wissen vermitteln.

Willy Wichtig hat den Hundeausflug abgekürzt. Er steht vor seinem Grundstück. Eine ihm unbekannte Person eilt auf ihn zu, ein *Media Distribution Officer,* der die morgendliche Zeitung bringt. Im Davoneilen hechelt er: „Bin leider verspätet. Heute vertrete ich ihren erkrankten Zeitungsausträger."

Willy fingert einen Handzettel aus dem Prospektwirrwarr im Briefkasten. Der seit vielen Jahren für sein Haus zuständige *Flueologist* kündigt sein Erscheinen an: Kamin und Heizung werden zeitnah überprüft. Diese als Glücksbringer angesehene Person wird die Kontrollarbeiten im schwarzen Outfit mit Zylinder durchführen. Es lebe die Tradition!

Auf der ersten Seite der Morgenzeitung springt ihn eine fette Schlagzeile an. In einem öffentlichen Verkehrsmittel wurde ein *Revenue Protection Officer* von einem Schwarzfahrer angepöbelt und angegriffen. Der brave Fahrkartenkontrolleur hatte bei dem widerspenstigen Fahrgast auf das Vorzeigen des Fahrscheins bestanden. Der gewissenhafte *Officer* musste später im Krankenhaus behandelt werden.

Unter der Rubrik „Suchanzeigen" wird Willy Wichtig darüber informiert, dass in Lebensmittelmärkten dringend Aushilfen benötigt werden: in Teilzeit oder auch stundenweise. Gesucht werden diverse *Stock Replenishment Adviser.* Wenn die Enkelkinder aus der Schule zurück sind, will der Opa sie fragen, ob sie sich nicht gerne ihr Taschengeld als Regal-Bestücker im Supermarkt aufbessern wollen.

Er betätigt den Anrufbeantworter und hört eine Meldung der Clubsekretärin seines Tennisklubs ab. Seit Jahren ist er dort als Kassenwart tätig, ehrenamtlich. In der Mitgliederliste wird er als *Non Profit Manager* geführt.

Der Mann hat darüber nachgedacht, ob er seine fleißig im Haushalt tätige Ehefrau mit dem Titel *Domestic Engineer* beglücken sollte. Aber die würde ihn vermutlich mit tellergroßen

Augen anstarren, ihn fragen, ob er sie verscheißern wolle. Postwendend würde sie ihn mit einem halbvollen Abfalleimer zur Mülltonne abkommandieren.

Morgen wird Willy Wichtig wieder seinem anspruchsvollen Job nachgehen, in einem Unternehmen, in welchem sich zahlreiche *Officer's* tummeln. Praktikanten dürfen sich dort seit Kurzem *Associate* nennen. Es ist wohl so: Anglophile Begriffe werden nur allzu gerne übernommen. Die Titelsucht ist nicht wegzudiskutieren.

Vor Betreten seines Büros wird er, der *Treasurer*, routinemäßig dem *Director of First Impressions* freundlich zunicken. Dieser Mann hockt schon zwei Jahrzehnte in der Rezeption. Jedes Jahr steht er erneut auf der Einsparungsliste der Organisationsabteilung. Deshalb hat dort niemand verstanden, warum dieser Mitarbeiter auch noch mit einem attraktiven Titel versehen wurde. Seiner adipösen Vorzimmerdame wird er danach fröhlich ein „Seien Sie gegrüßt, *mein Head of Verbal Communications!*" zurufen. Den ungelernten Aushilfsbürogehilfen will er dann mit *Junior Clerc* ansprechen. Der wird Augen machen!

Übrigens: Willys längst verstorbener Großvater würde sich heute *Rotationsdesigner* nennen. Er war von Beruf Eisendreher.

Oh nein, der Nikolaus!

Der zweite Monat im Jahr, Ende Februar.

Mia ist zweieinhalb Jahre alt. Wie die meisten Kinder ist sie neugierig, registriert alles um sich herum mit wachen Augen.

Die Großeltern sitzen mit Mia im Auto. Auf einer Hauptstraße kutschieren sie in den heimatlichen Ort hinein.

„Oh nein!" schreit die Kleine plötzlich. Erschreckt zucken Oma und Opa zusammen. Das Enkelkind zeigt mit ihrer kleinen Hand auf einen Nikolaus. Jetzt, gegen Ende des Monats Februar, hängt er mit einem schlaffen Jutesack über der Schulter an der grauen Häuserwand über einer Bäckerei. Er ist bemüht, die Wand empor zu kraxeln. Offensichtlich hat er Mühe, an Höhe zu gewinnen.

„Der will in den Himmel zu den Engeln", behauptet der Großvater. „Unser lieber Nikolaus ist aber verdammt spät dran."

„Mia helfen", sagt die Kleine. Sie wirkt verwirrt.

Opa beruhigt. „Das schafft er schon alleine."

Wieder daheim wählt er die Telefonnummer der Bäckerei und informiert den Inhaber über die erschrockene Reaktion des Enkelkindes. Dabei weist er ihn auf die prekäre Lage des weihnachtlichen Gehilfen hin.

Zwei Tage später fährt der Großvater mit der Enkeltochter erneut auf der Hauptstraße in den Ort hinein. Als sie die Bäckerei passieren, ruft Mia plötzlich *oh, oh!* Sie zeigt auf die graue Hausfassade. Der Nikolaus ist verschwunden!

„Siehst du", sagt Opa. „Er hat es geschafft. Habe ich doch gesagt. Vermutlich ist er auf dem weiten Weg in Richtung Himmel unterwegs."

Mia scheint zufrieden. Der Großvater auch. Er denkt: „Wie schön, dass der Bäcker so schnell reagiert hat."

Er ist davon überzeugt, dass der Nikolaus in etwa dreihundert Tagen hier erneut auftaucht. Dann wird er wieder an der alten Fassade der Bäckerei herumkraxeln.

Darf ich mal streicheln?

Bello hebt sein hinteres Bein.

Was für ein bezaubernder Pudel! Der Hund strahlt selbst beim Pinkeln, auf drei Beinen stehend, anmutige Lieblichkeit aus. Bei Passanten ruft sein Anblick immer wieder ein Lächeln hervor. Selbst Autofahrer verzögern gelegentlich ihr Tempo, blicken auf den Hund. Meist zeigen sie ein fröhliches Gesicht. Da entpuppt sich Bello als Gute-Laune-Zauberer.

Diese Reaktion hat auch der blonde Student, der ständig mit seiner Windstoßfrisur zu kämpfen hat, schon oft erlebt. Er ist wieder einmal mit dem Hund der Nachbarin unterwegs, tut der Witwe Selig damit einen Gefallen. Die gute Tat hat einen weiteren Grund. Der Student hat erkannt, dass sich bei einem Spaziergang mit dem niedlichen Hund hervorragende Chancen ergeben können: zum Beispiel beim Herstellen von Kontakten zu netten Fräuleins.

Bello ist ein sehr kuscheliges Exemplar. Der Name Karamell würde viel besser zu ihm passen. Sein Fell leuchtete schon bei der Geburt in cremigen Honigfarben. Bei der Namensfindung war Witwe Selig war ziemlich einfallslos. Es störte sie nicht, dass ihr Ex-Mann, ein Handwerker, seinen dicken Vorschlaghammer *Bello* nannte. Im niederdeutschen Dialekt steht der Name Bello gar für *Toilette*. Den naiven Hund kümmert das alles nicht. Egal wie man ihn ruft, er gehorcht aufs Wort - nur nicht aufs erste. Aus weichem Wuschelkopf lugt er mit tiefbraunen Knopfaugen neugierig in die Welt und mustert alles um sich herum.

„Sein flockig-lockiges Fell kann einem im Winter wunderbar die Füße wärmen." Das behauptet der junge Mann oft, wenn er beim Spaziergang auf Bello angesprochen wird.

„Fein Bello, bleib schön bei Fuß. Ich hoffe, du machst nachher wieder ein schönes *Scheißerli*, dann ist dir ein *Leckerli* sicher", verspricht das Aushilfsherrchen.

Braune Hundeaugen blicken eher fordernd statt fragend.

„Du hast mich nicht verstanden? Macht nichts, wir spazieren erst mal weiter, hinüber in den Stadtpark."

Der blonde Bursche hofft, dass sich an einem so sonnigen Tag wie dem heutigen besonders interessante Kontakte knüpfen lassen. Bello stellt die Ohren hoch. Er liebt den Stadtpark und würde fröhlich lächeln, wenn er könnte. Stattdessen wedelt er freudig erregt mit dem Schwanz. Das bedeutet vermutlich Zustimmung.

Der Student wischt sich Haarsträhnen aus dem Gesicht. Er muss grinsen. Ihm ist sein Onkel Oskar in den Sinn gekommen. Den kränkelnden Onkel hat er kürzlich noch besucht. Bei Ansicht des schwänzelnden Bello hat Onkel Oskar konstatiert:

„Das kann ich auch nicht mehr."

Vom Eingang des Parks her ertönen geifernde Geräusche. Versuchen zwei Männer dem jeweils anderen ihre Überlegenheit im Tauziehen zu beweisen? Ein Dicklicher mit Glatze wirkt wackelig auf seinen Dackelbeinen. Er keucht mit einem Jogger um die Wette.

Schnell wird klar: Beidhändig an Hundeleinen zerrend versuchen die beiden Männer, ihre Tiere zu trennen, die in heftiger Umklammerung ihre Kräfte messen. Die Hunde, zwei temperamentvolle Boxer, machen ihrem Namen Ehre. Sie befinden sich hechelnd und Tatzen schwingend in engem Nahkampf. Trennkommandos fruchten nichts. Unerwartet löst sich einer der kämpfenden Bullenbeißer aus dem Clinch. Der glatzköpfige Dicke stolpert rücklings in eine Buchenhecke. Dort hängt er stöhnend im verästelten Gestrüpp, hilflos wie ein umgefallener Leuchtturm.

Ein Spaziergänger eilt herbei. Er ist bereit, den offensichtlich angeheiterten Mann aus dem knorrigen Buschwerk zu helfen. Alleine schafft er es jedoch nicht, den wild mit den Armen rudernden Dicken herauszuzerren.

„Nun ja", denkt der Helfer, „Trunkenheit an der Leine ist nicht strafbar. Dennoch würde ich den Alkoholisierten am liebsten im struppigen Geäst hängen lassen."

Schon ist ein zweiter Hilfswilliger zur Stelle. Mit vereinten Kräften gelingt es den beiden, den Glatzköpfigen aus dem Busch herauszuschaffen und auf seine Dackelbeine zu stellen.

Der Student mit der Windstoßfrisur hat belustigt dem Schauspiel beigewohnt. Er lobt seinen brav an der Seite ausharrenden Hund: „Schau, da du bist deutlich besser erzogen. Braver Bello, hier ist eine kleine Belohnung. Machen wir weiter, voran, voran."

Eine Dame joggt heran. Bello zaubert umgehend ein Lächeln auf die erhitzten Backen der heranhechelnden Frau.

„Darf ich mal streicheln?", lächelt sie den Hundeführer an.

„Wen bitte?" lächelt der zurück.

„Natürlich Ihren Hund", keucht die Frau.

Ach so! Na dann.

„Er ist antiallergisch. Fusseln tut er auch nicht", erklärt der studentische Hundeführer. „Damals, bei dem Dalmatiner unseres Nachbarn fanden sich noch viele Jahre nach dessen Tod, Stachelhaare im Auto. Der Hund liebte das Autofahren. Unser Bello hier auch. Wenn Sie zu Ihrem Auto gehen und die Tür öffnen würden, säße er vermutlich vor Ihnen drin."

„Was Sie nicht sagen!", meint die streichelnde Frau. Sie schaut Bello tief in die dunklen Knopfaugen. „Diese Augen können nicht lügen", bestätigt sie eine alte Hundeweisheit. „Ein kleiner Tipp. Sie müssen Acht geben, dass man Ihnen dieses tolle Tier nicht klaut."

„Werd`s mir merken, gute Frau. Es ist ein besonders lieber und hübscher Hund, nicht wahr?", bestätigt der junge Mann. Er streicht sich erneut wirre Haarsträhnen aus dem Gesicht. „Ich behaupte, er würde sogar einen Einbrecher küssen."

„Wenn Sie das so sagen! Ich hoffe, Sie müssen diese Eigenschaft nicht eines schlechten Tages oder gar des Nachts ernsthaft testen. Ja, der Hund ist süß", bestätigt die Frau mit freundlichem Gesicht. Aber dann spricht ihr Ton eine andere Sprache. „Zu Ihnen passt er nicht." Nach kurzem Zögern: „Obwohl Sie aussehen wie Ihr Hund!"

Das war gar nicht nett! Sollte die Frau schlechte Erfahrungen mit männlichen Hundeführern gemacht haben? Das Herrchen ist bedient, lässt die Leine ruckeln. Bello weiß, was das bedeutet. Er bewegt sich voran. Weiter geht es, weiter hinein in den Park. Am Wegesrand erweckt ein Hinweisschild seine Aufmerksamkeit: *Diese Anlage ist **kein** Hundeklo!*

Das Wort *kein* springt den Betrachter in knalligem Signalrot an. Die vier Buchstaben beanspruchen mehr als die Hälfte der Schriftfläche. Der brave Bello hat das Schildchen ebenfalls entdeckt. Er verweilt vor der Tafel, beäugt sie mit Interesse. Versucht das Tier den kategorischen Imperativ zu verstehen? Sekundenlang sieht man Bello denken, dann hebt er ein hinteres Bein. Das Wort *kein* auf dem kleinen Schild färbt sich dunkelrot.

„Bello, pfui!", ruft der Aushilfshundeführer mit gespielter Empörung und blickt sich um.

Auf dem Wanderweg nähert sich erneut eine Spaziergängerin; eine junge, aparte, freundliche. Beim Anblick von Bello bewegen sich ihre Mundwinkel augenblicklich aufwärts. Der blonde Jüngling an der Leine hat es vermutet. Erwartungsfroh lächelnd steht er vor ihr.

Sie fragt: „Darf ich mal streicheln?"

In der Muckibude

Da hockt er, der rüstige Rentner.

Emsig strampelt er auf dem fest im Boden verankerten Fahrrad vor sich hin. Mittlere Geschwindigkeit, mäßiger Tritt. Die Kräfte einteilen, sich nur nicht übernehmen. Er schnauft. Schließlich ist er ja keine fünfundsechzig mehr, ha!

Der Alte lässt den Blick durch den Trainingstempel schweifen. Ein dicklicher Typ, hineingezwängt in ein schwarz-gelb gestreiftes T-Shirt, hängt wie ein nasser Sack an einer Eisenstange. Ächzend versucht er einige Klimmzüge zustande zu bringen. Der Bursche weckt Erinnerungen an die *Biene Maja*, diese Zeichentrickfigur. Schon wieder muss der Rundliche eine Pause einlegen. Zwischendurch blickt er verstohlen zum radelnden Rentner hinüber.

In einer Tageszeitung stand zu lesen, dass bei dem Eignungstest an einer Sporthochschule Klimmzüge zu absolvieren waren. Viele Kandidaten fielen durch. Sie hatten keine der fünf geforderten Klimmzüge geschafft. *Biene Maja,* der füllige Typ, ist mit seinen Bemühungen auch nicht erfolgreicher. Er blickt erneut zu dem Alten hin. Was mag er denken? Findet er es toll, dass nicht nur jüngere Leute versuchen, sich sportlich zu betätigen, sich fit halten? Vielleicht wälzt er aber auch dunkle Gedanken nach dem Motto:

„Was will der alte Sack hier, dieser *Anachronismus*, der da auf dem Rad vor sich hin strampelt? Was mag ihn in dieses Fitness-Studio verschlagen haben? Was ist, wenn er plötzlich anfängt nach Luft zu schnappen, wenn er vom Rad fällt oder wenn er gar einen Herzkasper erleidet? Muss ich ihm dann etwa helfen? Verdammte Kiste: Stabile Seitenlage, Herzmassage oder gar Mund-zu-Mund-Beatmung. Ein fürchterlicher Gedanke! Oh nein, nicht mit mir!"

Der *Anachronismus* beendet seine Fahrradaktivitäten. In diesem Moment quetscht sich eine Frau hektisch an ihm vorbei.

Ihre Haut ist ungesund gerötet. Zu viel Sonnenbank. Dick oder fett ist bei dieser Dame untertrieben, aber man soll das ja nicht laut sagen. Dennoch, wahre Worte sind oft nicht schön, aber schöne Worte sind oft nicht wahr.

Die üppige Frau hat sich in ein Art Leggins gezwängt. Hanni und Nanni finden im blumigen Büstenpanzer nur knappen Sichtschutz. Trüge sie ein Bikinihöschen - es wäre nicht sichtbar. Selbst der olle Rubens hätte sie wohl als Aktmodell abgelehnt.

„Tolles Selbstbewusstsein", denkt der Alte. „Sie müsste doch wissen, wie weit sie wann, wenn überhaupt, zu weit gehen darf. Aber vermutlich guckt die Frau jeden Morgen in den Spiegel und ruft begeistert: *Was bin ich doch für ein tolles Weib!*

Er verkneift sich ein Lachen. Erst wollte er laut loslachen, dann zog er es vor, lautlos zu lachen. Gut, dass daheim eine erfreulichere Frau wartet. Das Vergleichen, sagt man, ist oft das Ende des Glücks und der Anfang von Unzufriedenheit. In diesem Fall ist es umgekehrt.

Ein Teenie, dessen blasse Hühnerbrust durch ein schwarzes Netzhemd schimmert, marschiert mit scheelem Blick an ihr vorbei, hinüber zu einem Crosstrainer.

Die Muckibude ist gut besucht. Sehr viele jüngere Leute. Auch das Mittelalter ist gut vertreten. Betagte Mitglieder sind die Ausnahme. Viele der jungen Leute tragen weiße Plastikteile in den Ohrmuscheln. Hören sie Musik? Sollen die kabellosen Kopfhörer die Konzentration bei ihren Übungen fördern? Gut möglich. Einige bewegen dabei die Lippen. Sie telefonieren. Ihre Handys lauern in ständiger Bereitschaft.

Einer der flotten Ohrwurmträger sticht aus der Masse heraus. Er findet große Beachtung, nicht nur bei den trainierenden Kumpels. Seinen Kopf hat er mit einem Gerät bestückt, das vermutlich schon vor langer Zeit in der DDR beim *VEB Horch und Guck* gute Dienste geleistet hat. Bei diesem Gerät sind zwei kleine, mit kurzen Antennen versehene Ohrhörer durch einen rostfarbigen Kopfbügel verbunden. Damit wirkt der Bursche aus der Ferne wie ein Außerirdischer. Der Alte hofft, dass die Dinger ordentlich isoliert sind. Sie sollten doch, bitte, dem Träger keine Stromschläge versetzen!

Um sich über die Notwendigkeit von Kopfhörern zu informieren, hat er vorhin einen der Trainierenden mit einem *Hallo* angesprochen. Mit entsetztem Gesicht hat sich der junge Mann die Plastikteile aus den Ohren gerissen und gefragt, ob es brennt. Ähnliches ist dem Rentner kürzlich beim Spazierengehen passiert. Da wollte er jemanden mit einem freundlichen *Guten Tag* grüßen.

Der Rentner steht am Durchgang zur Umkleide. Er wird fast von zwei vorbeieilenden Burschen umgerannt. Der Vordere reißt sich schon im Laufen das feuchte Trainingsshirt vom Leib. Er fordert laut und forsch: „Komm Kalle, lass uns performen."

Der Alte sinniert: „Versteht man darunter nicht *einen Auftritt haben* oder *etwas darbieten?*"

Umgehend entledigt sich nun auch der andere seines Hemdes. Er folgt dem Kumpel hin zu einem großen Spiegel. Dort recken und strecken sie sich im offensichtlichen Bemühen, dem jungen Arnold Schwarzenegger nachzueifern.

Der Alte wartet nicht ab, ob die beiden beim Betrachten ihres Spiegelbildes in Jubelrufe ausbrechen. Entschlossen bewegt er sich hin zum nächsten Gerät. Er will die Adduktoren stärken. Ein Handtuch liegt dort auf dem Trainingssitz. Mist. Reservieren soll man nicht. Also wegnehmen?

Da schwebt ein schlankes Persönchen herbei, eine Elfe in strahlend weißem Shirt und knappem Höschen. Sie starrt ihr Handtuch an, dann ein schneller Richtungswechsel, schon ist sie weg, doch erstaunlich schnell wieder da. Zwei flache, unter ihren Armen eingeklemmte Schaumstoffteile leuchten dem Beobachter in kräftigem Pink entgegen. Sie hockt sich ans Trainingsgerät, positioniert den knalligen Schaumstoff schützend an den Außenseiten ihrer Oberschenkel. Offensichtlich sollen die zarten Schenkelchen geschont werden. Sie spreizt die Oberschenkel. Schnell geraten sie zurück in die Ruheposition. Nur zweimal noch wiederholt sie diese Spreizung.

Dann ist die Übung bereits beendet. Die Adduktoren hatten wenig Grund zum Jubeln. Das Mimöschen greift sich die pinken Kunststoffteile, Handtuch und Handy. Schnell enteilt sie. Dabei kollidiert sie beinahe mit einer drallen Enddreißigerin, auf deren Rücken schwarz auf weiß zu lesen steht: *I like fucking*.

Aus der Gewichtheberecke dringt Gedröhne. Einem muskeleichen Mittdreißiger mit einem W*o steht das Klavier-Gesicht* ist die Hantel krachend zu Boden gefallen. Ein Twen mit der hellen Aufschrift *Trainer* auf der schwarzen Jacke eilt mit starrem Blick herbei. In der Nähe fängt einer an zu husten, hat sich verschluckt. Der achtsame Rentner konnte im Umkleideraum beobachten, wie der Typ weißes Pulver in die Trinkflasche gekippt hat.

Auf dem Laufband absolviert ein drahtiger junger Mann ein Ausdauertraining. Zahlreiche Körperpartien weisen farbige Tätowierungen auf. Der Mann trainierte bereits auf diesem Sportgerät, als der Ruheständler noch auf dem Fahrrad herumstrampelte. Erste Schweißtropfen kleckern herab. Auf dem rechten Oberarm bringen verschwitzte Perlen eine tätowierte Blondine zum Weinen.

„Wenn der Kerl dort nur halbwegs mein Alter erreichen sollte", denkt der stille Beobachter, „wird er später auf seinem Arm einen Schrumpfkopf spazieren führen."

Der joggende Bursche dürfte viele Kilometer absolviert haben. Das soll reichen, denn nun begibt er sich hinüber zur Armpresse. Er will die Bizepse trainieren. Jedes Mal, wenn er den rechten Oberarm anspannt, scheint die rote Mundpartie der tätowierten Blondine in ein breites Lächeln überzugehen.

Die Rentnernase, obwohl ziemlich verschnupft, registriert beim Vorbeigehen einen absonderlichen Geruch. Der Bizepsperformer benutzt offensichtlich ein billiges Duftwasser. Der deftige, aus behaarter Achselhöhle entweichende Schweiß scheint in Verbindung mit dem Duftstoff und der muffigen Raumluft eine chemische Beziehung eingegangen zu sein. Sie lässt an abgestandenen Sliwowitz denken. Eine lausige Mixtur. Herumschwirrende Mücken wird der Mann damit kaum abschrecken. Andererseits: Zwei vorbeiflanierende Mädchen lockt er damit auch nicht an.

Ein hagerer Mann hat inzwischen die *Biene Maja* an der Reckstange abgelöst. Der knochige Kerl ist bemüht, sich daran hochziehen. Gelenkig wie eine Brechstange hängt er an dem Metallrohr. Er hat Probleme, mit der schiefen Nase die Nähe der Querstange zu gelangen. *Ubi sunt vires, tamen est laudanda voluntas?* Ja, den Willen darf man loben. Aber die Kräfte? Da hängt der Hagere mit angewinkelten Armen am Gestänge. Jesus am Kreuz. Schon plumpst er herunter. *Ut desint vires…*

„Lieber Gott, schenke dem Schwächlichen Kraft und seinem Weib Ausdauer bei der Pflege!" denkt der Alte. „Falls er keine Frau hat, wird er schwerlich noch eine finden."

Ein Jüngling mit kleinen, weißen Ohrstöpseln bewegt sich mit sanftem Gang zum nächsten Trainingsgerät. Dort lehnt er nun mit verklärtem Blick am kühlen Gestänge. Sein Lockenkopf bewegt sich sanft im Takt Fließen ihm sanfte Walzermelodien in die abstehenden Ohren? Lauscht er vielleicht der Walzermelodie von Johann Strauß *An der schönen blauen Donau?* Die *lustigen Holzhackerbuam* schuhplattlern offensichtlich nicht in den Ohren.

Im Gymnastikbereich herrscht Flaute. Ein drahtiger Twen betritt barfüßig die Bodenmatte in der Gymnastikecke. Geschmeidig wirft er sich drauf, beginnt mit Dehnübungen. Da gleicht er einem Schlangenmenschen. Federnd biegt und streckt er sich. Bei einer weiteren Übung scheint er sich regelrecht zu verknoten.

„Oh je, ich würde schon beim ersten Versuch Krämpfe bekommen", vermutet der Alte. „Hoffentlich kriegt der Bursche keine. Ich wüsste nicht, wo ich helfend anpacken sollte."

Seine Sorge ist grundlos. Der drahtige Typ hat sich nun in die Rückenlage begeben, stemmt Hände und Füße gegen die Bodenmatte, biegt Bauch und Brust behutsam in eine spannende Wölbung. Nur kurz verharrt er in dieser Brückenposition, wirft dann überraschend die Beine nach oben, verbleibt im Handstand und watschelt auf der Matte herum.

Der aufmerksame Rentner findet gymnastische Übungen durchaus nachahmenswert. Er ist der Meinung, dass die Jüngeren oft sehr einseitig trainieren und bevorzugt eine Kräftigung der Oberkörpermuskulatur anstreben. Sie wollen mit ihren Muckis protzen. Klar, welches muntere Mädchen schaut den kessen Knaben schon auf die Beine? Es sei denn, einer von ihnen hat ausgeprägte O-Beine.

Ein muskulöser Bursche stolziert heran. Er trägt so etwas wie ein T-Shirt, das im Brust- und Armbereich extrem weit ausgeschnitten ist. Man könnte sich fragen, warum er überhaupt eines am Körper herumschlabbern lässt. In der Pose eines Gewichthebers präsentiert er einen trainierten Oberkörper, schreitet aufrecht daher, als hätte er einen Besenstiel verschluckt. In der einen Hand hält er einen breiten Ledergürtel, in der anderen ein Handy. Er marschiert hinüber in den Bereich mit den Langhanteln. Ein junger Mann mit wuscheligen Haaren und kleinem Bauchansatz hilft ihm beim Umschnallen des Gürtels. Der soll bekanntlich den Körper und die Körperhaltung beim Krafttraining unterstützen. Schon sitzt der Kraftprotz mit durchgedrücktem Kreuz auf der Trainingsbank. Er stemmt eine reichbestückte Langhantel in die Höhe.

„Wieviel willst du schaffen, versuchst du mal zehn?", fragt der Wuschelhaarige. Er baut sich hinter ihm auf. „Ok, mach einfach mal. Ich stehe bereit, falls du zur Schwäche neigen solltest. Bin ganz nahe bei dir."

Die ersten Versuche wirken ruhig und kraftvoll. Nach etlichen Hebungen wird ein Schnaufen vernehmbar. Der andere feuert ihn an. „Mach weiter, einer geht noch, ja, und noch einer… klasse, wie du das machst."

Der Kraftmeier keucht. Mit vibrierenden Armen kommt er an seine Grenzen. Der Freund hilft beim Absetzen der Hantel, steht immer noch hinter ihm, greift ihm ins Genick und beginnt mit einer kurzen Nackenmassage. Danach lässt er seine Hände sanft über die Schultern in das luftige Trainingshemd hineingleiten. Der Betätschelte dreht den Kopf, wendet sich feixend nach rückwärts: „Na Bärchen, fühlt sich gut an, oder? Mit Training kriegst auch du das hin. Deine niedliche Wampe würde gewiss nachhaltig schrumpfen."

„Nix da", strunzt der brave Helfer. Liebevoll tätschelt er sein alternatives Sixpäckchen. „Alles Muskeln und Samenstränge! Kannste wohl glauben."

Ein pomadiger Jungspund hat neugierig hinübergeschaut. Er malträtiert einen Seilzug, zieht das Gewicht nicht herab, nein, er reißt es hektisch herunter. Dabei wirft er sich so heftig nach rückwärts, als säße er bei den Ruderern im Deutschland-Achter. Er macht extrem kurze Pausen, aktiviert zwischendurch sein Handy, ein schneller Blick hinein in den Ackerschnacker, dann wieder ran an den Seilzug. Sein Motto: Nicht die Übungen, die Trainingspausen machen mich fertig.

Der herumstreunende Trainer hat kritisch hinübergeblickt. Er nähert sich mit gequälter Mimik. „Hey, junger Freund, das geht anders! Bist doch kein Sklave auf einer Galeere. Die Übung musst du ruhig ausführen, das Seil mit den Gewichten langsam von oben nach unten ziehen. Und dabei aufrecht sitzen!"

Der Pomadige nickt zustimmend, scheint aber beleidigt. Vermutlich wird er oft genug in der Schule von seinen Lehrern kritisiert. Schon hat er sein Handy in den Fingern. Das *Warum* bleibt dem Betrachter ein Rätsel. Fast jeder der Trainierenden hat ein Handy griffbereit. Mindestens im Minutentakt wird danach gegriffen und draufgeschaut. Wäre es nicht sinnstiftender, stattdessen hin und wieder an eines der Fenster zu treten und in die wunderbare Natur zu schauen?

Der Alte macht sich auf den Weg zur Beinpresse. Das Trainingsgerät wird im Augenblick von der adipösen, sonnenbankgeröteten Frau genutzt. Sie hat erneut damit begonnen, ihre Säulenbeine gegen die Stahlplatte zu drücken. Dieser Kraftakt zaubert ein zusätzliches Hummer-Rot ins feiste Gesicht.

„Will diese *Himbeervroni* an der Beinpresse übernachten?", fragt sich der Grantelnde. „Die kauert doch schon ewig an diesem Gerät. Laufend hypnotisiert sie ihr Handy!"

„Ich habe erst jetzt mit meiner Übung begonnen", lügt sie ohne rot zu werden. Sie ist es ja bereits.

Der fuchsige Rentner grübelt: „Ihr Hintern hat gewiss schon eine ungesunde Gesichtsfarbe angenommen. Wäre die Dame doch nur ein Hummer, dann könnte ich, ja, dann würde ich sie sofort in kochendes Wasser werfen."

Er will nicht länger warten und beschließt, sein Training zu beenden. Also ab nach Hause. Er weiß, dort wartet ein warmes Essen: zwar kein Hummer, aber eine leckere Bohnensuppe.

Auf der Bodenmatte betätigt sich noch immer der drahtige Twen mit den elastischen Gliedern. Er reckt jetzt Rücken und Beine in die Höhe. Über das pralle Gesäß bis hin in die nackten Fußspitzen bringt er eine wunderbar durchgestreckte Kerze zustande. Die sieht toll aus, richtig preiswürdig. Da wird die Anstrengung deutlich vernehmbar. Der stramm sitzenden Sporthose entweicht eine kräftige Verpuffung: Kammerton A. Hat der Mann zuvor Bohnensuppe gegessen? Fitz Grasshoff, der malende Lästerliedermacher, hätte jetzt vermutlich gereimt: *Er ließ aus der Retorte, des Furzes schlimmste Sorte.*

Der biegsame Bursche sackt zu Boden, hockt sekundenlang, und wie es scheint irritiert, auf der Gymnastikmatte. Das vom gequälten Darmwind*) verursachte Geräusch war in seinem Umfeld nicht zu überhören! Nun aber schaut der Schlingel dreist suchend umher. Sein anklagender Blick bleibt am Rentner hängen. Der wendet sich eilig ab und verschwindet im Umkleideraum.

---

*) Für wissenschaftlich Interessierte: *Darmwind* besteht aus etwa 65 Prozent Stickstoff, 20 Prozent Wasserstoff, zehn Prozent Kohlendioxid, 3 Prozent Methan und 2 Prozent Sauerstoff. Für den üblen Geruch sorgen Schwefelwasserstoff, Mercaptane und Indole.

Der Musterschüler
(aufgeschnappt und überarbeitet)

Eine amerikanische High-School.

Eine pensionsreife Geschichtslehrerin schlurft in den Klassenraum. In ihrer Begleitung befindet sich ein schwarzhaariger junger Mann. Sie stellt ihn der Klasse vor: „Das hier ist Sakiro Suzuki, euer neuer Mitschüler. Japanische Studenten gelten ja als sehr fleißig. Sakiro wird sich gewiss gut entwickeln und sich bei euch einleben."

Die Stunde beginnt.

"Mal sehen, was von der amerikanischen Kulturgeschichte hängengeblieben ist", meint die Lehrerin. „Den Stoff haben wir ja vor einigen Wochen durchgenommen. Also, von wem stammt das Zitat: *Gebt mir die Freiheit oder den Tod?*"

Mäuschenstille in der Klasse. Nur Sakiro Suzuki hebt die Hand und steht auf: "Das war der Freiheitskämpfer Patrick Henry, 1775 in Philadelphia."

"Sehr gut, Sakiro. Setzten. Dann eine andere Frage. Wer hat gesagt*: Der Staat ist das Volk, das Volk darf nicht untergehen?*"

Erneut große Stille in der Klasse. Die meisten Schüler meiden den Blick zur Lehrerin. Da meldet sich Sakiro erneut: "Abraham Lincoln, 1863 in Washington."

Die Geschichtslehrerin schaut auf ihre Schüler. "Ihr solltet euch schämen. Sakiro ist Japaner. Er kennt die amerikanische Geschichte besser als ihr alle zusammen!"

Man hört eine leise Stimme aus dem Hintergrund: „Leckt mich am Arsch, ihr Scheiß-Japaner!"

Die Frau blickt irritiert. "Wer hat das gesagt?"

Sakiro hebt die Hand. Ohne abzuwarten ruft er: "General McArthur 1942 in Guadalcanal, und auch Lee Iacocca 1982 bei der Hauptversammlung von Chrysler."

In der Klasse herrscht große Stille. Von hinten ist ein geflüstertes *Ich muss gleich kotzen* zu vernehmen.

Die Lehrerin hat inzwischen rote Flecken im Gesicht: „Wer war das jetzt wieder?"

"George Bush Senior - zum japanischen Premierminister Tanaka, Tokio 1991" weiß Sakiro. Das war beim Arbeitsessen."

Ein Schüler hinter Sakiro zischelt ihm in den Nacken: „Du kannst mir einen blasen!"

Die Lehrerin ist vollends von der Rolle. Sie ist dabei, die Beherrschung zu verlieren. Sie schreit: „Nun ist aber endgültig Schluss! Wer war das wieder?"

Sakiro schaut sich um. Niemand meldet sich. Da erklärt er: "Das sagte Bill Clinton zu Monica Levinsky, 1997 in Washington, im Oval Office, Weißes Haus."

Ein Schüler brüllt: „Suzuki ist ein Stück Scheiße!"

Sakiro zögert nur kurz. Dann ruft er: "Valentino Rossi, Rio de Janeiro, Motorradrennen 2002."

Die Klasse verfällt in Hysterie, die Lehrerin ist der Ohnmacht nahe. Die Tür geht auf, der Schuldirektor kommt herein, schaut auf das Chaos und ruft spontan: „Was für eine verdammte Scheiße, ich habe noch nie so ein Durcheinander gesehen."

Sakiro zeigt auf: "Hat gesagt der deutsche Bundeskanzler Schröder zu Finanzminister Eichel, bei der Vorlage des Haushalts, Berlin 2003."

„Herr Direktor", stottert die Lehrerin, „verstehen Sie das alles bitte nicht falsch. Meine Schüler sind nicht so beklagenswert wie es scheint. Die sind sonst sehr diszipliniert!"

Der Schulleiter schüttelt ungläubig den Kopf, ist sichtlich erschüttert. Er brüllt die zitternde Lehrerin an: „Das ist die größte Geschichte seit der Watergate-Affäre."

Für längere Augenblicke ist es still im Klassenraum. Dann hört man eine Stimme flüstern: „Hat gesagt Donald Trump im Oktober 2016 auf einer Wahlveranstaltung der Republikaner. Zur E-Mail-Affäre von Hillary Clinton."

Anbaden auf Sylt

„Bist du über Neujahr auf Sylt?", fragt Freund Fritz.

„So ist es", bestätigt Stefan fröhlich. „Morgen geht`s los, mit Amelie. Der Winter hat was Schönes, speziell auf Sylt."

„Was Schönes? Ja, das Meerwasser ist schön kalt!", meint sein Freund. „Am Neujahrstag springen immer ein paar beknackte Nackte in die Nordsee. Wenn du dir so was zutraust, spendiere ich einen Hunderter, wohlgemerkt in Euro, nicht in Yen. Aber dann müsste ein Beweisfoto her."

Fritz fühlt sich mit seinem provokativen Ansinnen auf der sicheren Seite. Die Wassertemperatur der Nordsee dürfte zurzeit knapp über dem Gefrierpunkt liegen. Das macht der Stefan nie!

„Schau`n mer mal, dann seh`n mer schon", erwidert Stefan. Er sich viele Jahre in Bayern aufgehalten.

Zwei Tage später im Urlaubsquartier. Stefan fühlt sich topfit. Nach einem leichten Frühstück zwängt er sich in seinen engen, tizianroten Badeslip, zieht nur einen Jogginganzug drüber.

„Was hast du vor?" fragt Freundin Amelie.

„Siehst du doch", sagt Stefan, greift nach einer halb vollen Buddel Rum und genehmigt sich einen ermunternden Schluck. Es ist nicht der erste heute Morgen.

„Hey Stefan", meldet sich Amelie. „Was soll das Ganze, willst du dich besaufen?"

„Schnell mal hundert Euro verdienen", erwidert er. „Den will doch der Fritz spendieren. Wir gehen an den Strand. Vergiss die Kamera nicht!"

„Du spinnst", meint die Freundin. Aber sie trottet brav mit.

Wenig später steht Stefan am gefrosteten Strandufer, in einer Hand die Rumflasche. Er schlürft die verbliebenen Reste heraus. Dann blickt zurück auf eine große Düne. Von dort winkt ihm eine steif am Fahnenmast hängende Flagge zu. Er reibt sich die Augen. Die Fahnenstange scheint einen schwankenden Zwilling zu haben. Stefan steht startbereit. Er kommandiert: „Sobald ich in den Fluten springe, machst du ein Foto. Dann sofort abdrücken, nicht lange warten! Verstanden Amelie?"

„Nein, so ein Blödsinn!", schreit sie mit starren Lippen, aber gehorsam umklammern ihre klammen Finger den Fotoapparat.

Unter den staunenden Augen von Urlaubern streift Stefan die Jacke ab, zieht die Ringelsocken aus. Sie anbehalten? Würde blöd aussehen. Schon hopsen zwei vom Spanienurlaub gebräunte Füße über vereisten Sand. Mit einem bayerischen Jodler strauchelt er hinein in die frostige Flut. Eine Welle erwischt ihn kälter als kalt. Ihm bleibt die Luft weg. Schnell taucht er wieder auf, wendet sich japsend Richtung Strand: „Foto!"

Mit starren Fingern betätigt Amelie den Auslöser. Klick, das wäre geschafft! Stefan torkelt aus den Fluten, von denen er meint, dass diese Minusgrade aufweisen müssten. Schlotternd eilt er zu Handtuch und Jogginganzug. Er erklärt krächzend, dass er noch nie so schnell hundert Euro verdient habe.

Amelie und Stefan wollen den Rückweg antreten. Da gesellt sich zum Kälteschock ein weiterer Schrecken Die brave Amelie schreit unvermutet: „Kacke!"

„Was ist?" quiekt es aus klappernden Zähnen.

„Habe die Schutzklappe nicht vom Objektiv entfernt!"

„Verdammter Kot, alles umsonst!", flucht Stefan. „Frauen und Technik! Aber noch einmal kriegst du mich da nicht rein."

„War ja auch nicht meine Idee, aber stur wie du bist…!"

Stefan kramt einen Zettel aus der Joggingjacke. „Gib mal deinen Kugelschreiber."

Mit klammen Fingern kritzelt er das Wort *Scheiße* auf den Fetzen. Er fingert ihn hinein in die leere Rumflasche. Die fliegt in hohem Bogen in die eisige Nordsee.

Einen Tag später findet ein Feriengast am Wenningstedter Strand eine Rumflasche. Er rupft einen zerknitterten Zettel heraus, entziffert ein hingekrickeltes Wort und legt die Stirn in Falten. Stefan liegt im Bett. Starke Erkältung. Amelie hält Händchen. Und Freund Fritz?

Der hat Schuld!

Geht's noch?

Auf einer Lieblingsinsel der Deutschen wird an den Stränden ein starker Seegang erwartet. Den will Björn nutzen. Seit Jahrzehnten verbringt er regelmäßig seinen Sommerurlaub auf der Insel Sylt. Dann treibt er sich regelmäßig am Kampener FKK-Strand, an *Buhne 16*, herum.

„Ordentliche Brandung heute" hatte die Wirtin verkündet. Björn stapft nun los, durch die Dünen, einem erfrischenden Bad entgegen. Auf dem Weg zum Strand, auf einem schmalen Holzsteg, rollert ein kleinwüchsiger Bursche so knapp an ihm vorbei, dass er beinahe vom Steg heruntergestoßen wird.

„Geht`s noch?" ruft er hinterher. Das motiviert den Knaben zu einem noch rasanteren Dahinrollern.

Björn hat nachher noch einen Termin in Westerland. Aber zunächst drängt es ihn zum Strand. So viel Zeit muss sein. Das Wetter ist vielversprechend, obwohl das Wetter auf Sylt manchmal zu viel verspricht.

Auf seinem Weg versorgt ihn der Hörfunk über die kleinen Ohrhörer mit flotter Musik, gelegentlich unterbrochen von Nachrichten. Ihm fällt ein, dass in früheren Jahren über das Radio auch recht spezielle Informationen übermittelt wurden. So war es dem Zuhörer um die Mittagszeit vergönnt, sich neben Wetter- und Verkehrsbotschaften über Schweinepreise zu informieren. Ein unvergesslicher Hinweis aus jener Zeit lautete: *Schweinehälften verkehrten heute lustlos.*

Diese Botschaft hatte damals in Björn irritierende Phantasien ausgelöst. Schweine sollen über ein ausgeprägtes Sexualleben verfügen! Dann plötzlich lustlos? Im Augenblick wandert er einer herrlichen Brandung entgegen. Das donnernde Rauschen ist von Weitem vernehmbar. Er ist fest entschlossen, gleich aus den Kleidern zu springen und sich in die Wellen zu stürzen.

Für die meisten Menschen ist die Badebekleidung ein unverzichtbares Kleidungsstück. So war es auch bei Björn. Bei einem früheren Bad an der Buhne 16 wurden ihm einmal seine Badeshorts heruntergerissen, als er sich mutig in die stürmischen Wellen geworfen hatte. Er war im Sog der tosenden See herumgetaumelt, mit der Hose in den Kniekehlen. Seitdem springt er ohne alles hinein. Er befindet sich schließlich an einem FKK-Strand. Gesünder soll es auch sein.

Am Treppenabgang zum Strand springt er vom knarrenden Holzsteg, nimmt die Sandalen in die Hand. Er genießt ab sofort den massierenden, feinkörnigen Sand unter seinen Füßen. Da stolpert er beinahe über zwei walfischähnliche Körper. Nackt, auf regenbogenfarbigen Handtüchern, wälzen sie sich in der Sonne, Hand in Hand.

„Geht`s noch?" denkt Björn. Er macht einen großen Bogen um die beiden. Einen faustischen Seitenblick kann er sich nicht verkneifen. Dann erfreut ihn der weite Blick auf die Nordsee. Gischt und Brandung locken. Sie scheinen ihn zu herausfordern, lauernd, wartend, nur für ihn gemacht. Das regt an, steigert die Vorfreude. Er lechzt nach einem erfrischenden Bad, hält Ausschau nach einem geeigneten Platz.

Schon liegen die Sommerklamotten im hellen Sand, unordentlich zu einem Häufchen aufgetürmt, weit genug entfernt von den heranschwappenden Wellen. Zwei herumplantschende, nackte Kinder haben ihm neugierig beim Entkleiden zugeschaut. Die kleinen Nymphen registrieren aufmerksam, wie sich ein unbekleideter Mann ohne großes Zögern in die Nordseewellen wirft.

Es ist ein herrliches Gefühl, sich in die flippigen Fluten hineinfallen zu lassen, im starken Wellengang herumzustrauchln und sich zuweilen von einer wüsten Welle umwerfen zu lassen. Schon wieder wird der Björn von einem der Wellenbrecher herumgeschleudert. Instinktiv greift er nach unten, um zu verhindern, dass ihm seine Badehose entführt wird. Doch ach, er hat ja gar keine an!

Das Salzwasser ist aufregend belebend. Die Brandung will ihn nicht loslassen. Erst nach längerer Zeit stolpert aus der Nordsee, keuchend, wackelig auf den Beinen, aber mit sich und der Welt zufrieden.

Sein Gesprächstermin steht in Kürze an. Ein Dezernent im Bauamt erwartet ihn. Der Beamte, so sagt man, stampfe laufend Vorschriften statt Wohnungen aus dem Boden. Barfuß bis hin zum gelichteten Haarschopf steht er vor seinem chaotischen Kleiderstapel. Flink versucht er, in den engen Slip zu schlüpfen. Von wegen schlüpfen. Auf einem Bein stehend ist er wenig standfest. Schon der erste feucht gesandete Fuß bleibt im Slip hängen. Ein zweiter Versuch misslingt erneut. Er stolpert auf einem Bein herum.

„Geht`s noch?"

Die fürsorgliche Frage kommt von einem der kleinen Mädchen, die sich zurzeit mit Strandmatsch kuchenbackend betätigen. Die junge Nymphe fixiert ihn mit sorgenvollen Augen. Björn ist zwar nicht mehr der Jüngste, aber noch lange kein Tattergreis! Beim nächsten Versuch ist er erfolgreich. Er ist endlich auch mit dem zweiten Bein drin in der Hose. „Natürlich, es geht noch!" keucht er angesäuert.

Er überlegt, ob er einen Handstand versuchen sollte. Ein dummer Gedanke. Dann ist er startklar, packt die Sandalen. Auf geht's. Der Rückweg führt ihn vorbei an zwei in sich ruhenden Fleischbergen. Ach ja, die beiden lagen vorhin schon da, jetzt aber still, ausgesprochen passiv. Sie erinnern ihn an die damalige Nachricht im Hörfunk.

„Schweinehälften verkehrten heute lustlos."

Der Herzschrittmacher
(Der muss rein)

Silvestertag. Ein OP-Saal im städtischen Krankenhaus.

„Der Austausch eines Herzschrittmachers steht an", klärt Assistenzarzt Dr. Greifarm die herbeigeeilte Schwester auf.

Das Licht eines breiten Beleuchtungsfeldes erhellt den Operationstisch schattenfrei. Ein kleines Team bereitet sich auf einen letzten Eingriff vor. Agathe, die flotte OP-Schwester, zupft das helle Laken zurecht, unter dem der frisch narkotisierte Paul Lehmann aufgebahrt ruht: Ein riesiger Christstollen mit einem dünn behaarten Kopf dran. Der Raumlautsprecher säuselt leise die weihnachtliche Weise *Fröhlich soll mein Herze springen…*

„Was war die Ursache für das Schwächeln des alten Gerätes?"

„Was heißt hier Ursache, liebe Schwester Agathe. Ist der Wasserhahn verantwortlich, wenn er tropft?"

„Verwechseln Sie da nicht Ursache und Wirkung?"

„Ich sage mal so", grinst Dr. Greifarm. „Wenn der Chirurg hinter dem Sarg eines Patienten hermarschiert, folgt die Ursache der Wirkung. Kleiner Silvesterscherz."

„Aber warum diese OP heute noch?"

„Anweisung von unserem Herzguru. Nach den Unterlagen hat Paulchen einen DVI drin. Den rupft der Chef gleich raus und versenkt einen neuen. Achtung, er kommt!"

Der Chefarzt rauscht herein, ein Glas Champagner in der Hand. Mit rauer Stimme röhrt er das Lied von der stillen und Heiligen Nacht. Er schaut sich um.

„Alles bereit, ihr Heilgehilfen? Also, das wird in diesem Jahr mein zweihundertster Herzschrittmacher", erklärt der Grünkittel stolz. „Dann ist das Zusatz-Soll geschafft."

Er wirft einen Blick auf das steril verpackte Ersatzteil. „Wo ist meine Aparte, äh Agathe, ach, da ist sie ja. Los, auspacken, aber zackig! Das Teil muss rein! Sowas mache ich normalerweise mit verbundenen Augen! Gleich schneide ich auf."

„Für den Aufschneider gibt`s eine fette Sonderprämie", denkt Schwester Agathe und packt aus.

„Habe eben schon mal einen Champagnerkorken knallen lassen", tönt der Oberchirurg. „Meine Hand ist richtig locker."

Er schlüpft in sterile Handschuhe, macht Fingerübungen, als wolle er den Radetzkymarsch zelebrieren. „Also, wen haben wir denn da als krönenden Jahresabschluss?"

„Habe es schon geprüft. Paul Lehmann heißt der Kunde, 76 Jahre alt", berichtet Assistenzarzt Dr. Greifarm.

Die aparte Agathe sinniert: „Hatten wir den hier nicht vor einigen Monaten schon einmal auf dem Tisch? Der war 67… da war es der Blinddarm."

„Schon 76?", fragt der Chef. „Sieht rüstig aus, der Paule." Zum Assistenten gewandt: „Greifarm, wissen Sie, warum man von rüstigen Rentnern spricht? Nein? Weil diese Burschen technisch immer besser gerüstet sind, zum Beispiel mit diesen Schrittmachern, mit künstlichen Hüftgelenken und…, haha!" Die Teammitglieder glucksen artig.

„Hoffentlich leidet der hier nicht an einer postbrachialen Erweiterung des Oberbauches", grinst der Chefarzt. Er bemerkt Schwester Agathes große Augen. Er klärt auf: „Das sind Blähungen. Noch 'n Scherz zu Sylvester, Schwester!"

Die flotte Agathe schubst den Assistenten an: „Ist der Mann nicht erst 67? Stand so im Patientenblatt."

„Quatsch", widerspricht Dr. Greifarm, „76 ist richtig, muss ein Dreher sein. Hat unser Abdullah die Daten aufgenommen?"

„Nein, das war Schmidtchen vom Studentenschnelldienst."

„Egal, Patientenblatt ändern!" entscheidet der Chef. Er macht noch einmal Fingerübungen und gönnt sich schnell den Rest aus dem Champagnerglas. „Sie behaupten er hat noch einen Tempomacher drin? Dann also erst mal raus mit dem Ding. Aber auf Wiederverwendung prüfen, klar? Ist das hier der neue?"

„Ja, das neue VAT-Modell", meldet der Assistenzarzt. „Haben wir günstig eingekauft."

„Gut, der muss rein. Was war mit dem alten?"

„Der alte Schrittmacher machte zu kleine Schritte."

„OK, dann endlich los. Paulchens Puls geht recht langsam, aber als Rentner hat er ja viel Zeit, haha. Schwester Agathe, abdecken. Alles rasiert und desinfiziert? Den neuen bereithalten. Greifarm, der muss rein!"

Schwester Agathe klappert apart mit den Augendeckeln. Sie rupft das Abdecktuch zurecht.

„Wo ist die alte Narbe, ja wo ist sie denn?"

„Konnte sie auch nicht finden", tönt Dr. Greifarm, „habe deshalb vorsorglich den ganzen Brustbereich rasiert."

„So, so, sehe eine Narbe nur unten rechts. Dort hat der Kollege wohl kaum einen Pacemaker eingesetzt, haha…"

„Sollten wir nicht schnell einen Ultraschall machen? Vielleicht kriegt der hier ja seinen *ersten* Schrittmacher?", flüstert der Assistenzarzt. Er schaut hinüber zur Patientenakte.

Schwester Agathe flüstert zurück: "Unterbrechen wir?"

" Klappe halten und los", drängelt der Herr Professor. „Her mit dem neuen. Der muss rein!"

„Kleines Skalpell, Herr Professor?"

„Nein, das größere geht schneller. Die Sylvester-Party wartet nicht. Achtung, gleich werde ich schneiden."

Der Raumlautsprecher säuselt ein neues Weihnachtslied: *O Heiland reiß den Himmel auf…*

„Verdammt, wenig Platz… Spreizer!" ruft der Chef. Er macht einen großen Schnitt. „Eine Rippe ist im Weg, noch einen Spreizer! Gut so, jetzt her mit dem Taktgeber! Der muss rein!"

Paul Lehmann schreckt im Bett hoch. Was für ein mieser Traum. Der Brummschädel macht seinem Namen Ehre. Bei der Silvesterparty in der letzten Nacht muss es heftig zugegangen sein. Die Blinddarmnarbe juckt. Auf dem Nachttisch blinzelt ihm Rudolph, das kleine Rentier, vom weihnachtlich verzierten Whiskybecher zu. Da ist noch Schnaps drin. Paul packt ihn, schaut in den Becher und krächzt rülpsend:

„Der muss rein!"

Ein Maler – ein Wort
(Begegnung mit dem Maler Wilhelm Imkamp)

Als Student durfte er schon bei seinem ersten Besuch im Stuttgarter Atelierhaus die eine oder andere breite Schublade öffnen und darin flach positionierte, mit einem stabilen Passepartout versehene Gemälde bewundern. Das war, wie ihm der Sohn und Studienfreund Heiner später einmal verriet, recht ungewöhnlich.

Man muss wissen, dass der Maler seine Bilder oft selbständig, also nicht über Galerien verkaufte. Er versah seine Gemälde auf der Rückseite häufig mit einer unscheinbaren Bleistiftzahl. Auf diese Weise konnte er Kaufinteressenten schnell über den Kaufpreis informieren. Er musste nicht spontan, gar aus einer launigen Stimmung heraus, eine Summe nennen, die ihn später geschmerzt hätte.

Handeln konnte man nicht mit ihm. Das merkte auch der frisch gebackene Diplom-Volkswirt, als er sein erstes Gemälde erstand. Geschäftsmäßig fragte er nach einer Preisreduzierung. Wilhelm Imkamp lehnte ab. Er war, wie der Sohn später offenbarte, pikiert. Was für ein unmoralisches Ansinnen!

Es muss um das Jahr 1970 herum gewesen sein. Da fand wieder einer der seltenen Besuche in Stuttgart statt. Damals wies noch keine offizielle Tafel am Wohn- und Atelierhaus im Baumeisterweg auf das Wirken von *Maler Imkamp* hin. Der Besucher durfte einen ausführlichen Blick ins Atelier werfen. Auf der Staffelei stand ein farbenprächtiges Gemälde. Die prallen Farben und munter geschwungenen Formen erregten sofort die Aufmerksamkeit des Besuchers. Spontan wollte er das Bild kaufen. Er fragte nach dem Preis. Selbstverständlich wollte er nicht handeln.

„Ist noch nicht fertig, aber ich reserviere es Ihnen gerne", war die freundliche Antwort. Der Maler griff sich einen Bleistift, markierte den vereinbarten Preis auf der Rückseite des Bildes.

Dann stellte er es zurück auf die Staffelei. Er beabsichtigte, das Gemälde in aller Ruhe zu vollenden. Die Bleistiftziffer auf der Rückseite lautete 2,3 - also 2.300,- DM. Dieser Vermerk dürfte noch heute ablesbar sein.

Wilhelm Imkamp pflegte von Zeit zu Zeit seine Bilder in die Hand zu nehmen, um nach dem Preis zu schauen. Einen Radiergummi hatte er stets griffbereit. Oft änderte er die Bleistiftzahl. Nach oben. Ein Maler mit Geschäftssinn.

Viele Monate nach diesem Besuch flatterte die eine Postkarte, noch heute sorgsam verwahrt, in den heimischen Briefkasten.

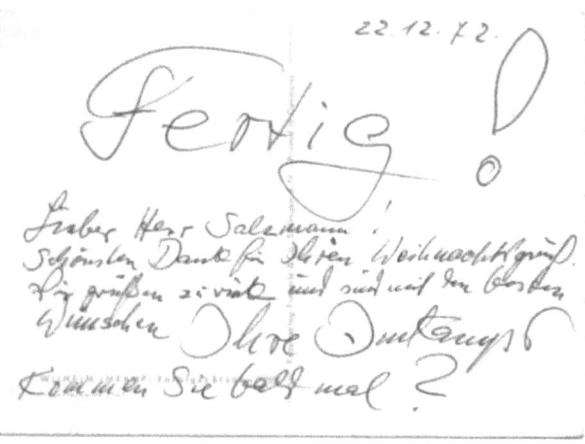

Erst zwei oder drei Jahre nach dem letzten Besuch fand der ehemalige Student in Begleitung seiner Frau endlich die Zeit für den Weg nach Stuttgart, hin zu Wilhelm Imkamp ins Atelierhaus. Auch der Ehefrau gefiel das Bild. Bei der Frage, was denn am farbenfrohen Gemälde noch fertiggestellt werden musste, wurde der Maler nachdenklich. Er deutete auf einen ausgeprägten ockerfarbenen Fleck im Zentrum des Bildes, nicht größer als eine Münze.

„Zum Beispiel an dieser Stelle war ich unsicher, ob ich den Punkt rot oder ockerfarben gestalten sollte. Mit farbigen Löschblattschnippseln habe ich die Wirkung getestet."

Ja, der Maler Wilhelm Imkamp war ein fleißiger Maler! Das Bild wechselte den Besitzer. Wilhelm Imkamp gab seinen Bildern oft keinen Namen. Der Beschauer sollte seine Phantasie walten lassen. Von den Käufern erhielt das Bild spontan den Titel *Schlange im Farbenmeer*.

Dann kam die unvermeidliche Frage nach dem Preis. *Maler Imkamp*, wie er sich selbst gerne nannte, sah auf die Rückseite. Er sagte: „Oh, nur 2,3!"

Das war`s. Ein Maler – ein Wort!

Wikipedia: Wilhelm Imkamp (Maler), * 9. 3.1906 in Münster, † 1. 11.1990 in Stuttgart, war ein **deutscher Maler** sowie Schüler des **Bauhauses** und zählt zu den bedeutenden abstrakten Malern der Nachkriegszeit in Deutschland. Ab 1927 studierte Imkamp in den freien Malklassen bei **Paul Klee** und **Wassily Kandinsky**. Zudem besuchte er wiederholte Male **Lyonel Feininger** in dessen Meisterhaus und etablierte sich später erfolgreich als freischaffender Künstler.
Die abstrakte Malerei ist das Herzstück des Werkes von Wilhelm Imkamp. Nach dem zweiten Weltkrieg hat die Leuchtkraft seiner Bilder zugenommen. Der Bauhausschüler verfolgte mit ihr das Ziel, den Betrachter zu erfreuen und ihm mit prächtigen Farben einen Augenschmaus zu bereiten. In späteren Jahren entstanden vermehrt, neben überaus dynamischen, fast barock anmutenden Kompositionen, bewegte Tuschezeichnungen, ergänzt um humorvolle Kleinformate, in denen Phantasiewesen Schabernack treiben.

Das bekennende Arschloch

Nummer 22: ein baufälliges Gebäude. Ein Namensschild: nicht auffindbar. Frau Anja Beck: Flott und neu im Polizeidienst.

Die junge Polizistin verharrt mit suchendem Blick vor dem Altbau. Hier muss es sein.

„Persönliche Zustellung für einen Karl Krawuttke. Einfacher Dienstgang", hatte der Vorgesetzte gegrunzt. „Auch, wenn Sie heute als Neuling Ihren Dienst antreten. Das können Sie schon mal alleine erledigen. Wir haben Personalnotstand."

Die Frau betätigt den einzigen Klingelknopf. Ein Ding Dong erklingt, durchaus melodisch. Eine marode Eingangstür öffnet sich jaulend.

Grollende Worte: „Wer störrrt?"

Der Blick der Frau wird stierig. Braune Polizeiaugen verengen sich zu Schlitzen. Vor ihr präsentiert sich eine vom Irokesenschnitt bis in die datschigen Füße hinein nackte Männlichkeit. Unter dem grellen Iro ankert ein schnaubender Riechbolzen in Sondergröße. Darunter, vom Halsansatz bis über den Nabel abwärts, wuchert wüste Behaarung. Zu Ostern könnte man Schokoladeneier drin verstecken. Unterhalb des Nabels lauert ein bockwurstartiges Ding. Die eine Faust des Mannes umklammert ein um Säuberung bettelndes Stück Textil. Die andere Pranke würgt eine Bierflasche.

Verunsichert stottert die Frau: „Guten Tag, Herr Kra-krawuttke, ich habe einen dienstlichen Auftrag zu erledigen."

„Hä? Beleidigen Sie meinen Namen nicht!", grunzt der Kerl mit dem Irokesenschnitt. „Bin der coole Karl. Kannst mich auch Irokesen-Karl nennen. Und falls es dich interessiert: Bin ein bekennendes Arrrschloch! Kein Interesse? Auch gut!"

Zwei raffige Augen in dem schlechtrasierten Gesicht fixieren die Frau. Sonnenlicht erhellt seine watschligen Füße, gefühlte Größe Geigenkasten. An der Seitenwand des Flures pendeln mächtige Springstiefel. Das noch wenig geschulte Polizeiauge hat es sofort registriert. Der Blick der jungen Amtsperson durchstreift den düsteren Flur. Er findet schnell zurück zur peinlich entblößten Mannhaftigkeit.

„Is was, Goldhähnchen?", dröhnt es unter dem Irokesenhaarschnitt hervor. Mit dem Handrücken wischt sich Irokesen-Karl Seifenschaum aus dem Gesicht. Die geröteten Augäpfel lassen auf übermäßigen Alkoholgenuss schließen. Die Vorliebe für Whisky und Weiber hat seine Spuren hinterlassen. Vielen Landschaftsmalern könnte dieses Gesicht gewiss als dankbare Anregung dienen.

In den Augen der jungen Polizistin lodert ein *Oh mein Gott!* „Was würde eine Frau mit einem solchen Kerl anfangen", schießt es ihr durch den Kopf. „Ob den eine heiraten würde? So einer ist mir noch nie untergekommen."

Sie putzt sie ihre Nickelbrille. Der Schock klingt ab. Der polizeiliche Auftrag will erledigt sein.

„Also, ich habe dienstliche Zustellung für Sie."

„Was für eine Stellung? Wer sind Sie denn überhaupt?", dröhnt es aus bleckendem Mund.

„Polizistin Beck." Die junge Beamtin zerrt ihren Ausweis aus der Brusttasche, bemüht sich um eine gefestigte Stimmlage. Sie hält dem Kraftmenschen den Ausweis hin.

„Nettes Bildchen, du goldiges Herzblatt."

Verspeichelte Finger tippen auf dem Foto herum. „Hast Glück, bin heute gut gelaunt. Kannste wohl glauben." Der Brustkorb schwillt zum prallen Ballon. „Also, in der Jugend war ich erfolgreicher Kondomtester", prahlt er nicht ohne Stolz. „Klasse Honorar. Die Penunse habe ich in Sportwetten, Alkohol und Frauen investiert", grunzt er. „Verprassen ist mein Glückszustand! Geld allein macht nicht unglücklich, du kleiner Goldfasan. Kannste wohl glauben."

Die Polizistin bemüht sich um Souveränität. „Ich bin nicht ihr Goldfasan. Hüten Sie ihre Zunge. Das grenzt an Beamtenbeleidigung!" Sie schnauft erregt, zerrt ein amtliches Formular aus einer Aktenmappe. „Hier, das ist eine Vorladung. Die soll ich überbringen. Sie werden verdächtigt, Ihre Nachbarsfrau Frau Lina Lustig krankenhausreif geprügelt zu haben."

„Haha", grunzt der Irokesenmann. Er wehrt das Papier ab. „Ich, der Glücksfall für jedes weibliche Unwesen! Ich soll was?"

Mit den Zähnen entkorkt er die Bierflasche und grunzt: „Must wissen, mein Goldkehlchen, einige Stunden ohne Bier sind für mich wie ein Glückskeks ohne frommen Spruch. Doch zur dreisten Behauptung: Kann versichern, bin im Heierbettchen immer ganz Gentleman, aber knackig! Kannste wohl glauben."

„Ich bin auch nicht Ihr Goldkehlchen. Sie haben eine Amtsperson vor sich! Also, kann das jemand bezeugen?"

„Mein kleiner Goldfasan glaubt mir nicht, hoho! Also, der Roland lag die ganze Nacht neben mir." Er unterstreicht diese Aussage mit einem menschlich gewordenen Mittelfinger.

Anja Beck schluckt. „Auch noch schwul? Egal, kann ihr Roland das bestätigen?"

„Dass ich schwul bin? Nein, Frauenzimmerchen! Das könnte mein Roland nur bestätigen, wenn du ihm das Sprechen beibringst."

„Ein taubstummer Freund?"

„Ach Goldpüppchen, mein Roland ist ein Pitbull." Er wendet sich nach rückwärts. „Roland, zu mir!"

„Nein, nein, nicht nötig", wehrt die junge Frau hektisch ab. „Lassen Sie nur. Ich nehme den Roland offiziell zur Kenntnis. Bitte verlassen Sie in den nächsten Tagen die Stadt nicht. Wir haben uns nicht zum letzten Mal gesprochen."

„Welch ein Versprechen! Freue mich auf ein Wiedersehen", grunzt der Hüne. „Da werde ich glatt zum Schenkelklopfer. Doch nun Ende der Diskussion." Er nimmt einen kräftigen Schluck aus der Bierflasche. „Ist meine dritte heute Morgen. Muss dringend pinkeln, kannste wohl glauben. Bin kurz vorm Blasensprung!"

Die Frau zögert. Hat dieser schräge Vogel überhaupt gültige Papiere? „Verdammt, das hätte ich sofort klären müssen. Zeigen Sie mir bitte Ihren Ausweis, Herr Krawuttke!

„Ne, ne, Krawattke.

„Wie bitte?"

„Jawoll, Karl Krawattke mein ehrlicher Name! Freunde nennen mich den Irokesen-Kalle, wenn`s geziemt! Hier mein Ausweis, goldiges Amtspersönchen."

„Ich verwarne Sie nunmehr wegen Beamtenbeleidigung. Und lügen Sie nicht! Sie sind Karl Krawuttke im Murmelweg 22."

Bevor er antworten kann, ertönt eine weibliche Stimme. „Kalle, geliebter Vollblüter, ist was? Ich sehne mich."

Da, im Dunkel des Flures steht sie: gesichtsverwittert, in angestrengtem Bikini, stabil wie eine lesbische Fußballspielerin. Als sie Luft holt, drängen Busenimplantate in Richtung Freiheit.

„Das ist Alma", strunzt der menschgewordene Orang-Utan. Er leckt sich den Stoppelbart. Sein ungeziertes Gesicht nimmt plötzlich romantische Züge an.

> „Meine flotte Flamme hier,
> lechzt nach Liebe, nur von mir.
> Jeder Zungenkuss von ihr,
> schmeckt wie lecker Weizenbier."

„Mag ja sein, Sie verkappter Heinrich Heine", murmelt die Frau. Sie blättert irritiert in einem schmuddeligen Ausweis und stockt. „Verdammt! Sie sind doch… hier steht… wieso Krawattke? Bin ich hier nicht im Murmelweg 22?"

Der Kerl bläst die Backen auf. „Nein, putz mal deine Augengläser, du junges Fohlen. Ich bin der Karl Krawattke und hier ist der Marmelweg. Zum Murmelweg musst du ein paar Ecken weiter traben!"

„Autsch!" Hastig wendet sich die Jungpolizistin zum Gehen. Sie verfällt in Grübelzwang, tröstet sich damit, dass nur ein mittelmäßiger Mensch immer gut in Form ist.

Und: Wer fragt, der lernt.

Das Nordlicht

Er ist ein Mensch wie du und ich, wie man so sagt. Er pflegt wie viele andere die Liebe zum Sport. Bei ihm ist es auch das Tennisspiel. Er betreibt es oft.

Der sportive junge Mann, den die Freunde *Björni* rufen, wuchs blond und einigermaßen begabt in einer nördlichen Hansestadt heran. Jahrelang war er dort Mitglied in einem leistungsstarken Tennisclub, ein rechtschaffenes Mitglied, das dort außer durch ordentliches Tennisspielen nie sonderlich aufgefallen ist.

Den ersten Höhepunkt seiner Tenniskarriere erarbeitete er sich als tapferer Teilnehmer in einem Kuddelmuddelturnier, einer Doppelkonkurrenz, in der die Partner zugelost werden. Damals ging der Nichtraucher zum ersten Mal als Sieger vom Platz – mit einem kristallenen Aschenbecher. Er hatte mit der Zulosung von *Haudrauf-Hans* Glück gehabt. Bei dessen Schlägen traute sich kaum ein Gegner ans Netz.

Björn hat inzwischen die Schwelle von dreißig Jahren deutlich überschritten. Kürzlich ist er umgezogen, in einen kleinen Ort bei München. Möbel und Kisten sind noch nicht ausgepackt, da denkt er bereits über Spielmöglichkeiten nach. Mit einem Tennisschläger in der Hand ist er stets ausdauernd bereit, auf einem Sandplatz herumzuhecheln. Schnell ist er auf der Suche nach einem geeigneten Club. Sofort wird er fündig. Jeder in dem kleinen Ort kennt diesen Club. Es ist der Einzige weit und breit. Er nimmt die Tennisanlage in Augenschein und ortet fünf passable Sandplätze. Das ist nicht schlecht. Ein provisorisches Schild am Eingang weist darauf hin, dass noch Mitglieder aufgenommen werden. Na bitte.

Ein junger Bursche, kaum zwanzig Jahre alt, begrüßt den Neuankömmling vor einer containerähnlichen Holzbude, die sich als Clubhaus herausstellt. Der Jüngling ist ausgestattet mit einer Haartracht, die sich andere nicht einmal unter der Achselhöhle leisten würden.

„Sind neu, gäi? Also, erstens bin i Xaver, zweitens bin i Wirt und drittens bin i Trainer."

Nicht ohne Stolz fügt Xaver hinzu, dass die Nummer zwei des neuen Tennisclubs vor dem Gast stünde.

Tennisentwöhnt erbittet Björn umgehend eine Trainerstunde. Er ist deutlich älter als der *Trainer*, doch noch schlank und rank, wie man so sagt. Es ist ein heißer Tag. Beide Spieler haben rote Köpfe. Es wird regelkonform um Punkte gespielt.

Die Lehrstunde geht schnell herum. Sie schaffen zwei Sätze! Als unser Mann aus dem Norden den Platz verlässt, hat er den Ranglistenzweiten des örtlichen Tennisclubs mit 6:1 und 6:0 abgefertigt. Die Trainingsgebühr muss er dem anderen aufdrängen, obwohl der spontan ablehnt. Doch abgemacht ist abgemacht. Da ist der Hanseat, wie auch auf dem Platz, ein echter Hanseat. Er tritt in die Holzbude ein, dann auch in den *Club*. Bei einem Bier im Stehen wird die Aufnahme besiegelt.

Jahre vergehen. Die Spielstärke der Clubmitglieder hat zugenommen, das Körpergewicht des Nordlichts ebenfalls. Auch an der alten Holzbude ist der Fortschritt nicht spurlos vorübergegangen. Das *Clubheim* ist gemütlicher geworden. Kürzlich wurde sogar eine Dusche eingebaut.

Endspielflair liegt in der bayerischen Luft. Es ist heiß. Nicht nur Hanseaten-Björni, wie ihn einige Clubmitglieder nennen, schwitzt auf dem ehrenvollen Platz *Number One*. Das Nordlicht jagt die kleine Filzkugel voller Ehrgeiz dem deutlich Jüngeren entgegen, will ihm zeigen, wo Luchs immer noch das Bier herholt. Es geht ja es um die örtliche Clubmeisterschaft. Drei Gewinnsätze sind gefordert. Die Sonne brennt gnadenlos. Ein Satz ging bereits verloren. Björns Trinkflasche gibt bald schon keinen Tropfen mehr her. Am Zaun lauern sie, die neidisch Kritischen, die frühzeitig Ausgeschiedenen. Sie wünschen sich, dass der *alte Sack* endlich mal verliert. Soll endlich ein anderer den blechernen Wanderpokal nach Hause tragen. Nicht schon wieder dieser Zugereiste, der die anderen einfach nicht gewinnen lassen will. Ohne Zweifel würden viele von ihnen jetzt selbst gern auf dem Platz stehen. Was soll`s. Sie schauen, lästern und schütten lautstark Bier und Sekt in sich hinein.

Beim Seitenwechsel denkt Björn, wie schön es wäre, an ihrer Stelle zu sein. Großzügig bieten einige Zecher an, ihn an ihrem Gelage teilhaben zu lassen. Er wiedersteht und gewinnt auch zum dritten Mal - in heißen fünf Sätzen!

Die Siegerehrung steht an. Xaver, das Club-Faktotum, für Trinken, Training und Tennispokale zuständig, fragt ihn mit flackerndem Blick: „Heißt Alfred, gäi??"

Björn schaut irritiert. So lange ist er nun schon im Club! Als mehrfacher Clubmeister müsste er beleidigt sein. Doch man ist ja hier auf dem Dorfe. Er weiß, dass er nach vielen Jahren immer noch eine Sonderstellung einnimmt. Nur nicht arrogant wirken. Er fragt irritiert: „Wieso Alfred?"

Der Vereinsmeier reicht ihm erst die Hand und dann ein blechernes, schlankes Gefäß. „Jo", sagt Xaver gedehnt, „i hob *Herr* auf`n Zettel am Pokal geschrieben. Der Seppl hat das Ding zum Graveur getragen. Der hat *Alfr.* draus gemacht. Schad, aber stört nicht, gäi? Dreimal gewonnen. Nu kannst ihn behalten. Do hast ihn."

Björn bleibt hanseatisch cool und als frisch gekürter Sieger großmütig. Kein *Dibbfallscheissa*. Allerdings, wenn der Xaver ihm demnächst auf dem Tennisplatz gegenüberstehen sollte…

Was der Xaver nicht erwähnt hat: Der Pokal ist mehrfach vom Regal gefallen, kürzlich noch beim Schwofen im Clubhaus. Man erkennt es deutlich an den zwei prächtigen Beulen. Dann noch dieser auf billigem Blech eingravierte Name *Alfr.* Trotzdem, Freund und Feind werden ihn vermutlich um dieses ehrenschwangere Blech beneiden.

Einige Tage später kommt einer von seinen Tennispartnern aus dem Sommerurlaub zurück. Er erkundigt sich im Clubhaus. „Na, hattet ihr ein schönes Turnier? Wer hat denn in diesem Jahr gewonnen?"

„Na, der Saupreiß, dieser Hanseaten-Björni!"

„Scheiße."

Viele Jahre später.

Im häuslichen Wohnzimmerschrank steht der angebeulte Pokal neben anderem Blech, nach Politur lechzend. Die denkwürdige Gravur auf dem Wanderpokal beginnt allmählich zu verblassen, auch die Haare des Besitzers. Der strebt in seinen spielerischen Fähigkeiten längst nicht mehr aufwärts. Sein altes Spielniveau kann er kaum noch halten.

Das ramponierte Blech hat einen Ehrenplatz in einer Vitrine gefunden. Daneben blinken weitere Becher und Näpfe. Alles geronnener Schweiß. Zu dieser Ansammlung gehört der eingangs erwähnte, bleikristallene Aschenbecher, seine allererste Siegestrophäe. Verschämt versteckt sie sich zwischen anderen Preisen. Die sind nicht so hart errungen wie der in diversen Turnieren erkämpfte, unansehnlich gewordene Wanderpokal. Immerhin war es der allererste Sieg seiner Amateurkarriere. Wie herrlich damals, dieses Kuddelmuddelturnier mit *Haudrauf-Hans* an seiner Seite.

Nicht nur tenniskundige Besucher stehen zuweilen mit prüfendem Blick vor der Vitrine. Manchmal verabredet sich Björn dann spontan zu einem Tennismatch, gern auch mit Jüngeren. Er will es denen immer noch zeigen. Auch, wenn er weiß, dass die Knie schmerzen werden. Und nicht nur die Knie.

Siegeswille und Spaß am Tennisspiel scheinen ungebrochen.

Alles super oder klasse?

Immer wieder überschwemmen Wortschöpfungen die deutsche Sprache. Aus dem Nirwana taucht ein Wort auf. Es bereichert später unseren Duden. Da war eines Tages alles *super*, die Freundin, das Benzin sowieso, die Currywurst, auch die Idee, ins Kino zu gehen. Könntest du mich dann abholen? Das wäre super! Oder auch klasse?

Worte quellen wie Stiefmütterchen aus dem Boden, nur schneller. Eilig gewinnen sie an Bedeutung. Für einige Zeit werden sie zu Dauerbrennern. Schnell in Mode gekommen werden sie von Hinz und Kunz nachgeplappert. Beim Sex zum Beispiel sprachen viele plötzlich vom *Bumsen*.

Es reicht schon, wenn eine Person des öffentlichen Lebens mit einer Äußerung das öffentliche Geplapper bereichert. Franz Beckenbauer, der sich schon mal als Sänger versucht hatte, ohne singen zu können und der auch nicht als Sprachgenie aufgefallen ist, hat einmal ausweichend geäußert: *Schaun mer mal*. Diese drei Worte waren zuvor millionenfach aus bayerischen Mündern geflossen. Doch von nun an wurden sie diesem genialen Fußballer angeklebt. Die Menschen brauchen offensichtlich etwas, das alle gut finden.

Worte sind der Mode unterworfen. Sie gelangen früher oder später, wie man so sagt, *in den hinteren Teil des Raumes*, sind dann also *weg vom Fenster*. Eine derartige Wortfamilie wird laut Kurt Tucholski nie aussterben.

Nach dem ersten Weltkrieg, in den zwanziger Jahren, in den sogenannten goldenen, also in einer Zeit wirtschaftlichen Aufschwungs und der Blüte deutscher Kunst, Kultur und Wissenschaft, tauchte in Berlin das Wörtchen *knorke* aus dem Dunkel des Universums auf. Es entsprach den späteren Begriffen *super* oder *klasse*. Kurt Tucholski stellte damals fest: *Plötzlich war das Wort da. Und die Knorkeritis wütete.* Alles war knorke, es klang gewichtig; selbst der Börsenkurs, der einige

Jahre später überhaupt nicht mehr *knorke* war. Man konnte sich laut Kurt Tucholkski den Gaumen dran wund stoßen. Dieser bedeutende Schriftsteller empfahl insbesondere den Ausländern *die Lippen davon zu lassen.*

Knorke waberte munter durch Wochen und Monate. Irgendwann fing knorke an zu schwächeln. Heute ist dieses Wort nur noch gelegentlich, und dann bevorzugt aus alten Berliner Mündern, zu vernehmen. Doch wie vorhergesagt, bekam es, wie es sich in guten Familien gehört, Nachfolger. So war plötzlich das Wörtchen *Super* in aller Munde. Es ist wohl ein Urur-Enkelkind (oder älter) von knorke. Freilich rutscht es uns glatter über die Zunge als das knorrige *knorke*.

Mit dem Ausdruck *super* tauchte wesentlich später ein weiterer Wortliebling aus dem Bodennebel empor. Es huschte hinein in viele deutsche Münder. Dann war plötzlich neben *super* alles *klasse*, sogar der Lehrer in der Oberprima.

Auch ein niedliches Nachbarsmädchen namens Mirnesa Schulze war *klasse*. Der Vorname kommt aus dem Albanischen. Er bedeutet *die gute Frau, die Reine, die Heilige*. Nomen est Omen? Nicht unbedingt. Mirnesa war eine attraktive Maid, doch sie hatte einen Sprachfehler. Sie lispelte. Das recht stark. Wenn sie *klasse* sagte, klang es besonders. Zuweilen klang es sogar besonders besonders. Die Perfektion ihres Lispelns war schlichtweg klasse. Das Wörtchen *klasse* war von ihr denn auch sofort adoptiert worden. In ihrem Wortschatz nahm es schnell eine Führungsrolle ein.

Auf die Dauer nervte es. Ein Freund erkundigte sich, ob sie nicht mal ein anderes Wort parat hätte. Minersa, die Reine und Heilige zeigte daraufhin ihr schönstes Lächeln. Mit lieblichem Lispeln kam das Wörtchen *bumsen* über ihre Lippen, ein Wort, das es zu Tucholskis Zeiten nicht gab. Der Freund zog fragend die Augenbrauen hoch. Daraufhin lispelte die holde Minersa voller Inbrunst: *Bumsen ist klasse.*

Schöner kann man diese ehrlichen Worte nicht lispeln.

Das Servicekonzept
(Vorsicht Satire!)

Martha Pfahl ist in Unterstinkenbrunn geboren. Falls jemand den Ort aufsuchen möchte: er liegt in Niederösterreich.

Wachsam und wichtig hockt die Empfangsdame in einem Glaskasten, den man Rezeption nennt. Seit vielen Jahren begrüßt sie dort Kunden der Firma Deckel&Topf. Das Unternehmen hat sich vor vielen Jahrzehnten in der Gemeinde Edelschrott angesiedelt. Diese Gemeinde findet sich in der Steiermark.

In dem mittelständischen Betrieb herrscht regelmäßiger Kundenverkehr. Als Serviceleistung ist der Empfangsdame vor einigen Tagen ein Topf mit Erdnüssen zum gefälligen Gästegebrauch genehmigt worden. Die allergiefreundlichen Nüsse finden bei Besuchern dankbaren Zugriff. Dieser stellt sich auch bei einigen Mitarbeitern ein, die auffällig oft am Glaskasten vorbeistreichen. Bald bereichern weitere Töpfe, ergänzt um glasierte Schokoplätzchen, das kundenfreundliche Angebot. Die Zahl an dankbaren Abnehmern wächst ständig. Zuweilen bilden sich kleine Schlangen an der Rezeption.

Wurde das Minibudget zunächst benutzt, um beim Discounter an der Ecke Tütenware einzukaufen, muss jetzt der Firmeneinkauf tätig werden. Der Leiter Franz Brandwein wird eingeschaltet. Er genehmigt sich schnell noch einen Schluck aus der im Schreibtischfach deponierten Kognakflasche. Schon widmet er sich der neuen Aufgabe.

Martha Pfahl möchte die Serviceaktivitäten in ihrem Einflussbereich voranbringen. Nach zehn frustrierenden Jahren in ihrem gläsernen Gefängnis darf sie nun aktiver werden. Der Eingangsbereich soll sich zu einem kommunikativen Marktplatz entwickeln. Schon finden sich nicht nur in Frühstücks- und Mittagspausen Mitarbeiter zu Plaudereien beim Naschwerk ein. Ab sofort darf die Rezeptionsdame die Witwe Anna Nass, eine Gemüsehändlerin, hinzuziehen. Frau Anna Nass soll täglich das kundenfreundliche Sortiment mit Obst aus aller Welt bereichern. Der Assistent der Geschäftsleitung, Mario Nette, hat dies in einem Mitarbeiterrundschreiben noch einmal ausdrücklich bestätigt. Geschäftsfreunde und herumstreunende Mitarbeiter werden von nun an von der Empfangsdame noch freundlicher zum Zugreifen aufgefordert. Einige entschwinden mit vollen Händen. Im Nebenhaus arbeitende Mitarbeiter monieren beim Betriebsrat ihre ungenügende Teilhabe. Die Geschäftsleitung sieht sich daraufhin gezwungen, allen Mitarbeitern ein wöchentliches Deputat an Leckereien einzuräumen. Neuerdings schleicht sich der Helfer einer gemeinnützigen Tafel in den Rezeptionsbereich, mit einem kleinen Eimer. Er wird nicht abgewiesen.

Mit dem ehemaligen Gärtnerlehrling Johannes Kraut ist ganztägig ein Mitarbeiter tätig worden. In der Personalabteilung wird er als *Versorger für Leckereienbereitstellung* geführt, Kürzel *Verfür-undleck*. Schon bald scheint die Einstellung eines zusätzlichen *Verfür-undleck*-Mitarbeiters unvermeidlich. Da legt Carlo Controletti vom Financial Office sein Veto ein. Er beauftragt ein Ingenieurbüro, geeignete Automaten für die Bereitstellung der inzwischen unverzichtbar gewordenen Wohltaten zu beschaffen.

Johannes Kraut könnte nun eingespart werden. Das zwingt die umtriebige Betriebsrätin Hilke Greifzangk umgehend zum Handeln. Tatkräftig unterstützt von ihrer genderinfizierten Assistentin Hella von Wahnsinn wird ein Warnstreik angedroht für den Fall, dass der beliebte Mitarbeiter der Sparwut des Managements zum Opfer fallen sollte. Zudem würde ja nicht nur für Wartung und Bestückung des Automaten eine spezielle Arbeitskraft benötigt.

Die in ihrem Glaskasten residierende Martha Pfahl erklärt unaufgefordert, sie sei mit ihren Aufgaben mehr als ausgelastet. Zudem ist einige Tage zuvor beschlossen worden, Kunden zusätzlich mit Kaffee und Gebäck zu begrüßen. Darum soll Heide Witzka, die uneheliche Tochter von Franz Brandwein, tätig werden und Besucher zu ihren Gesprächspartnern geleiten. Schließlich darf sich kein Kunde oder Geschäftsfreund im verwinkelten Altbau der Firma verlaufen. Erst in der letzten Woche ist ein verwirrter Besucher im Sandkasten der neu eingerichteten Kindertagesstätte aufgefunden worden. Diese Argumente bleiben nicht Erfolg.

Schon wird eine weitere Serviceleistung ins Leben gerufen. Damit sich an heißen Tagen ausdünstende Mitarbeiter erfrischen können, wird eine neue Arbeitskraft beauftragt, mit einem Getränkewagen durch die Flure zu ziehen. Schnell wird dieser Dienst zur regelmäßigen Einrichtung. Er bewirkt erheblichen personellen Zusatzbedarf. Die Gehaltsliste der *Verführ-undleck*-Mitarbeiter wird stetig länger. Zudem werden Leistungen anderer Abteilungen in wachsendem Maße in Anspruch genommen. So prüft zum Beispiel in der IT-Abteilung zurzeit Dr. Martin-Router King digitale Hilfestellungen.

Neuerdings wird im Hause der Vorschlag diskutiert, im Erdgeschoss nahe der Rezeption einen Ruheraum mit Sonnenbank und Wasserbett für gestresste Mitarbeiter einzurichten. Dazu müssen Büroräume geopfert werden. Zusätzlich wird die Bereitstellung einer Sauna erfolgreich ins Gespräch gebracht. Die Betriebsratsaktivistin Hella von Wahnsinn wendet ein, dass sie keine Lust verspüre, sich in einer Gemeinschaftssauna plötzlich dem nackten Carlo Controletti gegenüber zu sehen. Dann müsse eine zweite, und gendergerecht eine dritte Sauna bereitgestellt werden. Die Geschäftsleitung beugt sich zähneknirschend diesen Argumenten. Die Macht der Service-Freaks im Hause ist zu groß geworden. Zudem soll gemäß Firmenleitlinie II, Abs.1 das Wohlergehen der Mitarbeiter oberste Priorität haben. Selbst Carlo Controletti hat seinen Widerstand aufgegeben. Er hat keinen Bock darauf, in der Sauna, Gott möge es verhindern, mit einer entblößten Hella von Wahnsinn um die Wette zu schwitzen.

Umfangreiche Baumaßnahmen werden notwendig. Auch die Tec-Taskforce muss weichen. Die dort forschenden Eier- und

Spitzköpfe werden im Unternehmen als überflüssige Kostenfresser angesehen. Laut Firmenleitung gelten sie jedoch als zukunftsweisend. Ein Azubi hat berichtet, dort werde alles durchdacht, was in der Welt passiert, selbst das, was der Taube gehört, der Blinde gesehen und der Analphabet notiert hat.

Mit einer Feierstunde werden Monate später ein Neubau und weitere Errungenschaften als nachhaltige, beispielgebende soziale wie auch kundenfreundliche Leistungen bejubelt. Für das Jubeln wird ein Arbeitstag geopfert. Es ist geplant, ihn als Jahrestag direkt nach dem zweiten Weihnachtstag dauerhaft einzuführen.

Als nachhaltig erweist sich nur der Mitarbeiterzuspruch. Nicht zuletzt wegen der erneut erweiterten Mittags- und Pausenzeiten droht eine nachhaltige Überbeanspruchung des Erholungsangebotes. Besonders qualifizierte Mitarbeiter dürfen nun schon während der normalen Arbeitszeit alle Leistungen nutzen. Das weckt Neid. Wie nicht anders zu erwarten, steht die umtriebige Betriebsrätin Hilke Greifzangk umgehend bei der Geschäftsführung auf der Matte. Ohne besondere Diskussion wird auch dieser Service umgehend zum Allgemeingut.

Die Konzernspitze ist auf die Aktivitäten von Deckel&Topf aufmerksam geworden. Der holländische Chairman *Pieter Silje* wittert eine neue Geschäftsidee. Er benötigt dringend neue Konzernerfolge, also Maßnahmen mit Wums. Keine Nonnenfürzchen! Der Mann gilt als vorsichtiger Unternehmer. Er betet immer vor dem Essen, es sei denn, er hat selber gekocht.

Eilig wird die Beraterfirma McGrisley herbeizitiert, um eine abgesicherte Konzeptentwicklung anzuschieben. Alles soll in zukunftsweisende Bahnen gelenkt werden. Die Gespräche mit den Consultants verlaufen positiv. Aus Sicht der Berater erscheint ein ausgefeiltes Konzept als werbewirksames Alleinstellungsmerkmal denkbar, originell, phantasiebegabt, modern, zukunftsweisend und nachhaltig. Auf jeden Fall honorarträchtig. Im Erfolgsfall wäre noch zu prüfen, so der Sanierungsexperte Dr. Hans A. Plast, ob ein Patentschutz beantragt werden kann.

Denn Carlo Controletti hat der Zentrale gemeldet, dass Spione des lästigen Mitbewerbers Klau und Lange GmbH&Co KG aus dem Ostholsteinischen Luschendorf die Aktivitäten von Deckel&Topf mit bedenklichem Interesse verfolgen.

Bürgermeister Hans Dampf, ein ehemaliger Koch, äußert sich nach einer opulenten Verkostung begeistert von den unüberschaubar gewordenen Kunden-, Mitarbeiter- und sonstigen Servicemaßnahmen. Er regt an, in Berlin beim Bundespräsidialamt vorzufühlen, ob nicht die Chance für eine werbewirksame Verleihung des Bundesverdienstkreuzes realisierbar ist. Immerhin wurde dieser Verdienstorden schon weit über eine Viertelmillion Mal in Deutschland verliehen. Warum diese Auszeichnung nicht auch hier, notfalls in einer der niedrigeren Ordensstufen. Sie könnte marketingtechnisch interessant sein.

Wochen später…

Der Insolvenzverwalter Dipl.-Kfm. Hinrich Tung hat sich bei Deckel&Topf angemeldet. Er ist mit seiner Sekretärin Clara Fall herbeigeeilt. Das Unternehmen musste Konkurs anmelden. Der Kostendruck hat zu einer firmenweiten Implosion geführt. Die chronisch nachzubessernden baulichen Maßnahmen sind aus dem Ruder gelaufen, Kostenbudgets immer wieder nachhaltig überschritten worden. Zudem hat die Arbeitseffizienz Monat für Monat zunehmend unter Schwindsucht gelitten. Arbeitsabläufe wurden gar blockiert.

Die im Konzern unbeliebte, vom Topmanagement jedoch regelmäßig bevorzugte Beratungsfirma McGrisley, hat sich unaufgefordert zu Wort gemeldet. Sie ist bereit, kurzfristig eine unternehmensübergreifende Expertise zu erstellen. Die Chancen dafür stehen gut.

Kalau & Co.

Kuno von Kalau ist ein muffeliger Frührentner.

Heute ist sein Geburtstag. Kuno ist so alt geworden, wie er bereits vor etlichen Jahren ausgeschaut hat. Kürzlich hat er das Buch *Techniken der Liebe* gelesen. Er hat sich kummervoll gefragt, was die Technik hilft, wenn das passende Werkzeug fehlt. Am Vormittag hat er viel Zeit mit dem Versuch vertan hat, bei seiner Personenwaage die Sommerzeit einzustellen. Jetzt strebt er dem Restaurant *Zum Spiegelei* entgegen. Er ist guter Dinge und trällert fröhlich vor sich hin.

> *Herr Kuckuck kam geflogen auf einem Fass Benzin,*
> *da dachten die Franzosen, er sei ein Zeppelin.*
> *Sie luden die Kanonen mit Sauerkraut und Speck*
> *und schossen dem Herrn Kuckuck die Unterhose weg.*
>
> *Herr Kuckuck musste landen. Sehr dunkel war die Nacht.*
> *Da hat er statt der Haustür die Stalltür aufgemacht.*
> *Er tastete sich vorwärts. Er suchte seine Frau*
> *und küsste aus Versehen im Stall `ne fette Sau!*

Munter öffnet das Geburtstagskind die Schwingtür und tritt ein, ins *Spiegelei*. Mit suchendem Blick, noch in Hut und Mantel, wird er von einem Kind angerempelt.

„Mein Gott, ist das Gör hässlich", denkt er. „Wo ist die Mutter? Ich sollte ihr ein neues, ein schöneres machen!"

Eilig winkt er den befrackten Kellner herbei. Der schnauft plattfüßig heran. Kuno bestellt einen Schoppen Wein. Auf die Frage des tapsigen Pinguins „*weiß oder rot?*" antwortet er: „Egal, ich bin farbenblind."

Er legt Hut und Jacke ab, wählt einen Zweiertisch am Fenster. Da bemerkt er die Malerin Pauline Pinselig. Die Künstlerin ist kinderlos geblieben, obwohl sie dreimal ernsthaft liiert war. Der erste Mann, ein Architekt, hat ein Kind immer nur geplant.

Der zweite, ein Barpianist, hat häufig munter an ihr rumgespielt. Dann der Dritte, ein typischer Handwerksgeselle. Er praktizierte das bekannte Motto: Ich komme morgen.

„Ah, hallo Frau Pin*selig*."

Er betont bei der persönlichen Ansprache die zweite Silbe. Reine Höflichkeit. Die Frau wünscht es so, ist schnell beleidigt.

"Darf ich mich zu Ihnen setzen?"

Kuno von Kalau wartet ein *Bitte gerne* nicht ab. Er zerrt einen Stuhl heran. „Sagen Sie, ist der Plattfuß, ich meine den da im Frack, ist der neu hier? Hab ihn noch nie gesehen."

„Ja, nagelneu. Den letzten hat der Chef rausgeschmissen. Er hatte mitbekommen, wie er seiner Frau etwas zuflüsterte."

„Gleich werden *Sie* es mir zuflüstern."

„Gut, aber nicht weitersagen. Er lispelte ihr ins Ohr: Iss jetzt brav die Nudelsuppe, bevor ich dich besudel, Puppe!"

"Ei potz, ein Verseschmied!", stellt Kuno fest. „Nein diese dreisten Männer! Apropos Männer. Habe gehört, Sie haben sich kürzlich verlobt?"

„Hatte", erwidert Frau Pinselig, „habe mich wieder getrennt."

„Aber der Mann war doch nett, richtig charmant."

„Ja das schon, Herr von Kalau, aber es gab da ein gewisses, delikates Problem." Sie verfällt ins Flüstern. „Keine Delikatesse, denke ich. Das, was ich beim Kennenlernen für Leidenschaft gehalten habe, war Asthma!"

„Da bleibt mir glatt die Luft weg! Trotzdem, nehmen Sie mich als Vorbild. Bin fast 25 Jahre verheiratet."

"Schön stur, Herr von Kalau, dann können Sie ja in Kürze ihre Silberhochzeit zelebrieren!"

„Könnte ich, könnte ich, aber ich warte noch fünf Jahre."

„Warum fünf Jahre?"

„Dann feiere ich den dreißigjährigen Krieg."

"Na, so schlimm kann Ihre Ehe nicht sein."

„Oh, wenn Sie wüssten! Was glauben Sie, liebe Frau, was meine schönste Zeit während der Ehe war? Na?"

„Vielleicht die Flitterwochen?"

„Nein, da kommen Sie nie drauf. Das waren die Jahre in der russischen Gefangenschaft!"

Langsam redet sich der Mann in Fahrt. "Allein das Wort *Ehe* gibt doch schon einen warnenden Hinweis! *Ehe*, das ist eine Abkürzung. Sie kommt aus dem Lateinischen. E-H-E: Errare humanum est!"

Der kurzatmige Kellner hechelt herbei, stellt den Wein ab.

„Sagen Sie, Herr Ober, sind Sie verheiratet?"

Der befrackte Mann tritt von einer Käsemauke auf die andere. Er schnauft: "Nein, die Schramme stammt vom Rasieren. Darf es sonst noch etwas sein?"

"Ja, da hätte ich einen ganz speziellen Wunsch. Bringen Sie mir bitte eine Portion orthographische Fehler."

Der Kellner kratzt sich mit der Gabel am Kopf. Pauline Pin*selig* fällt fast das Messer aus dem Mund.

"Orthographische Fehler?" schnauft er. „So etwas führen wir nicht, mein Herr."

"Warum stehen die dann auf der Speisekarte? Ha, ha! Gut, dann nehme ich eine simple Knackwurst."

Der Kellner keuchend: „Etwas derart Schlichtes führen wir auch nicht in diesem unseren Hause."

„Schade, wirklich schade. Mal eine andere Frage. Zurück zur Knackwurst. Wissen Sie, was daran am wertvollsten ist. Nein? Das ist das *N* in der ersten Silbe! Sonst hieße die Wurst ja… also dann… haben Sie Muscheln?"

Der Ober schnappt nach Luft. „Nein, haben wir nicht."

„Dann Rotbarschfilet."

Schnaufend und röchelnd: „Nein, haben wir auch nicht."

"Haben Sie Asthma?"

Der Kellner röchelt ein *Da muss ich mal nachfragen.*

„Dann also bringen Sie Hühnersuppe!", ruft der Mann dem Davoneilenden hinterher.

„Also dann erst einmal ein ordentliches Prost, Herr von Kalau! Alles Gute zum Geburtstag. Sie süffeln doch gerne Alkohol, oder? Aber gewiss doch, wenn ich mir Ihren stark geröteten Riechkolben anschaue", kichert sie, „Sie trinken gewiss für Ihre Leber gern."

Der Mann wendet sich beleidigt ab. Schon ist der Kellner mit der Hühnersuppe zurück.

„Na, schöne Fettaugen hat sie ja, die Suppe. Aber was sehen denn da meine entzündeten Augen? Schwimmt nicht etwas obendrauf? Ist das etwa eine Fliege?"

Der praktizierende Plattfuß grinst unverschämt: "Soweit ich weiß, können Fliegen nicht schwimmen. Doch Achtung! Hilfe ist im Anmarsch. Sehen Sie nicht die Spinne am Tellerrand?"

Herr von Kalau ist baff, will stotternd antworten, stockt, weil ein hünenhafter Bernhardiner auf ihn zu hechelt.

„Ich wusste, dass es hier eine Hauskatze gibt", schnauft er. „Und dass die im Miezhaus wohnt."

Er verschluckt sich fast an seinem Kalauer. Der Hund plumpst vor ihm nieder. Er fasst japsend die Suppenterrine ins triefende Geäuge.

"Lassen Sie sich nicht stören, mein Herr", beruhigt der Kellner. „Der Bernie mag Sie. Brauchen sich aber nichts drauf einzubilden. Er hat nur seine Schüssel wiedererkannt."

"Was hat er? Bingen Sie sofort die Suppe zurück, ich disponiere um. Warten Sie, bringen Sie mir eine Portion Pfifferlinge mit Bratkartoffeln."

„Dann muss ich vorab abkassieren."

„Warum das?"

„Das muss ich immer bei Pilzgerichten."

"Da hört sich doch alles auf! Verdammt, mir knurrt der Magen. Normalerweise würde ich unverzüglich das Lokal wechseln. Also gut, dann bringen Sie mir statt der Giftpilze eine Portion Leber, aber zack, zack! "

Zögerlich entfernt sich der Ober.

"Nun gucken Sie sich den plattfüßigen Kellner an. Dieser Pinguin watschelt davon wie eine Schnecke. Dem könnten Sie beim Gehen die Schuhe besohlen", lästert Pauline Pin*selig*, rührt ungerührt im Kaffce herum. Mit abgespreizten kleinen Finger nimmt sie einen vornehmen Schluck. Dann weist sie auf die herumliegende Tageszeitung.

„Ich weiß nicht, ob Sie das schon gelesen haben, Herr von Kalau. In der russischen Stadt K r i w e t h x z y k l b a hat sich kürzlich ein schweres Erdbeben ereignet."

„Interessant", murmelt der Mann. Er hat nicht richtig zugehört. Es erscheint ihm wichtiger, die Sauberkeit des Essbestecks zu prüfen. „Wie hieß die Stadt noch gleich vor dem Erdbeben?"

Herr von Kalau beginnt, das Messer mit dem Tischtusch zu polieren. Erstaunlich schnell ist der Ober zur Stelle.

„Bitte unterlassen Sie das. Erstens ist das Messer sauber und zweitens ist das Tischtuch fleckig. Sehen Sie doch!"

Eilig verabschiedet er sich wieder in Richtung Küche, meldet sich dann mit dem bestellten Gericht zurück. Argwöhnisch blickt das Geburtstagskind dem Kellner entgegen. Er traut seinen Augen kaum, bellt ihn an.

"Nehmen Sie gefälligst den Daumen von der Leber."

"Das mache ich äußerst ungern, mein Herr. Die Leber soll doch nicht noch einmal herunterfallen."

„Mein Gott, wie konnte ich heute nur dieses Lokal wählen." Er beäugt die Leber, fängt an, daran herumzuschnipseln.

„Leber ist gut fürs Blut, es reinigt", säuselt Frau Pin*selig*. „Die Leber ist unser wichtigstes Entgiftungsorgan. Apropos Gift, kürzlich erst musste ich eine arge Blutvergiftung auskurieren."

Kuno von Kalau vermutet, dass sich Frau Pinselig zuvor auf die Zunge gebissen hat. Er muss heftig husten und äußert den Verdacht, dass eine Erkältung im Anzug sei.

"Bei mir sind Motten im Mantel", ist die schnippische Antwort. „Freilich, mit meinem neuen Rock habe ich es gut getroffen. Ist so, als ob ich in meiner eigenen Haut stecke."

Der Mann kneift die Augen zusammen. Er denkt: "Der Rock kann nur aus Ziegenleder sein." Er schaut er auf sein Essen und grunzt Frau Pinselig an: „Schauen Sie sich das mal an. Diese Portion habe ich schon viel größer gesehen."

„Das ist gewiss eine optische Täuschung. Da bin ich ziemlich sicher. Die haben kürzlich das Lokal vergrößert", lästert die Malerin. „Am Koch liegt es nicht, der macht seit Jahren einen guten Job."

Kuno von Kalau findet das beruhigend. Er ist sicher: *Wer den Koch gut kennt, muss vor dem Essen nicht beten.*

Der Ober schleicht am Tisch vorbei. "Wie fanden Sie die Leber, mein Herr? Sie haben ja kaum davon gespeist."

"Wie ich die fand? Nach längerem Suchen! Sie hatten die Leber mit ihrem Daumen unter ein Salatblatt geschoben. Außerdem hatte ich hatte Le-ber bestellt und kein Le-der. Ich kann das beurteilen, ich war früher Schuster!"

Der Ober stottert: "Sorry, ich könnte Ihnen ein anderes Gericht anbieten. Tauschen Sie die Schweineleber gegen einen Schweinebraten."

„Aber ich habe die Leber bereits angebissen!"

"Wir haben auch angebissenen Schweinebraten!"

Der Gast ist bedient.: „Das schlägt dem Fass den Boden mitten ins Gesicht. Das an meinem Geburtstag. Mein Gott, stehen Sie nicht herum wie ein nasser Sack. Haben Sie sonst nichts zu tun?"

Folgsam entfernt sich der Kellner.

"Der Kerl bringt Sie noch um", lästert die Tischgenossin. „Apropos, habe ich schon erwähnt, dass kürzlich meine liebe Tante Lilly gestorben ist?"

„Wie bedauerlich. Welchen Arzt hat sie gehabt?"

"Nein, nein, die ist von alleine gestorben."

Sie kramt in der Tasche, sucht ein Foto. Dann erzählt sie.

„Ja die gute Tante Lilly. Die Arme, sie konnte nur noch schlecht sehen. Aus Eitelkeit trug sie oft keine Brille. Im letzten Sommer haben wir ein Sportfest besucht. Beim 5000-Meter-Lauf ruft die Tante plötzlich*: Der da, der da mit dem roten Schlips, der gewinnt.* Dabei war es die Zunge, die dem Läufer heraushing."

Die Frau beendet die Wühlerei in ihrer Tasche. „Mist, ich finde das Foto nicht. Egal, wo wir gerade von Bildern sprechen, wie finden Sie das Gemälde dort hinten neben dem Fenster? Auch ich male furchtbar gerne."

Der Mann murmelt: „So, so, sie malen furchtbar …"

„Was haben Sie da genuschelt? Nicht so wichtig! Gut, sehen Sie das großformatige Bild? Wie ich aus sicherer Quelle weiß, heißt das Werk *Weltuntergang.*"

"Interessant, Weltuntergang … ist echt gelungen."

„Ja, nicht wahr?"

„Es ist in der Tat eine Katastrophe!"

"Herr, das Bild ist meinem eigenen Pinsel entflossen!"

"Tatsächlich! Da kann ich nur mit Überzeugung konstatieren, dass sie den Namen *Pinselig* mit Fug und Recht führen."

Die Frau bekommt Schnappatmung: „Sie ungeschliffener Kunstbanause! Halten Sie die Luft an, aber vergessen Sie das Atmen nicht. Herr Ober, zahlen!"

„Da schließe ich mich sofort an", ruft der *Kunstkritiker* dem herbeieilenden Restaurantgehilfen entgegen.

Nachdem die Malerin mit stampfenden Schritten enteilt ist, strebt auch Herr von Kalau dem Ausgang zu. Liedfragmente schweben durch die Schwingtür ins Freie.

> *Wer hat denn das Kind mit dem Hammer geweckt?*
> *Als Daddy durfte der das doch nicht tun!*
> *Wer hat denn die Pinslig mit dem Hackebeil geneckt?*
> *Das Weib ist gegen Zärtlichkeit immun…*

Was macht wohl KDM?

Bekannte sprechen von *KDM*, wenn sie Klaus-Dieter Mustermann meinen.

KDM ist ein kluger Schweiger. Paul hört ihm gerne zu, wenn er etwas sagt. Was er sagt, wenn er etwas sagt, ist anregend, originell, hat Hand und Fuß. KDM ist kein Schwätzer.

Er hat im Leben einiges erreicht, aus eigener Kraft, aus kleinen Anfängen. Viele Jahre war er als freiberuflicher Ingenieur tätig, zuletzt als leitender Angestellter in einem Baukonzern. Immer zuverlässig, in sich ruhend. Er ist durch Deutschland und Europa gejettet, hat *gutes Geld* verdient. Die Familie vermisste ihn oft - ein Tribut an den Beruf. Kranksein war ein Fremdwort.

„Noch zwei Jahre, dann will er in Rente gehen", sagen die Freunde. „Dann wird er mit seiner Frau eine Traumreise auf der Queen Mary antreten."

KDM hat in seinem Leben Weitblick bewiesen, hat zeitig begonnen, für das Alter vorzusorgen. Eine kleine Familie wurde gegründet. Den Kindern wurde eine gute Ausbildung ermöglicht. Der sportliche Zweitwagen war bald eine Selbstverständlichkeit, auch das schicke Eigenheim im Grünen.

Der aufgenommene Bankkredit wird in Kürze fällig gestellt, die zur Gegenfinanzierung abgeschlossene Lebensversicherung auch. Dann ist das inzwischen für zwei Personen zu groß gewordene Heim schuldenfrei. Diverse Versicherungen wurden abgeschlossen, Qualitätsaktien gekauft, in eine Mietwohnung investiert – ein Zubrot zur erwarteten Pension.

An der Schlei liegt seit Jahren ein eigenes Segelboot. Für Freizeitgestaltung ist also gesorgt. Außerdem frönt er seit Kindesbeinen an dem Tennissport. Einige in seinem Umfeld neiden ihm den Erfolg. *So gut müsste man es im Alter auch mal haben,* denken sie.

Viele von Pauls Bekannten haben nicht mitbekommen, dass KDM´s Arbeitgeber vor einigen Wochen Konkurs angemeldet hat. KDM spricht nicht darüber. Die zugesagte Pension scheint verloren. Einen ordentlichen Job, nur für ein paar weitere Jahre, kann er sich abschminken. Die zu erwartende Rente dürfte wegen der vielen Jahre als Freiberufler dürftig ausfallen und kaum die Grundkosten decken.

„Ach, Sie gehen bereits in Rente?" fragt einer. „Mir war aufgefallen, dass Sie oft den Tennisclub besuchen. Dann haben Sie es also geschafft. Glückwunsch. Genießen Sie die Zeit. Morgen kann alles vorbei sein. Wie bitte, sie interessieren sich für einen Nebenjob? Um Gottes Willen, tun Sie sich das nicht an. Haben Sie nicht nötig. Genießen Sie Ihren Ruhestand."

Im Tennisclub ist KDM seit vielen Jahren aktives Mitglied. Dort beneidet man ihn um seine Freizeit. Er kann die Füße hochlegen, Tennis spielen und mit seinem Segelboot die Freiheit auf dem Wasser genießen. Er wird vermutlich in Kürze mit seiner Frau die geplante Reise auf einem Traumschiff antreten!

KDM widerspricht nicht. Seine Frau hat seit einiger Zeit gesundheitliche Probleme. Mit ihrer Neigung zur Seekrankheit ist nicht zu spaßen. Er denkt positiv, auch wenn sein von gut bezahlten Bankmanagern verwaltetes Aktiendepot kürzlich erneut von einem kräftigen Schwindsuchtsanfall heimgesucht wurde. Zwei hochgelobte provisionsträchtige Schiffsfonds und ein weiteres Investment sind die Elbe hinuntergeflossen. Die geplante Schiffsreise wird ins Wasser fallen.

Die erworbene Mietwohnung ließ sich seit Jahren nicht mehr auskömmlich vermieten. Der erste Mieter war schnell insolvent. Die Räumungsklage lief ein ganzes Jahr. Keine Mieteinahmen, aber weiterlaufende Kreditraten. Der Mietnachfolger, ein Mietnomade mit tollen Referenzen, hatte unter Hinterlassung von Mietschulden und renovierungsbedürftigen Wohnräumen das Weite gesucht. Schließlich hat KDM das Objekt verkauft und das Darlehen mit beachtlichen Vorfälligkeitszinsen abgelöst. Die kleine Segelyacht wird er veräußern müssen. Den deftigen Mitgliedsbeitrag im renommierten Club an der Schlei kann er dann sparen.

Kürzlich wurde ihm die Zuteilung der Versicherungssumme für die Tilgung des Eigenheimkredits mitgeteilt. Der Betrag entspricht bei Weitem nicht der prognostizierten Summe bei Vertragsabschluss. Sie wird die Restschuld nur unzureichend abdecken. KDM hat sich vorsorglich nach einer Anschlusshypothek erkundigt. Laut Bankberater gibt es in seinem Alter Probleme. Der Wert des Eigenheims wurde kleingerechnet. Gegenüber von seinem Grundstück entsteht ein Heim für Asylbewerber. Der damals beim Kauf versprochene *unverbaubare Blick* ist dahin. Zeitenwandel. Man muss sich anpassen, flexibel sein, positiv denken, nach vorne blicken.

Trotz der Anwohnerproteste soll die ruhige Wohnstraße verbreitert werden. Die Kosten, weiß KDM, werden dann umfänglich auf die Anlieger abgewälzt. Das gilt auch für die neue Straßenbeleuchtung.

Die im Laufe der Jahre erworbenen Belegschaftsaktien hat KDM vor einem Jahr verkauft, um seinem Sohn auszuhelfen, der als Freiberufler in finanziellen Schwierigkeiten steckt. Eine neue Heizung ist fällig, wegen neuer Umweltauflagen. Zwei kleinere Lebensversicherungen stehen glücklicherweise noch aus.

Wie lautete die ursprüngliche Frage? Was macht eigentlich KDM? Nun, er hockt auf der Sonnenterrasse des Eigenheimes, gelegentlich gestört durch Bauarbeiten. Von dort verfolgt er den voranschreitenden Bau von Gegenüber. Er schaut zum Walmdach hoch. Seine Frau behauptet, es habe an einer Stelle durchgetröpfelt. Das könnte teuer werden. Bekannte haben kürzlich ihr Dach erneuern müssen. Das hat viel Geld gekostet, wegen der neuen gesetzlichen Auflagen zur Wärmedämmung und Umweltverträglichkeit.

Das Handy klingelt. Ein Arbeitskollege aus der in Konkurs gegangenen Firma beklagt sich über die schlimme Situation, auch darüber, dass auch die über viele Jahre angesammelten Belegschaftsaktien wenig wert sind. „Deine Aktien sind ja auch den Bach runter, Klaus-Dieter, nicht wahr?" KDM`S Hinweis, dass er sein Aktienpaket noch rechtzeitig verkauft habe, bringt den Anrufer zu der Aussage, dass jener ein echter Glückspilz sei. *Der Teufel scheiße doch immer auf den größten Haufen!*

Später nimmt er erneut ein Telefonat entgegen. Ein Freund meldet sich von der Insel Sylt.

„Wo bleibt Ihr denn? Kommt Ihr dieses Jahr nicht nach Kampen? Der halbe Freundeskreis ist hier. Wir lassen es mal wieder richtig krachen. Ohne euch macht es weniger Spaß!"

„Wir hatten Probleme ein adäquates Hotel zu finden, außerdem …" KDM reibt sich die linke Brusthälfte.

Wenig später ist der Freund erneut am Telefon. „Habe mich schnell mal umgehört. Das Strandhotel hat ein schnuckeliges Zimmer frei, nicht ganz billig, aber Ihr wolltet ja noch nie in einer Jugendherberge übernachten, ha, ha. Soll ich buchen?"

„Warte bitte, nein, zu kurzfristig! Kommt zu überraschend."

Seine Frau erscheint mit zwei Sektgläsern. Morgen muss sie zu einer Nachuntersuchung. Verdacht auf Brustkrebs.

„Genießen wir unsere wundervolle Terrasse", lächelt sie, "bevor der Baulärm zu- und der prächtige Ausblick abnimmt."

„Machen wir", sagt der Mann. Er schaut hinüber zu einem heranratternden Bulldozer. „Die Straßenbauarbeiten für die Verbreiterung der Straße beginnen."

„Da wird es für uns in den nächsten Wochen unangenehm laut", meint seine Frau.

„So ist es, ich denke es gibt Schlimmeres", sagt KDM, fasst sich erneut an die linke Brustseite. Er erhebt sein Glas.

Na dann Prost!

KDM ist kürzlich verstorben. Herzinfarkt. Gerne hätte er noch einige Jahre sein Rentnerdasein genossen. Paul hört ihm auch heute noch zu - wenn er auf der bemoosten Bank am Grab hockt.

Omilis Geburtstag

Der Eichentisch im beschaulich eingerichteten Wohnzimmer der kleinen Etagenwohnung ist mit geblümtem Kaffeegeschirr eingedeckt; mittendrin ein Strauß orangefarbener Rosen und eine liebevoll dekorierte Marzipantorte. Auf ihr prangt in großen Ziffern eine goldfarbene *80*.

Auf der Anrichte vibriert ein Smartphone. Es intoniert die alte Volksweise *Horch was kommt von draußen rein, hollahi, hollaho*. Im Augenblick horcht niemand. Neben dem Handy steht ein Foto in einem blanken Silberrahmen. Es zeigt einen lächelnden jungen Mann mit einem Tennisschläger in der Hand. Eine obere Ecke des Fotorahmens bedeckt ein schmaler Trauerflor. Ein tödlicher Verkehrsunfall, vor vielen Jahren. Durch das geöffnete Fenster strömt wohltuende Luft ins Wohnzimmer. In der Ferne heult eine Polizeisirene, laut und anhaltend, kurz danach eine zweite. Der musikalische Klingelton der Wohnstube ist verstummt.

Die Badezimmertür, an der sich unter dem alten Lack helle Stellen zeigen, öffnet sich. Resi Semling schlurft heraus. Sie streicht noch einmal über die silbrig ergrauten Haare, richtet das dunkle Kleid. Sie begibt sich an die lieb gedeckte Kaffeetafel. Behutsam korrigiert sie die Lage von zwei Kuchengabeln. Vorsichtig zurrt sie an der Tischdecke, um eine unsichtbare Falte zu beseitigen. Ihr Blick streift über das Foto mit dem Trauerflor: Amadeus, ihr jüngster Sohn. Amadeus…, welch wundervoller Name. In ihm haben sich Liebe und Gott vereint. Sanft streichen ihre Finger über das Foto. Das tut sie täglich, auch wenn der tödliche Unfall viele Jahrzehnte zurückliegt. Die Zeit heilt alle Wunden, sagen viele Leute. Diese wurden jedoch nicht von ähnlichen Schicksalsschlägen heimgesucht. Oft heilen nur die Wundränder. Da helfen keine gutgemeinten Ratschläge. Schon Sophokles wusste: *Wer nicht dasselbe erfahren hat wie ich, soll mir keinen Rat geben.*

Resi Semling greift sich ein abgegriffenes Büchlein. Seit vielen Jahren bewahrt sie in dem kleinen Tagebuch ihre Träume auf. Sie sucht eine jungfräuliche Seite, schraubt einen Füllfederhalter auf. Bevor sich erste Tinte ins Papier saugen kann, flattert ein Blatt heraus. Sie vertieft sich in den Text.

„Diese Verse hat mir mein Cedric damals nach dem Tod seines jüngeren Bruders zugesteckt", flüstert sie. Leise liest Resi Semling vor sich hin.

> Mag den Morgen nicht begrüßen,
> spüre Kummer kellertief.
> Flugsand unter meinen Füßen.
> Wirkte so… als ob er schlief.
>
> Böses Schicksal, nicht zu fassen!
> Schön war unsre Zeit zu Viert.
> Gott, was hast du zugelassen!
> Reihenfolge ignoriert.
>
> Lebensfreude ist ertrunken.
> Christen loben Gottes Licht.
> Gott hat ihm zu früh gewunken.
> Loben? Preisen? Kann ich nicht!

„Ist wohl so. Wen Gott liebt, den holt er sich zuerst", seufzt die alte Dame. Sie steht auf und macht sich auf den Weg zu ihrem Ohrensessel am Fenster.

„Ach ja, mein Handy." Sie nimmt es von der Anrichte. „Meist klingelt das Ding ja, wenn ich es nicht zur Hand habe, wenn ich gerade auf einer Trittleiter stehe, wenn ich in der Dusche hocke oder wenn ich..."

Sie sinkt in die Polster. Dort betätigt sie einen Hebel. Die Rückenlehne fährt in eine angenehme Rückwärtsposition. Dieses plüschige Möbelstück ist in den letzten Jahren zu ihrem Lieblingsplatz geworden. Oft hockt sie stundenlang in dem behaglichen Sessel, mit ausgestreckten Beinen und aufgelehnten Armen. Sie strickt, liest ein Buch oder eine Zeitung und besiegt damit schon mal eine Fliege. Oft schaut sie nur zum Fenster hinaus, lange, hinein in die Natur.

Das mobile Telefon, *mein Plapperkästchen*, wie sie es nennt, gibt erneut Volksmusik von sich. „Horch, was kommt…"

„Ja bitte?"

Enkel Julian ist dran. „Hallo Omili, wie geht es dir? Ich möchte dir von Herzen meine allerbesten Glückwünsche zum Dreiundachtzigsten übermitteln. Besser als *allerbeste Wünsche* geht nicht. Auf dass du noch den Hundertsten erlebst."

„Ach Julian, schön, dass du dich meldest. Überspitze nicht immer so!"

„Dann beschränke ich meine guten Wünsche erst mal auf die nächsten zehn Jahre, Omili. Dein Lebensweg befindet sich noch lange nicht in der Sackgasse."

„Julian Semling, du sollst nicht so übertreiben! Ich denke von Woche zu Woche, vielleicht von Monat zu Monat. Ja gut, um ehrlich zu sein, gelegentlich denke ich mal ein Jahr voraus. Hätte nie gedacht, dass ich überhaupt einmal so alt werde."

„Und das, ohne dabei richtig alt zu werden. Super Omili!"

„Schleimer!"

„Bin keine Nacktschnecke! Übrigens Omili, ich hatte heute vor, dich gemeinsam mit Mama und Papa zu besuchen, aber ich will meine Tennismannschaft nicht im Stich lassen. Wir haben ein wichtiges Punktspiel. Bin deshalb in Eile."

„Kann ich verstehen, Julian. Dann also viel Erfolg."

„Danke. Ich schaue morgen vorbei, in Ordnung? Morgen ist ja auch noch ein Tag, wie man so sagt. Da habe ich mehr Zeit. Kann ich kurz den Papa sprechen? Hat er schon erzählt, wie er mit dem neuen Sportwagen zurechtkommt? Er will es auf der Schnellstraße mal richtig krachen lassen."

„Ich freue mich auf dich. Doch nein, Cedric und deine Mutter sind noch nicht da. Die müssten wohl jeden Augenblick eintreffen. Eine leckere Marzipantorte wartet auf sie. Auf dich natürlich auch, Julian. Die magst du ja so gerne. Ich werde ein großes Stück für dich aufbewahren."

„Das ist wirklich lieb, Omili. Dann also bis morgen. Mein Teampartner scharrt schon mit den Hufen. Wir müssen los."

Die alte Frau drückt die Austaste. Julian ist ihr einziger Enkel. „Schön, dass es ihn gibt", denkt sie. „Den haben Cedric und seine Frau gut hinbekommen."

Cedric, der ältere Bruder von Amadeus, war Resi Semling nach dessen Unfall eine wohltuende Stütze. Julian bereitet *Omili* immer wieder Freude. Davon hat sie nicht mehr viel.

„Nun also dreiundachtzig Jahre", sinniert sie und wälzt sich herum in ihrem komfortablen Sitzmöbel. „Kaum habe ich richtig Luft geholt, da ist schon wieder ein Monat vorbei."

Vor einigen Wochen war sie in ihrem Ohrensessel mit den wunderbar breiten Armlehnen in eine prekäre Situation geraten. Sie hatte das Rückenteil ausgefahren, in die volle Liegeposition, wollte dann zurück, aber die Elektrik streikte! Verzweifelt hatte sie mit Armen und Beinen gerudert, um sich aus dem plüschigen Gefängnis herauszuwinden. Trotz größter Anstrengung war es ihr nicht gelungen, sich aus dem Sitzmöbel zu befreien. Sie fühlte sich hilflos wie ein auf den Rücken liegender Marienkäfer. Eine Weile hatte sie die Decke angestarrt. Sie hatte sich vorgestellt, wie es sein würde, wenn sie tagelang in dieser Position ausharren müsste, das *Plapperkästchen* nicht griffbereit, die Wasserkaraffe auf dem Beistelltisch - viel zu weit entfernt. Womöglich ausharren müssen bis zum bitteren Ende? Dann war plötzlich das Smartphone auf der Anrichte laut und anhaltend aktiv geworden. In einem neuerlichen Aufstehversuch hatte sie die Beine in die Höhe geworfen und einen kuriosen Schwung zustande gebracht. Beim *hollahi, hollaho* war sie unversehens vorne auf der Sitzkante gelandet. Fast wäre sie mit dem Kopf voran auf den abgelebten Perserteppich gestürzt. Schnaufend hatte sie eine Weile dort ausgeharrt. Die Puste hatte noch ausgereicht, um laut *Scheiß Technik* zu rufen.

Der Humor war schnell zurückgekehrt. Am nächsten Tag ist sie dann mit ihrer ebenfalls hochbetagten Nachbarin, mit Alma Scheefuß, zu einem Kaffee-Cognac zusammengekommen. Am

Ende wurde es Cognac mit Kaffee. Als die beiden Alten das böse Missgeschick vom Vortag diskutierten, hatte die Achtzigjährige mit dem Finger zum Himmel gezeigt und gesagt:

„Der da oben wollte mich noch nicht haben. Zuerst holt der sich immer die Besten."

Nach einem weiteren Cognac hatten die beiden Alten galgenhumorig einen tödlichen Ausgang im Komfortsessel diskutiert, herumgeblödelt wie kleine Kinder und über mögliche Schlagzeilen in der Regenbogenpresse spekuliert. Alma Scheefuß hatte die Vermutung geäußert, dass dann gewiss auf *Seite Eins* verschiedener Boulevardblätter ein Riesenfoto des Schlafsessels abgebildet worden wäre - aus Gründen der Pietät *gewiss ohne die Mumie*, wie sich die alte Nachbarin ausdrückte, gewiss mit dem Hinweis, dass eine emsige Staatsanwaltschaft inzwischen wegen unterlassener Hilfeleistung Anzeige gegen Unbekannt erstattet habe. Danach war eine Pause eingetreten, fast einen Cognac lang. Den beiden Alten war das Makabre der Situation erst jetzt richtig bewusstgeworden. Alma Scheefuß hatte schließlich das grüblerische Schweigen beendet und bekräftigt, dass jeder Mensch unausweichlich Besuch vom Gevatter Tod bekäme. Der schwinge bekanntlich erbarmungslos seine scharfe Sichel.

„Sense, nicht Sichel", hatte Resi Semling vorsichtig, aber vergeblich zu korrigieren versucht.

„Schietegal wie das dumme Ding heißt!" hatte die Nachbarin gebrummt. „Möge dessen tödlicher Schwung kurzen Prozess mit uns machen, wenn es soweit ist. Kein endloses Dahinsiechen. Wenn schon, dann bitte eine kurze Leidenszeit. Der Sensenschwinger kann mal ein menschliches Gesicht zeigen, gell Frau Semling? So ist es vor einigen Jahren ihrem lieben Mann ergangen; auch wenn es viel zu früh war."

Die Angesprochene hatte nur still genickt. Es stimmte. Erst recht beim Amadeus!

„Ach Frau Semling. Weshalb wurde Amadeus nur so schnell abberufen? Trug er eine schlimme Krankheit in sich? Ist dann ein längeres Leben wünschenswert? Ist es immer ein Geschenk, sehr alt zu werden? Der olle Sokrates soll sich gefragt haben, ob der Tod nicht das größte Geschenk für den Menschen ist."

„Kann sein, liebe Frau Scheefuß. Ich habe in meinem Leben oft über den Tod herumphilosophiert. Sprechen wir ihm nicht eine falsche Autorität zu? Ist ER es, der unser Ende bestimmt? Oder ist er nur ein Pförtner, der bereitsteht, um uns in Empfang zu nehmen. Der Tod ist weder böse noch gut. Er ist gegenwärtig, wenn unsere letzten Organe versagen. Ja, das ist es! Er könnte ein Petrus sein, der uns mit einem goldenen Schlüssel erwartet, um die Pforte in ein unbekanntes Land zu öffnen, um uns eine neue Wohnung zuzuweisen."

Diese Sätze hatten wie ein Schlusswort geklungen. Mit dem Versprechen, sich von nun an jeden Morgen nach dem Wohlergehen der anderen zu erkundigen, hatte die Nachbarin mit onduliertem Gang den Heimweg angetreten.

Resi Semling stemmt sich aus dem Sessel hoch. Ihr Sohn müsste mit der Schwiegertochter längst da sein! Aber die Türklingel ist bisher stumm geblieben. Ein Läuten hätte sie gewiss gehört! Die alte Frau geht hinüber zu dem kleinen Büfett. Sie greift sich das Foto mit dem Trauerflor. Vorsichtig streicht sie über das schützende Glas. Gott sei Dank gibt es ja noch den Cedric. Und den Julian.

„Amadeus, Amadeus… die Besten immer zuerst", murmelt sie, stellt den Fotorahmen zurück, greift sich ihr *Plapperkästchen* und schlurft zum Fenster. Aufgestützt auf die Fensterbank atmet sie tief ein, genießt die frische Luft. Ihre getrübten Augen durchforschen den Horizont. Das dahindämmernde Licht lässt die Natur in mattem Glanz schimmern. Im Westen bemerkt sie einen funkelnden Stern.

„Hallo Amadeus, da bist du ja wieder. Du leuchtest so strahlend hell. Wie schön, dass du dich an meinem Geburtstag blicken lässt."

Tief atmend nimmt sie die hereinquellende Frische in sich auf. Nach dem Tod des jüngsten Sohnes hatte sie eine Weile gehofft, einem frühen Ende entgegenzugehen, geglaubt, ihn in einer anderen Welt wiederzutreffen, ihn endlich wiederzusehen. Darauf hofft sie immer noch.

Ein überraschendes *Horch was kommt von draußen rein...* lässt sie am Fenster zusammenzucken. Das muss der Sohn sein, der Cedric! Verspätet er sich noch weiter?

„Hallo Cedric?"

Eine männliche Stimme meldet sich. „Entschuldigung Sie, spreche ich mit Frau Resi Semling? Hier spricht Polizeimeister Lohmeyer. Ich habe Ihren Sohn..."

„Nein!" Entsetzt schreit die alte Dame auf. „Nein, nicht auch noch der Cedric!"

„Frau Semling, hallo, wir haben Ihren Sohn vorsorglich ins Krankenhaus..., hallo, Frau Semling?"

Die Achtzigjährige hört die Worte nicht mehr. Ihr ist das *Plapperkästchen* aus der Hand geglitten. Es poltert auf die Fensterbank, prallt ab, stürzt drei Stockwerke tief hinunter. Instinktiv beugt sie sich über die Brüstung, will den Sturz des Handys verfolgen. Sie hört, wie das Gerät auf dem harten Asphalt aufschlägt. Sie beugt sich noch weiter vor.

Anna, Wilhelmine, Friederike, Marie ...

Björn hockt vor einem Pappkarton voller Erinnerungen: Briefe, Schriftstücke, ein Poesiealbum. Alles angestaubter Nachlass der längst verstorbenen Oma Anna. Der Grauschopf hält ein blässliches Hochzeitsfoto der Großmutter in Händen.

Oma Anna ist nicht mehr. Sie ist schon lange nicht mehr. Sie ist schon solange nicht mehr, dass der ergraute Enkel ihren Todestag vergessen hat. Doch er weiß: Den Grabstein gibt es noch, da will er demnächst nachschauen.

Als Kind wurde die Oma *Annie* gerufen. Damals pflegten die Eltern mit den Vornamen ihrer Kinder großzügiger umzugehen. So sei angemerkt, dass all ihre Vornamen *Anna, Wilhelmine, Friederike, Marie* lauteten - *Marie* auch deshalb, weil eine Erbtante bedacht werden musste. Die Tante hatte reichlich Marie.

Geboren wurde Anna in Hamburg anno 1888. Dieses Jahr hat sich dem Enkel in der Geschichtsstunde nachhaltig eingeprägt. Achtzehnhundertachtundachzig - das Drei-Kaiserjahr! Sein Geschichtslehrer sprach die letzten Zahlen sehr speziell aus. Da klang es wie *achunachsich*.

Eins und dreimal acht – drei Kaiser an der Macht. Mit dieser Eselsbrücke hat der Lehrer versucht, den Schülern das besondere Jahr einzubläuen. In diesem Jahr starb Kaiser Wilhelm I in dem für die damalige Zeit beachtlichen Alter von knapp neunzig Jahren. Nach dem schnellen Tod von Friedrich II folgte im selben Jahr Wilhelm II, der es immerhin auf zweiundachtzig Lebensjahre brachte. Oma Anna hat nur dreiundsiebzig Jahre geschafft. Magenkrebs.

Björn betrachtet erneut das blasse, an den Rändern gezackte Hochzeitsfoto von Oma Anna und ihrem Mann. Erinnerungen wachsen, werden fühlbar. Verheiratet war die Anna mit Fritz, dem Eisendreher. Ein ehrenwerter Beruf. Fritz hatte zwei Jahre vor ihr das Licht der Welt erblickt. Freilich war es das Licht einer Petroleumlampe. Hausgeburt! Diese ereignete sich also anno

1886. In diesem Jahr ertrank Ludwig II, ein guter Schwimmer, aus ungeklärten Umständen im Starnberger See. Und Carl Benz patentierte seinen Motorwagen. Es geschah einiges, was die Welt verändern würde. Die Bedeutung von Opa Fritz sollte auf sein Wirken im Familienkreis beschränkt bleiben.

Anna, Wilhelmine, Friederike, Marie und der Fritz, dessen weitere Vornamen dem Enkel abhandengekommen sind, heirateten kurz vor dem ersten Weltkrieg. Das zeigt jenes verblichene Foto im Nachlass: Oma Anna mit hochgestecktem Haar, das mit einer elfenbeinernen Spange zusammengesteckt war; daneben Opa Fritz mit einem gezwirbelten dunklen Schnauzer unter der Nase, aufrecht sitzend, als hätte er einen Rohrstock verschluckt; zudem den Kopf eingeklemmt in einen lästigen, steifen Stehkragen. Für den Kragen hatte ein vermutlich gequälter Zeitgenosse den Begriff *Vatermörder* geprägt. Anna und Fritz waren gewiss ein ansehnliches Paar, lebensbejahend und zuversichtlich. Plötzlich war Krieg.

„Zu Großem sind wir noch bestimmt, herrlichen Tagen führe ich Euch noch entgegen", hatte Kaiser Wilhelm II damals getönt. Es kamen keine herrlichen Tage! Das hätte man frühzeitig ahnen können. Höflinge urteilten schon bald nach der Thronbesteigung erstaunlich negativ über die Qualitäten des jungen Kaisers. *Es sei eine Kleinigkeit, ihn gegen Personen einzunehmen, denn er glaube sofort das Schlechte, habe aber größtes Misstrauen, wenn jemandem etwas Gutes nachsagt werde.*

Fritz, der Eisendreher, wurde für die Produktion von kriegswichtigem Material benötigt. Viele junge Leute zog es begeistert ins Manöver, würden sie doch schon zu Weihnachten oder nur wenig später vom siegreichen Feldzug heimkehren. Auch Oma Anna und Opa Fritz waren dieser Meinung. Bald schon kamen Sohn und Tochter zur Welt. Der Krieg aber dauerte. Er verlangte vielen vieles ab, einigen alles.

Anna war wahrhaftig kein Kind von Traurigkeit. Oft und gerne hat sie am bunten Aroma des Lebens geschnuppert. Sie war gesellig, umtriebig, hilfsbereit, offen für die Probleme anderer: *Leben und leben lassen. Mensch bleiben,* das war ihre Devise. Sie vertraute später ihrem Tagebuch an, wie sehr sie darunter gelitten hatte, dass viele, allzu viele Jünglinge und Väter, die in jenen Tagen mutig Abschied von ihren Lieben genommen hatten, nicht zurückkehrten. Sie hatten *ihr deutsches Blut fürs deutsche Vaterland gegeben.*

Auch für die Daheimgebliebenen waren die Kriegsjahre alles andere als ein Zuckerschlecken. Zucker gab es kaum. Man konnte sicher sein, dass Mäuse mit verweinten Augen aus der Speisekammer herausgekommen wären, wenn sie sich hineinverirrt hätten. In den Kriegswintern knurrte der Magen laut und beharrlich. Golfplätze in Deutschland wandelten sich bald nach Kriegsbeginn in rustikale Rübenäcker. Steckrüben wurden zum bevorzugten Menschenfutter. Rüben gab es roh oder gekocht, geraspelt oder in Stückchen, auch als Suppe. Die Leute prägten 1916/17 das Wort vom *Steckrübenwinter.*

Dieses Wort wurde zum Symbol des Hungers. Missernten und Verwaltungschaos waren die wesentlichen Ursachen. Nur allzu oft gab es dünne Graupensuppe oder ungewürzte Salzwasser-Reissuppe. Dann wurden zur Abwechslung mal saure Pflaumen mit Wassernudeln aufgetischt. Ohne Zucker. An einem der besseren Tage kochte Oma Anna schwarze Holunderbeeren ein, die wild in ländlichen Büschen und Knicks wuchsen. Sie boten sich zum Pflücken an. Bei Erkältung halfen sie in Form von Fliederbeersaft.

Diese schlimme Zeit wurde irgendwie überstanden. Kaum hatten sich die Menschen etwas von den Kriegsqualen erholt, auf eine bessere Zukunft angestoßen und *die wilden Zwanziger* ein klein wenig ausgekostet, wurden Annie und Fritz auf das *Tausendjährige Reich* vorbereitet.

Im Poesiealbum von Tochter Charlotte gab es fromme Ratschläge wie: *Habe immer etwas Gutes im Sinn und halte Dich zu gut, etwas Böses zu tun.* Diese Worte hatte eine Klassenlehrerin hineingeschrieben. Ihr knorriger Deutsch- und Geschichtslehrer fühlte sich zur *freundlichen Erinnerung* ermutigt mit den Sätzen:

„Nicht an Güter hänge dein Herz, die das Leben vergänglich zieren! Wer besitzt, der lerne verlieren. Wer im Glück ist, der lerne den Schmerz!"

Seherische Worte?

Erwin, der heranwachsende Sohn glänzte als Leichtathlet, sprintete bei Wettkämpfen erfolgreich durch den Hamburger Stadtpark. Er genoss mit seiner Schwester das jugendliche Treiben im sportbegeisterten Freundeskreis. Die umtriebige Mutter Anna bewirtschaftete anfangs einen kleinen Kolonialwarenladen. Sie bewies verkäuferisches Talent, konnte ihre eigene Lust auf Leckereien leider nicht zügeln. Das führte schnell und dauerhaft zu einem passablen Übergewicht. Leider war Anna in ihrem Geschäft oft die beste Kundin. So drohte bald der Bankrott. Erbtante Marie war nur kurze Zeit bereit auszuhelfen. Ehemann Fritz wusste sich schließlich nicht mehr anders zu helfen, als durch Schalten einer Zeitungsannonce bekanntzumachen, dass er nicht länger gewillt war, für die Schulden seiner Frau aufzukommen.

Dann brach erneut ein Krieg aus. Der zweite Weltkrieg. Wieder marschierten zahlreiche junge Leute hinein, manche euphorisch, von abgefeimter Propaganda angestachelt und verleitet, andere mit bangem Herzen. Erwin, der Sohn von Oma Anna und Opa Fritz marschierte mit. Bei dem Überfall der deutschen Wehrmacht auf die Sowjetunion im Juni 1941 wurde er an die Ostfront beordert. Nur wenige Wochen später überbrachte der Postbote einen Kondolenzbrief, routiniert verfasst vom zuständigen Kommandeur, nach gelerntem Muster. Er war gerichtet an die *Sehr verehrte gnädige Frau und den sehr verehrten...* Der Sohn war *ehrenvoll im Felde verblieben.*

Opa Fritz war ein musischer Mensch. Ohne fremde Hilfe hatte er sich ein passables Klavierspiel beigebracht. Kaum waren die fürchterlichen Zeilen leidlich ins Bewusstsein gelangt, begab er sich in seinen Werkzeugschuppen. Er packte ein Beil. Damit ging er auf sein geliebtes Klavier los. Frau und Tochter konnten ihn nur mühsam davon halten, es zu zerschlagen. Wenn er in den folgenden Wochen und Monaten das Haus verließ, schwebte Ehefrau Anna in ständiger Angst. Ihr Fritz war nicht länger bereit, auf der Straße den Arm zum Hitlergruß zu heben.

Die Leidensfähigkeit der Menschen fand nach Ende des zweiten Weltkrieges eine Fortsetzung. Das Leben im zerbombten Nachkriegs-Hamburg ging *irgendwie* weiter. Aus der in Schutt und Asche liegenden Innenstadt zogen Anna und Fritz in einen ländlichen Außenbezirk, hinein in eine bescheidene Zweizimmerwohnung. Bei Bauern versuchten sie, letzte Wertgegenstände gegen Essbares einzutauschen. Die meisten Menschen waren bemüht sich *durchzuschlagen*. Einer der Nachbarn verlor ein Bein bei dem Versuch, auf einen an einer Steigung langsam fahrenden Kohlenzug aufzuspringen. Er wollte dringend benötigtes Heizmaterial herabwerfen.

In dieser Zeit wuchs Björns Bruder, das zweite Enkelkind heran. Peter besuchte eine Dorfschule, in der er gerne mal schwänzte. Im Winter kam es vor, dass er, statt brav in der Schule zu hocken, mit dem Schlitten kleine Anhöhen hinuntersauste. Anschließend holte er sich beim Bäcker für fünf oder zehn Pfennig eine Tüte Kuchenreste zu kaufte. Im Konfirmandenunterricht fiel er durch sein vorlautes Wesen auf, musste in der ersten Reihe Platz nehmen. Dort erklärte er, dass er zur nächsten Religionsstunde einen Regenschirm mitbringen wolle. Seine Begründung: Der diensttuende Pfarrer habe *eine besonders feuchte Aussprache*. Prompt wurde Peter vom Unterricht ausgeschlossen. Sein Weg hin zu einer feierlichen Segenshandlung durch die evangelische Kirche schien damit versperrt.

Als sich viele Monate später gleichaltrige Freunde und Bekannte durch hinreichendes Absitzen im religiösen Unterricht für das Ritual der Konfirmation qualifiziert hatten, oft versüßt durch das lockende Geschenk einer Armbanduhr, war die Reue beim Peter groß. Hier kommt wieder Oma Anna ins lebensnahe Spielfeld. Die Annie war wie schon erwähnt kein Kind von Traurigkeit. Sie lebte das Motto: *Leben und leben lassen.* Kurz entschlossen nahm sie den Enkel an die Hand, marschierte ins

Pfarrhaus. Sie erklärte dem verdutzten Kirchenmann, dass der Junge nun konfirmiert werden müsse. Das Argument, dieser habe unzureichend an den bindenden Konfirmandenstunden teilgehabt, schob sie rigoros mit den Worten beiseite: *Gerade in der Kirche muss man Mensch bleiben!* Ihr energisch vorgetragenes Argument stieß beim dem Herrn Pastor auf wenig Gegenliebe. Da erklärte sie selbstbewusst: „Dann wird der Peter katholisch!"

Der entsetzte Diener Gottes, der, wenn man dem Dorfklatsch glauben konnte, schon in die Kirchenkasse gegriffen hatte - Menschliches sei ihm nie fremd gewesen - schloss sich dann doch noch Oma Annas Argumentation an: denn die evangelische Kirche sei ja eine menschliche Kirche. So erhielt ihr Enkel noch Zutritt ins kirchliche Erwachsenenalter und danach, im kleinen Kreise der Familie, eine Armbanduhr.

Viele Jahre später hat Oma Anna den letzten Weg nach Ohlsdorf, zum größten Waldfriedhof Europas, angetreten. Ihr Mann Fritz hatte wohl schon einige Male gerufen. Da ist sie schließlich gekommen, hat sich zu ihm auf den Weg gemacht.

Oma Anna ist nicht mehr. Sie ist schon lange nicht mehr. Sie ist schon solange nicht mehr, dass der Enkel ihren Todestag vergessen hat. Eine Information darüber hat er in dem Karton mit dem Nachlass nicht finden können. Die Augen kleben eine Weile an dem verblassten Hochzeitsfoto. Dann findet das alte Lichtbild wieder sein Zuhause bei den Erinnerungen in der alten Pappschachtel.

In den nächsten Tagen will Björn mit seiner Frau das Grab der Großeltern besuchen. Dann wird er nach dem Todestag schauen. Endgültiges Abschiednehmen ist angesagt. Das Grab soll in Kürze eingeebnet werden.

Der rote Fleck

Ein kühler Morgen.

Der Herbst versucht, die Vergänglichkeit des Seins durch bunte Blätter zu schönen. Der Weltenschöpfer hat den Himmel abgesenkt. Alles grau, feucht und verschnupft. Die Zweige der Trauerweiden hängen schlapp. In den Morgenstunden hat der Nebel um sie herum ein wucherndes Gespinst gewoben. Die Schwaden sind in schleichender Auflösung begriffen. Aus diffuser Tiefe kämpft sich, für den Betrachter kaum erkennbar, ein roter Klecks durch die trübe Wand, büßt an Kraft ein. Gekräftigt kehrt es zurück.

Eine Gestalt löst sich aus der Tiefe, bewegt sich hin zum kleinen Gewässer. Sie wandert über einen in verschmutztes Gold getauchten Teppich: Blätter, die sich üppig auf dem Boden des Feldweges ausgebreitet haben. Herbstlichkeit mit Fäulnisgeruch. Unter der schief ins Gesicht gezogenen Kappe zeigen sich eingetrübte Augen und ein grauer Haarkranz. Zumutungen des Lebens sind ablesbar. Jede Falte ehrlich erworben, auch die Lachfalten. Nichts mittels Botox vertuscht. Große Pläne gehabt, dann kam das Leben dazwischen. Der Mann musste oft Wünsche gegen Kompromisse eintauschen, sich durch ein Minenfeld von Missverständnissen kämpfen. Mit dem Heranwachsen der Kinder hat sich der eine oder andere Traum verabschiedet, ein neuer aufgetan. Er hat auch mal Honig an den Fingern gehabt. Viel gemacht und gesehen, einiges gewonnen und wieder verloren.

Der Weg führt ihn zum Gewässer hin. Er versenkt die Hände in den geräumigen Taschen seiner Joppe. Er spürt einen festen Gegenstand, kramt ein Handy hervor: das unmoderne Ding vom Nick, seinem viel zu früh verstorbenen Sohn. Ein Autounfall kurz vor dem Abitur. Das ist viele Jahre her. Der Vater wollte das Handy schon seit Jahren abgemeldet haben, hat es immer wieder verschoben. Zuweilen aktiviert er es und lauscht in die

Mailboxansage hinein. „Nicks Nummer ist veraltet", denkt er. „Die kennt keiner mehr. Aber seine Stimme!"

Mit dem Ärmel wischt er sich über die Augen, versenkt das kleine Gerät in der Jackentasche. Der Blick wandert zurück zu dem roten Fleck, der sich im nachlassenden Streulicht als ein alter Backsteinbau zu erkennen gibt: Das Elternhaus. Schön, noch einmal dort gewesen zu sein.

In letzter Zeit hat er oft die Veranda mit der alten, wenig einladenden Eingangstür vor Augen gehabt. Die Tür klemmte. Der Alte hat sich an den gusseisernen Bollerofen erinnert. Dessen unansehnliches Schwarz beherrschte die kleine Stube. Die durften ihre Bewohner nur mit Filzpantoffeln betreten. Klar vor Augen die geräumige Küche, Mutters Herrschaftsbereich mit der emaillierten Spüle und den zahlreichen abgestoßenen Stellen. Daneben der kohlebefeuerte alte Herd, auf dem die Mutter das karge Essen zubereitete und oft in einem gusseisernen Kessel die Wäsche erhitzte, mit einer gigantischen Holzkelle kräftig darin herumpaddelnd. Unvergesslich!

Der Mann ist im Leben oft spät dran gewesen. Schon bei seiner Geburt war er säumig, als hätte er Bedenken gehabt, in diese von beginnenden Wirren des zweiten Weltkrieges beherrschte Welt hineinzuschlüpfen. Um die Hebamme bei ihrer lebenswichtigen Arbeit zu unterstützen, hatte die Großmutter einen vertalgten Kerzenleuchter aus dem Wohnzimmer in die Küche geschafft. Die Hausgeburt war im Schein des Kandelabers reibungslos vonstattengegangen. Das schrumpelige Baby wog beachtliche sieben Pfund, wie die Geburtshelferin mit Hilfe von Omas klappriger Küchenwaage feststellte. Es hatte mehr Haare auf dem Kopf als der Alte heute.

„Bin im Laufe der Jahre über mich hinausgewachsen", pflegt er gelegentlich zu behaupten. „Meine Haare und ich gehen schon seit vielen Jahren getrennte Wege."

Am heutigen Morgen hat er sich spontan entschieden, ein lang gehegtes Vorhaben zu realisieren. Der schlafenden Frau hat er eine schnelle Nachricht hingekritzelt und sich auf den Weg gemacht, ist hin zu seinem Elternhaus gewandert. Auf dem Dach winkte eine graue Fernsehantenne. Die alten Holzfenster waren durch moderne Kunststofffenster ersetzt worden, doch sonst? Freilich, den asbestverkleideten Hühnerstall gab es nicht mehr, auch nicht das Holzhäuschen mit dem ausgesägten Herzchen.

Der Alte ist unentschlossen vor seiner Geburtsstätte auf und ab gewandert in der Erwartung, dass jemand die Verandatür öffnen würde, um ihn mit einem fragenden Blick zur Kenntnis zu nehmen. Aber alles war ruhig geblieben. Hinter der Häuserecke ist ein Hund zähnefletschend hervorgesprungen, ein nicht sehr großer, borstiger Terrier, immerhin groß genug, um den Mann mit abwehrend erhoben Händen zurückstolpern zu lassen. Der heranhechelnde Hund, ursprünglich dazu gezüchtet, Fuchs und Dachs aus unterirdischen Bauten zu treiben, hätte es ohne Zweifel geschafft, den ungebetenen Besucher davonzujagen, wäre er nicht von einem kräftigen Strick zurückgerissen worden. Ein verrosteter Eisenring an der Häuserwand, an den der Terrier angekettet war, hat scheppernd gegen den gepflasterten Boden geschlagen. Auch die lärmenden Geräusche bewirkten im Haus keine Reaktion. Kein Radioempfänger trug rhythmische Klänge oder Wortfetzen zu ihm hinüber, kein Klappern von Geschirr war zu vernehmen. Schließlich ist er an das mit einem fliegenfleckigen Gitter umspannte Küchenfenster herangetreten und hat versucht, ins Innere zu schauen. Die geräumige Küche gab es noch. Die emaillierte Spüle mit abgestoßenen Stellen und der gusseiserne, holzbefeuerte Herd freilich waren einer modernen Einrichtung gewichen.

Brennholz! Das war lebenswichtig. Der Mann erinnert sich gut an die frühe Nachkriegszeit, als der Vater in verschlissener Wehrmachtsuniform den Sohn an die Hand genommen und sich beide in frostklirrender Winternacht mit einer großrädrigen Karre in den Wald begeben hatten. Sie wollten herumliegende Baumteile aufsammeln, verboten zwar, Baumfrevel. Aber Kohlen oder andere Brennstoffe waren für die meisten von den Kriegswirren erschöpften Menschen nicht verfügbar.

Ein unvergessliches Ereignis! Ein winterlich vermummter Aufseher war plötzlich hinter einem Baum hervorgesprungen. Kaum hatte er das bescheidene Rangabzeichen auf der verschlissenen Uniform wahrgenommen, rief er:

„Kamerad, hier entlang, die Kollegen kontrollieren den Hauptweg!" So hatte jenes nächtliche Abenteuer für Vater und Sohn einen glückhaften Ausgang genommen.

Weniger erfreulich sind die Erinnerungen an Gries- und Buchweizengrütze. Die brachte Mutter oft als Hauptmahlzeit auf den Tisch. Die Speisekammer war meist schlecht gefüllt, ein Kühlschrank damals noch unbezahlbarer Luxus. Die Mutter kochte oft schwarze Holunderbeeren ein, die wild in den ländlichen Büschen und Knicks wuchsen. Sie boten sich zum Pflücken an. Wenn der Sohn erkältet war, gab es diese in Form von Saft oder Fliederbeersuppe.

Liegengelassene Erinnerungen aufsammeln. Zu einer Insel der Erinnerung reisen. Das war überfällig.

Mit unklaren Gefühlen hat sich der Besucher schließlich abgewendet und den Rückweg angetreten. Ein schmerzloser Abschied. An der Ecke, *Im Krug zum grünen Kranze*, den gab es damals schon, hat er eine schnelle Tasse Kaffee und ein Stück Butterkuchen zu sich genommen.

„Wie schön, dass dieser Gasthof immer noch existiert und seinen altertümlichen Namen trägt", hat er gemurmelt. Dann ist er auf einem Waldweg weitergewandert, vorbei an gefällten Bäumen und üppigen Wiesen. Dort wurden früher Rüben und Kartoffeln angepflanzt. Ihm ist ein Junge vom Bauernhof in den Sinn gekommen: Hinnerk, ein kleiner Freund, der mit Mist an den Stiefeln aufgewachsen war. Diese Erinnerung hatte sofort ein Schmunzeln ins Gesicht gezaubert.

Hinnerk und die Rüben! Aus Langeweile hatte er einst Rüben aus dem Acker gerissen und sie nach Hinnerk geworfen. Einer der Würfe war erfolgreich gewesen. Hinnerk war dann, am verlängerten Rücken getroffen, fluchend davongehinkt. Das nimmermüde Auge des um seine Rübenernte besorgten

Kleinbauern, ein bulliger Mann mit verwitterten Gesichtszügen, hatte es mitbekommen. Er versuchte, mit seinen schwieligen Händen den Knirps zu packen. Der Kleine war jedoch wieselflink entwischt, nach Hause hin entflohen und schnell im Schlafzimmer unter dem elterlichen Bett verschwunden. Bald schon war der Verfolger schnaufend vor der aufgeschreckten Mutter aufgetaucht, mit brennendem Blick und den sich wiederholend herausgepressten Worten: „Wo is`r nu, wo is`r nu?"

Einmal hatte sich Hinderks älterer Bruder Heinrich mit einigen Schulkameraden eingefunden. Die waren an die vierzehn, fünfzehn Jahre alt. Heinrich hatte eine Anweisung gegeben. „Alle in Richtung Büsche, Pimmel zeigen!"

Die junge Bande hatte sich sofort zum Knick am Weizenacker aufgemacht. Der Kleine war brav mitgetrottet. Im Schutz der Hecken hatten die Jungs ausgepackt. Der Alte kann sich gut erinnern, dass er schließlich das Gesuchte fand. Doch keiner der angehenden Jungmänner hatte sich an seinem unbedeutenden Fund interessiert gezeigt. Von denen waren Kommentare zu vernehmen wie *hmm*, *ah ja* oder *Dicktuer*.

Das Gesicht unter der schiefen Mütze hat sich aufgehellt. Das Auge weckt den Geist. Der Mann fixiert das üppig vom Rande hineinwuchernde Schilf, die tiefschwarz aus dem Wasser ragenden Pompösel, das fette Entenflott und abgebrochene, kaum merklich im grünschattigen Weiher schaukelnde Zweige.

Wie oft hat er hier gesessen, um mit einem kleinen Stock nach Stichlingen zu stochern. Oder um Stockenten zu beobachten, zuzuschauen, wie das schillernde Dunkelgrün auf ihren Köpfen im trüben Wasser Nahrung suchend verschwand. Gelegentlich hat er kleine Steine nach den Enten geworfen und mit Vergnügen deren Unruhe genossen. In einem Frühjahr war unvermutet ein Schwan aufgetaucht, der majestätisch seine Bahnen zog. Das Tier war kohlefarben gefiedert, wie es in Europa selten vorkommt. Nur die im Gefieder versteckten Schwungfedern zeigten sich im Fluge in ungetrübtem Weiß. Der Schnabel am Ende des langen Halses war leuchtend rot gefärbt. Niemand wusste, woher der

Schwan gekommen war. Im Herbst, als Eichhörnchen und Igel begannen, ihr Winterquartier vorzubereiten und sich die Störche längst auf den Weg in den Süden gemacht hatten, war das geheimnisvolle Tier verschwunden. Der Schwan zeigte sich ein Jahr später noch einmal. Da bestaunte der Knabe das an den Flügelrändern gekräuselte Federkleid, das schiere Hell der Schwungfedern und die erhabene Anmut. Er hatte sich damals gefragt, warum die dicksten Wassertropfen von diesem Tier so zuverlässig abperlten. *Bestimmt ein verwunschener Prinz,* hatte er der strohblonden Lieselotte eingeredet, einem netten Mädchen aus der Nachbarschaft. Mit ihr traf er sich häufiger, mit Hinnerk dagegen nur noch selten, seit der Rübengeschichte.

Das Blondchen war zwar süß, aber ein bisschen doof. Sie hatte wunderbare, korkenzieherhaft gezwirbelte Zöpfe, die weit über die rundlichen Schultern hinabreichten. Hinnerk wollte immer dran ziehen, deshalb hatte sich Lieselotte dem anderen Jungen zugewandt. Außerdem versuchte der schon damals mit seiner unordentlichen Briefmarkensammlung zu protzen.

Ach ja, die Mädchen! Was wusste der Knabe damals schon von diesen putzigen Wesen? Im Papierkorb neben dem alten Kiosk am Zwergenbahnhof war ihm einmal ein Magazin, achtlos weggeworfen, in die Hände gefallen. Mit roten Backen hatte er sich, diskret um sich blickend, hinter die Rückseite des Bahnhofs zurückgezogen und neugierig darin geblättert. Es mit nach Hause zu nehmen, traute er sich nicht. Mutter hätte es gewiss schnell entdeckt. Später hatte er sich mit den Unterwäscheseiten aus einem der in Mode kommenden Versandhauskataloge und entsprechenden Gazetten begnügt. Und noch später? Zu dieser Zeit war er bereits mit dem Vater in eine andere Stadt gezogen. Die Mutter war früh gestorben. Sie starb schnell und unerwartet. Ihr schwächelndes Herz hatte dauerhaft ausgesetzt.

Schnell und ohne große Schmerzen sterben? Kann das nicht auch eine Gnade sein? Der Sensenmann muss ja nicht zeitig erscheinen. Selten sprechen die Menschen über den Tod, obwohl er so wirklich und selbstverständlich ist wie die Geburt. Ordnen wir dem Tod nicht eine falsche Bedeutung zu? Die Menschen denken oft, dass er plötzlich vor ihnen steht und ihr Ende bestimmt. Er *ist* ihr Ende. Er nimmt uns in Empfang, vermutlich emotionslos, verbindlich wie ein Taxifahrer, den wir gebeten haben, uns zum Flughafen oder zum Bahnhof zu bringen. Wir rufen ihn nicht, es sei denn, jemand mag es in seiner Welt von Krankheiten oder Qualen nicht mehr aushalten. Der Tod ist weder böse noch gut. Er ist freilich immer gegenwärtig.

Bedächtig bewegt sich der Alte voran. Aus dem Pflanzengewucher am Treppenaufgang schimmert ihm ein verwittertes Blechschild entgegen. *Betreten auf eigene Gefahr. Eltern haften für ihre Kinder. Der Bürgermeister.*

Das Schild war aufgestellt worden, nachdem die liebe Lotte, die mit den Korkenzieherzöpfen, beim Kriegen spielen vom Steg geplumpst war und beinahe ertrunken wäre. Das planschende Blondinchen hatte plötzlich wieder Boden unter den Füßen gefunden, japsend nach Luft, die gezwirbelten Zöpfe in den Teich getunkt. Welch herrliche Kindheitserinnerungen!

Der Mann tritt heran an den verbrauchten Steg. Das hölzerne Geländer ist im Laufe der Jahre teilweise weggebrochen. Alles hat seine Zeit. Nichts ist für die Ewigkeit. Allenfalls die Seele.

Der Holzweg wirkt vertraut, doch wenig Vertrauen erweckend. Ertrinken kann man hier kaum, das hat ihm die wackere Liese damals bewiesen. Die Bohlenbretter knarzen. In der Mitte des Stegs hält er inne. Hier hat er oft mit Hinnerk gestanden, bevor er Rüben nach ihm warf. Bedächtig bewegt er sich auf das Brückenende zu. Dahinter lädt eine verwitterte Parkbank zum Verbleiben ein.

„Müder Mann, komm her. Setze dich zu mir und finde Frieden, lockt die Bank. Der Alte nimmt die Einladung gerne an. Der Wind hat sich eine Auszeit genommen, ist nur noch leicht spürbar. Er hat die Oberfläche des kleinen Sees in eine kriselnde Gänsehaut verwandelt. Am Rande des Seeufers stößt ein junger Bursche mit einem vertrauten Gesicht eine Konservendose durch die Natur. Er trägt eine verschlissene Jeansjacke. „Ähnlich wie die abgenutzte vom Nick in seinem Zimmer", denkt der Alte. Das Scheppern der Dose ist dem Vater nicht fremd. Welches Kind besaß zu seiner Zeit schon einen richtigen Fußball. Sein Auge sucht den kickenden Jugendlichen. Dessen Spielgerät rumpelt auf einen am Waldboden herumpickenden Eichelhäher zu. Der flattert erschreckt davon.

„Entschuldigung, das hab` ich nicht gewollt", hätte sein Sohn wohl jetzt gesagt", denkt der schmunzelte Alte. Er wischt mit dem Wollschal absterbende Blätter von der Sitzfläche und hockt sich nieder. Vorsichtig schiebt er die Füße in einen Blätterhaufen, den ihm der alternde Herbst vor die Füße geworfen hat. Totes Laub. Am Rosenbusch dicht hinter seinem Rücken ist einem dornigen Zweig eine Blüte entsprungen. Das späte Röschen zaubert einen Hauch von Sommer in den sterbenden Oktober. Der Mann reckt den Kopf dem Himmel entgegen.

„Wende dein Gesicht der Sonne zu, dann fallen die Schatten hinter dich", pflegte Großvater zu sagen, wenn der Bub schlechte Laune verbreitete.

Eigenartige Ruhe liegt über dem Gewässer. Die Bäume rühren kein Blatt. Nur das Scheppern einer Blechdose klingt hin zu dem alten Mann. Die Augen brennen. Er blickt zurück, sucht vergeblich den roten Fleck in der Ferne.

Die oktoberfarbene Eiche am Teich hat schon vor vielen Jahrzehnten Wurzeln geschlagen. Leise laubt sie vor sich hin. Die Augen wandern den Baumstamm aufwärts. Sie versuchen, das Dickicht des Astwerks zu durchdringen. Die Verzweigungen erinnern den Mann an das Gewirr der Gleise am Hauptbahnhof. Als Kind ist er oft zur nahen Brücke gelaufen, um abfahrenden Zügen nachzuschauen. Oft hat er sich gefragt, wie sich die Eisenbahnen im Wirrwarr der Weichen zurechtfinden konnten. Nachdenkliche Augen verfolgen den Weg vom Baumstamm hin zu Gabelungen, dann zu den sich verschlankenden Ästen. Wie zufällig suchen sie ihren Weg. Sie verjüngen sich ständig.

„Auch ein Lebensweg", denkt der Grauhaarige. „Was ist, wenn die Eiche altersschwach, wenn sie krank wird? Wenn dieser alte Laubbaum seine Kraft verliert, umzustürzen droht und gefällt werden muss. Dann ist auch für alle jungen Triebe und Blätter das Ende unausweichlich! Bis dahin schmückt sich der alternde Baum stolz mit frischen Ästen, Zweigen und Blüten."

Es ist kalt geworden. Ein leichter Wind kommt auf. Fröstelnd presst der Mann die Joppe an sich, vergräbt die Hände in den Beuteltaschen. Seine klammen Finger ertasten Nicks altes Telefon. Er kramt es aus hervor. Dann tippt er auf den Tasten herum und erwischt die Mailbox.

„Hallo, hier ist Nick. Bin gleich für Sie da, aber momentan sehr beschäftigt. Meine Blechsekretärin wird sich inzwischen um Sie kümmern."

Eine lichte Erinnerung. Ein glücklicher Gedanke an den verstorbenen Sohn! Der Knabe mit der verbeulten Blechdose nähert sich kickend der Parkbank. Ein scheppernd misslungener Stoß befördert das Blech vor die Füße des Alten.

„Entschuldigung, das hab` ich nicht gewollt", stottert der Junge. Vorsichtig klaubt er das zerbeulte Blech auf. Der Graue reagiert nicht. Er hat den Kopf zurückgelehnt. Will er wärmende Sonnenstrahlen einzufangen?

„Na gut", denkt der Bub, „soll der Alte ruhig schlummern.

Der sitzt auf der Bank, entspannt und friedlich.

„Ich möchte schlafen", flüstert der müde Körper.

„Dann lass` uns gehen", sagt die Seele.

Schlaf und Tod sind enge Verwandte.

Ferner im BoD-Verlag erschienen:

Der Tod macht Fehler (Streulicht)
Familienroman

Oh je – ein Golfspieler!
Golfspieler im Zerrspiegel (Stories, Glossen, Typen),

Bereit für ein Lächeln?
Besuch in einer Verseschmiede (frisch, unfromm, fröhlich, frei)
Privatedition

Die Geschichte vom Vater Leuchtturm
Eine Geschichte für Kinder und Junggebliebene
Privatedition

Wenn ein Kind geht, dann geht ein Stück aus deinem Herzen
Erinnerungen
Privatedition